濁り水

Fire's Out

TACHIMORI
MEGUMI

日明恩

双葉社

濁り水　Fires' Out

装丁　大岡喜直(next door design)
写真　©Gettyimages
初出　「小説推理」二〇二〇年六月号～二〇二一年八月号

1

時刻は午後四時三十七分。執務室には、女性アナウンサーの声が流れ続けている。休憩時間外でもテレビがつけっぱなしの職場と聞いたら、「何それ、自由度高くて楽勝な職場だね」と多くの人は思うだろう。毎日ならば俺もそう思う。だが実際は年に数日だけ、それも大雨や台風や地震や津波などの自然災害の最中だけだ。

『強い勢力の台風×号が静岡県伊豆《いず》市付近に上陸し、関東を北上中です。大雨や暴風雨に引き続き警戒が必要です。関東は広く風速二十五メートル以上の暴風域に入っています。観測された最大瞬間風速は千葉で五十七メートル、東京羽田《はねだ》で四十二メートルなど、昨年九月の台風十五号に次ぐ観測史上二番目の記録的な暴風となっています』

女性アナウンサーが神妙な面持ちで状況を伝えている。

「どうやら直撃が早まりそうだな。食事、早く出来るかい？」

腕組みしてテレビを見ながら言ったのは、我が職場、上平井《かみひらい》消防出張所のトップ、原島《はらしま》出張所長だ。

「はい」

今日の食事当番の第二係第一隊最年少、二十六歳の中井《なかい》が返事と同時に席を立った。

「手伝います」

俺も属する第二係第二隊の五代《ごだい》も立ち上がる。

九月に本田《ほんでん》消防署から異動してきたばかりの所内最年少二十三歳の五代は、かねてから希望していた特別消火中隊（A - One Fire Units）——高度な知識と技能を兼ね備えた隊員で編成され、最新鋭の資機材を駆使して火災に立ち向かう消防に特化した部隊の一員になれたことで、夢と希望とやる気に満ちあふれている。それだけに自分に出来ることがあればなんでも率先して動く。

——偉いなぁ、きっと立派な消防隊員になれるよ、がんばれよ。

と、心の中で思ってお終いなら素晴らしい後輩だ。よくぞ俺の下に配属してくれたと人事を司《つかさど》る各位に感謝したい。

俺と五代の年の差は五歳。けれど俺は所内で下から数えて三番目に若い。加えて俺がこの上平井消防出張所に異動したのは一年前の九月で、所内歴では五代に次いで下から二番目の新人だったりする。そうなるとやはり、「お前は何もしないの？」という視線が各地から飛んでくる。

特に要注意は遠藤《えんどう》第一隊長だ。俺の所属は水槽付ポンプ車の第二隊。住田《すみだ》隊長という立派なトップがいて俺はその部下だ。だが元特別救助隊員だった遠藤隊長はお構いなしだ。

特別救助隊、通称レスキュー隊、別名オレンジは最も過酷な現場で誰よりも先に人命救助活動をする隊だ。遠藤隊長は二十六歳で配属されて以来、四十七歳までの二十年間ずっとオレンジ一筋という骨の髄までレスキュー隊員だった人だ。そこまで情熱がある隊員は定年までずっと所属させてあげてくださいよ、と俺は思う。だがどれだけ気持ちや経験があろうと、加齢による体力や判断力の低下が出始めたら活動に支障を来《きた》す恐れがある。それだけに所属できるのは五十歳までとされている。まぁ、救助される側から考えたら当然な話だ。

ともかくも俺は遠藤隊長に限らず、オレンジとは相性が悪い。理由は、オレンジは消防官の中でも最も熱い消防魂の持ち主が多いからだ。

消防官は基本的に人を助けたり人の役に立ったりしたい者が目指す職業だ。どういう連中かと言うと、卒業して何年経とうが消防学校校歌、東京消防歌を聞いたり歌ったりすれば、いまだに胸熱になって、それが飲みの席なら肩を組んで大合唱するような奴らだ。ちなみにどんな歌詞かというと、『出水を防ぎ火を鎮め、都の華と謳わるる我ら消防誇りあり』とか、『都民の夢を守り抜く我ら消防誠あり』とか、『激流猛火なんのその我ら消防覚悟あり』とか、思い出すだけでも悪寒が走るような内容になっている。

言っておくが、俺が消防官になったのは人の役に立ちたいからではない。給料と手厚い保障がしっかりしていて、ついでに社会的な立場もある地方公務員だからだ。なので間違っても都民の夢を守るために我が身を犠牲にする気などさらさらない。

当初の予定では早々に事務職に異動して定年まで居座るつもりだった。なのになぜか最初の赤《あか》羽台《ばねだい》消防出張所のポンプ隊配属以降、延々と現場職のポンプ隊に所属している。しかも前の飯倉《いいくら》消防出張所では消火のエキスパートしか所属できないはずの特別消火中隊、略して特消隊に入れられた。

これがまったくもって謎だ。というより、もはや東京消防庁の七不思議の一つになってもいいと思う。そもそも希望してもなかなか配属されないのが特消隊だ。なのに希望を出してもいない俺がなぜ？

理由を探ろうと、ダチの一人であり、情報がないと生きていけないタイプである引きこもりの楠《くす》目《め》守《まもる》に探らせた。だがハッキングはお手のものの守をもってしても、理由は解明できなかった。なんでも俺の人事の書類には添付書類があるらしい。だがそれが見つからないというのだ。常に全身黒か濃紺の服を身にまとう守が、困ったように首を傾《かし》げてこう言った。

「添付書類があるのは確実なんだよ。でも、それがデータにはないんだ。考えられるのは、添付書類は手書きで、事務担当者がスキャンして保存するのを忘れているんだと思うんだよね」

出会ったときにすでに守は中年だった。今や初老にさしかかろうとしているはずだが、もともと銀髪だからか、守の時は完全に止まっている。その見た目と優雅な仕草や物言いは完璧に調和がとれていて、これこそが守だ。とはいえ、語尾の「だよね」だけは、どうにかならないだろうか。

ともあれ添付書類がデータ上に無いかぎりは、さすがの守も手も足も出ない。かといって、「添付書類があるのにデータ上にありませんが、お忘れでは？」とご注進することも出来ない。藪《やぶ》を突《つつ》いて蛇を出すようなものだ。というわけで、俺が特消隊に配属になった理由はいまだに謎のままだ。いつの日か解き明かされる日が来るかも知れないが、ただ待っていても仕方ないので、異動願いには事務職と書き続けていた。だが次の異動先のここ上平井でもまた特消隊だ。

人を助けるのが仕事の職場なのに、助けを求める俺の声はまったく届かないってどういうこと？　一体、何がどうしてこんなことになっているのか、誰か教えて欲しい。

そんな俺だけに、消防官精神を最も凝縮した集団であるオレンジとは相容れない。何しろ、『レスキューであるが故に、人間の限界を超え、困難を突破してこそ、危機に瀕している人を助けることが出来る』なんて言葉をガチで信じて実行するために日々鍛錬を怠らない連中しかいないからだ。

遠藤隊長は特別救助隊員は引退した。それに上平井消防出張所は二隊とも特消隊、つまり消火活動のエキスパートという意味ではゴールに当たる。ここからさらに特別救助隊を目指す隊員はまったくいないとは言わないが多くはない。少なくとも俺はそんなことはこれっぽっちも思っていない。しかもあと二年で三十路《みそじ》。お肌の曲がり角も近づいてきた今、オレンジを目指していたとしても、普通に考えれば年齢的に無理なお年頃だ。

だが、異動早々に、俺は遠藤隊長に目を付けられ、もとい、目をかけられまくっていた。訓練はもちろん、それ以外の時間でもやたらと声を掛けられる。叱られはしない。そもそも叱られるような失態を犯すほど俺は鈍くない。若かりしころは遅刻したり、訓練で手を抜いたりと、ペナルティを科されることもしてきた。だが今はやるべきことは文句も言わずにきちんとしている。それが一番構われない――放っておいて貰えると学んだからだ。

それでも遠藤隊長は俺にかまう。消防官たる者、鍛え抜かれた身体と精神があるからこそ、人を救い、仲間も守れると信じて後続にもその神髄を極めさせようとする。それだけでも十分鬱陶《うっとう》しい。だが何より苦手なのはその笑顔だ。努力に裏打ちされた自負からか、遠藤隊長は常にポジティブで笑っている。その素敵な笑顔の裏に、何でもお見通しみたいな余裕が感じられて不気味だ。さらにおぞましいのは、奴の笑顔が所内に蔓延しつつあることだ。

自信は余裕を生み、余裕は人を笑顔にする。――理論は分かる。

そして今、狭い所内にいる俺を除く十一名、下は二十三歳から上は五十六歳までの鍛えぬかれた男達が、揃いの執務服で二十四時間常にニコニコしている。――なんだこの微笑《ほほえ》みの国状態。

正直、怖気《おぞけ》を感じつつも、一人で仏頂面をしていれば目立ってしまう。だから意識して俺も口角と頬をちょっとだけ上げて笑みを作っている。言いたくはないが、俺のご面相は我ながらごつい。ダチの裕二《ゆうじ》がお世話になっている社長の息子の警察官の鬼瓦ヅラには及ばないが、それでもやはり厳《いか》つい顔の自覚はある。なので、たまに窓に映った自分の顔を目にすると、我ながらぞっとしてしまう。

俺を見つめる笑顔の遠藤隊長を意識していると、警報音のアラームが響いた。所内の動きがぴたりと止まる。このあとに救急車のサイレン音が続けば救急出場だ。上平井消防出張所には水槽有りと無しの二台の消防車しかなく、救急車はないが、ポンプ車と救急車が連携して出場するPA出場の可能性もあるので気は抜けない。一瞬の沈黙につづいてスピーカーから通信員の声が流れる。

「東京消防から各局、葛飾《かつしか》区救助要請、中層マンション建物外室外機が飛ばされそうとのこと」

——来たよ。と、腹の中で舌打ちをする。

消防の仕事は大まかに言うと火災の予防と消火、傷病者の救急搬送と都民の皆さんが危機に瀕したときの救助の三つだ。

では今回のエアコンの室外機が台風の強風で飛びそうというのは、この三つのどれに当てはまるだろうか？

強風で飛ばされた室外機が落下したら、怪我人が出る恐れがある。落下しないまでも配電が外れたりしたら火事が起こるかもしれない。

確かにそうなったら消防の管轄だ。だから一一九番に掛けてなんとかして貰うのは、間違いではない。——本当か？

強風吹き荒れる中、今まさにどうしようもないのならばさておき、まだ台風は来てないんですけど。窓の外を見ても街路樹の枝すら揺れてないんですけど。今ならまだ自力でなんとか出来るのでは？　もしくは専門の人とか便利屋とかにお金を払ってして貰うとか。

とはいえ、老人世帯など自力ではどうにもならない場合もある。介護や年金等、高齢化社会が問題視されているけれど、そのせいか消防を便利屋扱いするケースも増えてきている。これが日常になると俺も困るが都民の皆さんも困ったことになる。火災や病気で一一九番通報しても、御用聞き的な出場で出払っていたら、あなたの助けに応えることは出来ない。困っているとき、人は周りが見えなくなる。だとしても、それでも本当に優先されるべきなのかを見極めた行動が出来るのが大人だと俺は思う。

それはともかく、上平井の出場でないことを俺は祈った。だが続いたのは「現場、葛飾区新小《しんこ》岩《いわ》四丁目○番地」という無情な声だった。

上平井消防出張所は新小岩一丁目から四丁目、東新小岩一丁目から八丁目、西新小岩一丁目から五丁目を管轄している。だがまだ行かなくてすむチャンスはある。この程度の案件ならば、通常は一隊出場だ。第二隊は待機の可能性が高い。

「○×ハイツ、出場隊、上平井1」

——やった、ラッキー！　と、俺が心の中でガッツポーズを作ったのと、遠藤隊長が「おっしゃ、行くぞ！」と声を張り上げたのは完全に同じタイミングだった。

第一隊の五名が一階へと階段を駆け下りて行く。

「飯の支度、しておきます」

階下に向かう中井の背に五代が叫んだ。またもや視線を感じる。今度は直属の上司、住田隊長だ。ポンプ隊一筋の四十八歳、顔も身体も四角く、質実剛健を絵に描いたような住田隊長には可愛らしいあだ名がある。まさえちゃんだ。由来は下の名前が昌之で、小学校入学時に「之」の字をひらがなの「え」と読み間違えられてそうなったという。だがお世辞にも可愛らしい要素はない。

まさえちゃんの視線はさすがに無視は出来ない。渋々ながら「手伝うわ」と俺が言ったそのとき、再び警報音のアラームが鳴り響いた。おいおい勘弁してくれよと思うが、台風直撃の日の出場指令の頻度はこんなものなのでさほど驚きもしない。救急車のサイレン音なし。また消防隊への出場指令だ。

「東京消防から各局、葛飾区救助要請、中層マンション、屋上から外れたビニールシートが建物外に垂れて危険とのこと」

――なんだ、そのしょうもない通報は。

とにかくウチじゃありませんように。ウチじゃありませんように。ウチじゃありませんようにと、流れ星を見つけたときと同じく早口で三回心の中で唱える。だが俺の願いも空しく、「現場、葛飾区新小岩四丁目×番地、△□マンション。出場隊、上平井2」とアナウンスが続いた。

「行くぞ」

という住田隊長の声よりも先に機関員の井上《いのうえ》さんが階段へと向かう。

さっきの現場と今回の現場は距離でいえば五百メートルも離れていない。こんなことってある？　というより第一隊が最初のを片付けたあとに転戦してくれよ、と本気で思う。

だが出場指令には逆らえない。俺も階段を駆け下りる。そして、この階段が俺にとって要注意ポイントその一だ。

我が上平井消防出張所の建物は古くて狭くて、何より天井が低い。特に階段は何でこうなったのか謎なのだが、梁《はり》があってさらに低くなっている。そして俺は身体がデカい。駅の階段を一段上れば楽勝二メートルだ。普通に歩く分には頭を打つことはないが、出場時は階段に隊員が殺到する。調子に乗って一段飛ばしで駆け下りようとすると、確実に頭を打つ。

なので迅速かつ慎重に階段を下りると、先に行った井上さんの姿は地図置き場には既になかった。現場の位置は地図を確認するまでもなく頭に入っていたのだろう。駐車場に出ると井上さんは防火衣を着終えてポンプ車のドアに手を掛けていた。

四十一歳、双子の男児の父親である井上さんは、中肉中背で細面に銀縁眼鏡と、一見するとインテリ風だ。見た目の印象どおりで、体力面で他の隊員を上回ることはない。体力訓練時にはけっこう苦労している。だが出場指令後、出場までの動きは誰よりも速い。

俺が壁に掛かった防火衣をつかんだのと、五代がつかんだのはほぼ同時だった。食堂にいたはずなのに俺と同時とはなかなかやるな。

十キロ以上ある防火衣を手早く着るにはコツがいる。アクション映画やドラマの格好つけたヒーローさながら、遠心力をつけて振り回して着るのが一番楽で早い。だがまた言うが、上平井消防出張所は狭い。防火衣を振り回して他の隊員の鼻にヒットさせたら鼻血ものだ。なので両袖を通してからよいしょっとおんぶするように着る。なんで俺はこんなことがすんなり出来るのだろう。って、前の職場の飯倉消防出張所も、ここと同じくらい狭かったからだ。やはり何事も経験――って、こんなことに慣れるってどうよ?

「現状確認」

第一隊の窪《くぼ》機関員の声に続けてサイレンが響く。一足先に第一隊の水槽なしポンプ車が出場する。行ってらっしゃいと手を振って見送りたいところだが、俺たち第二隊も出場だ。東京消防庁の出場原則は指令が下ったら一分以内に乗車出場、三分以内に現場到着。ぐずぐずしてはいられない。防火衣を着終えて水槽付ポンプ車の後部座席に乗り込む。

「ルートは？」

助手席に乗り込んだ住田隊長の質問に井上さんが阿吽《あうん》の呼吸で答える。後部座席には左から救急救命資格所持者の三十八歳菊川《きくかわ》さん——通称菊ちゃん、五代、俺の三人が乗車済みだ。住田隊長がフットスイッチ（足踏みサイレンボタン）を短く一度踏み、井上さんがＡＶＭ——車輛動態管理装置のタッチパネルの「出場」を押した。水槽付ポンプ車が駐車場から出て行く。いざ、出場だ。

「確定しました」

火災出場ならば、運転機関員や、走行中の注意アナウンスは助手席の隊長に任せて、後部座席の隊員達はただ乗っていればよいとはいかない。このポンプ車には水槽が付いているが、火災の規模によっては水を使い果たすこともある。空になったら水の詰め直しなどしない。近くにある消火栓から直接水を引いて活動を継続する。だから現場付近の消火栓の位置を確認しておかねばならない。だが今回は救助、いや、お手伝い——ぶっちゃけ雑用出場だ。消火栓探しはしなくてよい。それでもぼんやりとタクシーの客気分で乗ってはいられない。台風が接近している今、走行中の窓から見える景色に注意を払わねばならないからだ。

危険な状態を見つけたら、積極的に解決する。防災は備えから。これも消防官の大切な仕事だ。

現場の新小岩四丁目×番地ならば、俺でもルートは分かる。所を出てすぐ左折、直進して関牛《せき》乳店の前で右折、直進して東新小岩歯科医院を右折後すぐの交差点を左折して平和橋《へいわばし》通りに入ったらそのままひたすら直進。ＪＲ新小岩駅の高架下を進んで駅の南側に出たら新小岩二丁目の交差点を左折して末広《すえひろ》商店街通りに入る。あの通り沿いには中層階のマンションが幾つもある。その中の一つだろう。十分も掛からずに現着するはずだ。

三台前を第一隊のポンプ車が走っている。そりゃそうだ。第一隊の現場は、俺たち第二隊とルートは完全に一致している。向こうは俺たちの現場の先にある五叉路を左折した先が現場だからだ。

——後から出たのに先に現場到着とはこれいかに。

まぁ、出場指令だから仕方ない。消防への出場指令は出物腫れ物ところ構わずなのだから。

台風への注意喚起をテレビ各局で放送しているだけに、道に人の姿は少ない。優秀優秀。

科学技術の進歩だか、データ化なのかは俺には分からないが、天気予報の的中率は年々上がっていると聞く。そのわりには降ると言った雨が降らなかったり、逆に局地的に雨が降るゲリラ豪雨だったりと、けっこう外している気がする。ダチの裕二と守に言わせると、地球温暖化が進んでいるせいで今までと同じ予想では当たらなくなったからだそうだ。

ポツッと窓を叩く音が聞こえる。

「雨か」

住田隊長の声に、菊ちゃんが「風も出てきましたね」と続けた。見れば街路樹のクロガネモチの枝が風を受けてしなっている。消防官は管区の街路樹の名前まで知っていなければならないわけではないし、俺は植物大好きな自然派でもない。ではなぜ知っているかというと、都の建設局が街路樹の植え替えをしたからだ。以前はスズカケ（プラタナス）が多かった。だが葉が茂る時期はアメリカシロヒトリなど害虫の、紅葉の季節になれば落ち葉の苦情が住民から多く届いたのと、もともと歩道幅が狭いために剪定《せんてい》が必要なので維持費用が馬鹿にならないという理由から、計画的に他の樹木に植え替えが進められていたからだ。

いざ植え替えが始まったら、せっかく立派に育ったスズカケを金を掛けて引っこ抜き、また新たに木を植えるのってどうよ？　と苦情を言う住民もいたらしいが、維持するには一年間で夏冬二回の剪定費用一億七千四百万円プラス殺虫剤代が必要だ。それを二年に一度の剪定ですむ害虫のつきにくい木に変更すれば、二年間計算だと一億二千七百万円プラス殺虫剤代が浮く。ここまで具体的な金額が出れば文句も引っ込んで当然だろう。結果、管区内の街路樹はクロガネモチかサルスベリのどちらかに今はなっている。

たつみ橋交差点に差し掛かり、住田隊長がフットスイッチでサイレンを鳴らしながら、「救急車輛、通過します」と優先要請のアナウンスを行う。

いつも思うのだが、消防車や救急車がサイレンを鳴らして走行する理由は誰でも知っているはずだ。いちいちアナウンスをしなくても道を空けてくれてもいいのではないか。都民の皆さんはどうお考えですか？

ＪＲ総武《そうぶ》線の高架が近づいてきた。

「このあと風雨ともに相当強くなるって言っていたな」

「駅周辺、水が出ますかね？」

菊ちゃんの呟《つぶや》きに五代が不安そうに返した。

葛飾区は荒川《あらかわ》と中川《なかがわ》の二つの大きな川に接していて、以前は水害が多かった。だが荒川の洪水対応能力を向上させるために、全長二十二キロメートルに及ぶ人工の川である「荒川放水路」が造られたのは今から九十年も前の昭和五年のことだ。それ以降、荒川放水路の堤防が決壊したことはない。中川も段階的に護岸耐震補強工事が行われて、昭和二十二年の台風カスリーン以降、実は深刻な水害は起きていない。だがこれはあくまで河川決壊の水害の話だ。台風直撃となると話は別で、葛飾区は高低差のない平坦な地形のため、短時間に大量の雨が集中――ゲリラ豪雨による浸水のリスクは高い。二〇一四年九月十日のゲリラ豪雨では、ＪＲ新小岩駅前の商店街の道路と、新小岩駅のガード下を通る道路が三十センチほど冠水して通行止めとなった。以降は水が出ることはなかったが、今年は八月に一度、九月に一度、すでに二度出ている。

「雨脚が強まったら、一度巡回した方がいいかもな」

住田隊長の意見には、正直俺は同意しかねる。氾濫《はんらん》の危険性のある川の周辺に巡回に出て、出会った人に避難勧告をするのは分かる。そして天気予報を見ていなかったのだか（そんな奴いるか?）はさておき、見ていたのに自分は大丈夫とたかをくくって荒れた川見物に出向いた馬鹿が被災し救助を求めてきたら、腹の中では「何してくれてんだよ！」と悪態をつきつつも、仕事なので救助する。だが駅前の冠水については、水が出る前に「出そうだから用のない方はこの場から離れてください」と言ったところで、従う奴がいるだろうか？

それに問題は水が出てからだ。今回の場合だと消防官に出来ることは実は多くない。歩行が不自由な人の移動補助くらいで、あとは水が引くのをただ待つしかないのだ。

ポンプ車が高架下をくぐり抜けた。一昨日の雨で新中川の水位は平均値よりもすでに高い。これから台風直撃となると、マジでヤバいかもしれない。

消防官になってかれこれ十年になるが、幸運なことに俺は水害救助活動をしたことがない。東日本大震災で応援出場はしたが、震災が起きてから一カ月以上あとで、水はすでに引いていた。上平井消防出張所にはゴムボートが一艘あって、それを膨らます訓練はしている。けれど中川や荒川が氾濫したら——。

去年の台風十九号で、多摩川の一部が氾濫し、水害の被災死者が出たのは記憶に新しい。まして管区は荒川と中川の二つの川に挟まれている。たった一艘のゴムボートで何が出来るか、考えるだけでもげんなりする。だからこそ台風本体、あるいは天気を司る神様に、今からでも進路を変えて太平洋側に戻ってくれ！　と、心の中で強く願う。

新小岩二丁目交差点を左折して末広商店街通りに入った。所を出て五分程度しか経っていないのに、雨風ともにどんどん強くなっている。出場要請の内容は、屋上のブルーシートが外れて飛びそうだからなんとかしてくれというものだった。風が強くなるにしても、活動が終わってからにして欲しい。

「左前方の白い六階建てのマンションです」

井上さんの声と同時にポンプ車のスピードが落ちた。マンションの前にぴたりと停車させた井上さんが「現着」と言った。

ポンプ車から降りると、マンションの中から五十代くらいの長袖のTシャツにスウェットパンツ姿の男が出て来た。後ろから白髪頭の部屋着の女性も来ようとしたが、「母さんは入ってて！」と男に叱られて、エントランスのガラス戸より外には出ずに立ち止まった。

現場では正確な情報が活動の重要なポイントとなる。誰に話を聞けば良いのかを見極めなくてはならない。それだけに人間関係の把握は必要だ。今回は手前が息子で後ろが母親。今のやりとりからすると息子に聞くべきだろう。

「通報された方？」

住田隊長の問いかけに、男が「はい」と即答した。

「屋上のブルーシートが建物の外に垂れてしまって、自力では引き上げられそうもなくて」

言いながら男が建物の右側へと向かう。見上げると、屋上から隣のビルとの隙間にブルーシートが垂れていて、建物の隙間に吹き込む風に揺れている。その光景を見た俺は、思わず顔を顰《しか》めた。

屋上に繋がっている紐かブルーシート本体を切って下に落とせば、簡単に自力で回収できるはずだ。なのに一一九番通報をしてきた。ということは、そのやり方で自力で回収する気はない。イコール、ロクな案件ではない。

そう気づいたのはもちろん俺だけではない。住田隊長がちらりと菊ちゃんに視線を送る。菊ちゃんも目顔でそれに返している。

「これから台風が来るし、このままにして飛んでしまったら大事になりそうなので、お願いします。屋上へはこちらから」

言いながら、男はそそくさとマンションのエントランスへと入っていく。後を追う住田隊長の後ろに菊ちゃん、井上さんと続く。五代がお先にどうぞとばかりに俺を見る。行かないわけにはいかない。渋々ながら俺もマンションに入る。

六階建てのマンションでエレベーターは一基のみ。さすがに男六人では重量オーバーだろう。そうなると、自動的に俺と五代の二人が階段だ。エレベーターを見るなり、五代が建物の右奥にある階段に歩き出す。

男五人ならいけるんじゃないか？　一応試してみようと思ったそのとき、「本当にすみません」と、女性のか細い声が聞こえる。しまった、母親を忘れていた。百五十センチくらいの小柄なおばあさんだし、見た目から体重は決して重くなさそうだ。だとしても残りのメンバー内で最年少にして一番デカい俺は、やはり遠慮しておくべきだろう。仕方なく、俺も階段に向かう。

――それにしても六階かよ。あー、かったるー。

六階から更に少し階段を上ったところに屋上への出入口があった。強風で重たいらしく、男が体重を掛けるようにして開ける。ドアが開いて強い雨風が吹き込んできた。強い風雨の中、俺たちもぞろぞろと屋上に出て行く。最後に母親が出ようとして、「母さんは入っていて！」とまた息子が強く言い放つ。困り顔で「でも」と言う母親に「大丈夫ですよ。こちらでお待ち下さい」と井上さんが声を掛ける。

我が第二隊は、顔も身体も四角い住田隊長、眼鏡でインテリ風の井上機関員、集合写真だと見つけ出すのが難しい、これといって特徴のない顔の菊ちゃん、高校球児顔の五代、そしていつも怒っているように見られる一重瞼《ひとえまぶた》に喧嘩で曲がった鼻、頑丈そうな太い顎の俺という布陣でやらせて貰っている。なので世間水準ならお世辞にも言いづらいが、必然的に井上さんは我が隊のイケメン担当となっている。井上さんの笑顔は優しい。加えて声が良い。いわゆるイケボ——イケてるボイスの持ち主だ。井上さんに優しく話しかけられた通報者は皆、一様に安堵する。だが母親には効果がなかったらしく、不安そうな顔のまま「でも」と繰り返す。困り顔の母親を放っておいて屋上に出る。

周囲にこのマンションよりも高い建物はない。遮《さえぎ》る物がないせいか、想像以上に風雨が強い。思わず身体を持っていかれそうになる。下にいたときはたなびいていたくらいのブルーシートが、今では大きな音を立てて暴れている。

——うん、確かにこれはマズい。

吹き飛ばされて、走行中の車に掛かろうものなら、大事故を起こしかねない。これは早急になんとかしなくてはならない。ただ一点、ずっと気になっていたことがある。こんなことになった理由、そもそもブルーシートが屋上でどう利用されていたかだ。

その答えは目の前にあった。ブルーシートがくくりつけられている柵の前に、ダンボール箱やビニールに包まれた物が山積みされている。状態確認のために柵に近づきながら、ちらりと積まれた物を見る。ただの茶色い段ボール箱は中身までは分からない。だがいくつか外箱に中身が示されている物もあった。バーベキューセットに水遊び用のデカい水鉄砲、スノーボードとそれ用の靴。どれも相当長い時間ここに放置されていたらしく、外箱は水に濡れて乾いた感じのへたりが出ていて、外装も色あせている。物置場にしていて、ブルーシートは水濡れ防止用に一応掛けていたのだろう。シートの二片側の直角部分を柵に紐で縛りつけて、残る二辺は重しでも置いていたに違いない。その重しが風で飛んだということだ。

鉄柵に近寄って垂れ下がるブルーシートを確認する。柵から布団のように垂れ下がっている。思った以上にデカい。

「けっこう大きいですね」

「縦横二十メートルあるんで」

住田隊長の問いに、男がなぜかちょっと自慢げに答えた。

——なぜ得意げ？　それにもう一つ分からないのは、おそらく直角の二辺で止められていたはずなのに、今一辺のみになっていることだ。一辺分だけ風で煽《あお》られて外れたのだろうか？　風ってそんなに器用か？　という以前に、まだそこまでの強風は吹いていないはずなのだが。

「台風が近づいているので、私が外そうとしたんですけれど風で煽られてしまって。私一人では持ち上げられなくて」

背後からのか細い声で謎は解けた。だが新たな謎が湧いてきた。私一人では？　ってどういうこと？　息子がいるじゃねぇか。

「だから、余計なことするなって言ったじゃないか！」

「だって、前の台風の時も危なかったでしょ。今回のはもっと大きいってニュースで言っていたから」

「シートを外したら、荷物が飛ぶかもしれないだろ！　どうすんだよ、一人でこの荷物も全部中に入れられるのか？」

——謎はすべて解けた。

推理小説で名探偵がそう言うシーンならば、気分すっきりだろうが、今回はそうはならない。

母親は台風に備えて屋上の物をなんとかしようとした。だがこの馬鹿息子は手伝おうともしないどころか、下手を打ってしまった母親をただ詰《なじ》っている。しかも、ぱっと見、運動機能に支障があるようには見えないのに、自分でどうにかしようとせず、一一九番通報をした。

消防官をなんだと思っているんだ。こんなことで出場要請するだなんて信じられない！　などと憤慨する気持ちはもはや薄れた。残念ながら、マジですか？　便利屋と間違えて掛けてませんか？　と思う内容で一一九番通報する都民は少なくないからだ。

「紐がだいぶ固く縛りつけられてますね、切ってもいいですか？」

菊ちゃんの提案は俺が考えたのと同じだった。紐を切って下に落として回収する。それが一番早いし安全だ。となると、下に行って回収する人員が必要だ。五代一人でとはやはりいかないだろう。六階まで階段を上がった意味って？　と、うんざりする。

「切らないで下さい。紐がないと、このあと使えなくなるので」

信じられない答えに耳を疑う。俺以外の皆も同じだったのだろう。誰も反応する者はいない。強風で聞こえていないとでも思ったのだろう。男がもう一度繰り返した。

「紐がないと、このあと使いづらいから切らないで」

——何言ってんだ、コイツ。

イラっときたら、背後からまた母親のか細い声がした。

「切ってもらいましょ」

「いいから中に入ってろよ！」

またもや息子が母親に怒鳴る。

「新しいのを私が買うから」

今度は折れずに母親が言い返した。

「同じ物、母さんに買えるのか？」

——いや、買えるだろ。

ホームセンターに行けば、全く同じ物とはいかないまでも似たような物はいくらでも手に入る。ネットで探して買えば自宅まで配送もしてくれる。高齢のお母さんには難しいのなら、この場で代金を現金で貰えれば、スマホで俺が代わりに購入してもいい。

「もう、引っ込んでろよ！　余計なことをするから、こんなことになるんじゃないか！」

——余計なこと。

屋上に荷物を置きっ放し、シートも固定しきれていないのを良しと思わず、台風に備えてどうにかしようと母親がしたのが余計なこと。うんざりだ。マジで、台風にこいつをどこか遠くまで吹き飛ばして貰いたい。

「やってみます。五代、大山、下に行ってくれ」

　住田隊長の声に菊ちゃんと井上さんが文句も言わずに紐を外しに掛かる。こんな不愉快な奴の側には一秒たりともいたくないだけに、俺もすんなりと指示に従う。

　五代より先に下りてマンションから外に出る。屋上ほどではないが、やはり風雨ともに強い。道路を挟んで反対側の歩道を行く人が向かい風をまともに食らって前に進めず、立ち止まって踏ん張っていた。背の低いやせっぽちの喪服姿の爺さんだ。傘を差すのは諦めたらしく畳んで手に持っている。感心感心。強風のときは、その方が安全だ。残り少ない薄い白髪が強風に持っていかれて全部抜けてしまいそうな勢いだ。こんな日に葬儀とはアンラッキー。だがこのままでは爺さんが葬儀の主役になりかねない。強風に爺さんがよろめいた。

　とりあえず、風の当たらないところに避難させた方がいいだろう。シートが落ちてくるまでにはまだ時間がかかりそうだし。

「大丈夫ですか？」

　横断歩道はちょっと遠い。周囲に人目がないのを確認する。消防官としての活動だとしても、ルールを破ったとご注進して下さる都民はいらっしゃるので要注意だ。

というか、そういう都民に聞いてみたい。あなたは生まれてこの方、ただの一度も信号無視をしたことがありませんか？　と。

　ありがたいことに人目はない。車もいない。右見て左見て、道路を渡る。風に押されて動けなくなっている爺さんの風よけになりながら、歩道から建物と建物の隙間の路地まで誘導する。

風が当たらない場所に入って、爺さんは小さく一息吐いてから「すみません。ありがとうございました」と礼を言った。さきほどの馬鹿息子のあとなだけに、風で髪が乱れてしょぼくれたひな鳥みたいな爺さんでも、お礼を言われると嬉しい。

「当分風は収まらなそうだけれど、大丈夫ですか？」

「家はすぐ近くなので。少し様子を見てから移動します。無理そうなら、電話して家族に迎えに来て貰います。さっき、高校生の孫が心配して連絡をくれたので」

ちゃんとした爺さんの孫はちゃんとしているということだ。実によろしい、素晴らしい。そのとき、「落とすぞー！」と菊ちゃんの声が聞こえる。どうやら紐を外すことに成功したらしい。

「どうぞお仕事に戻って下さい」

丁重に爺さんに言われて、俺は「じゃぁ、気をつけて」と声を掛けてから、道路を渡った。

あとは道路に落ちたブルーシートを畳むだけ。だがこれがしんどい作業だという想像が出来なかった俺は大馬鹿野郎だ。

縦横ともに二十メートルのシートを綺麗に畳むには、端と端を合わせて折り畳んでいくしかない。重さこそ三キロ程度で大したことはないが、晴天風なし邪魔する物のない広い場所で行ったとしてもなかなかの運動になる。まして今は雨に強風、しかも歩道上という限られた空間での作業だ。風を受けたシートは扱いづらいことこの上ないわ、顔には真正面から雨が叩きつけてくるわでテンションはだだ下がりだ。だが時間を掛けるだけ苦労は増す。こうなったらとっとと終わらせるに限る。

「五代、行くぞー！」

先輩なので俺が率先して声を出すしかない。まずは長方形にするべく端と端をそれぞれが重ねて持つ。面積が小さければ間違えて捻れて持つこともないだろうが、二十メートルともなると簡単にはいかない。五代と二人、シートをたぐるようにして端を合わせる。今度は正方形になるように二つ折りだ。声を出す前に五代が俺の方に駆け寄って来る。――いいねぇ、このやる気。と、にこにこ見ているわけにもいかない。じきに住田隊長達がエレベーターで降りてくる。五代一人に畳ませていたところを見られようものなら、帰所してから何かしらのペナルティが科せられる。なので俺も五代に近づく。五代が手にした端を手渡してくる。四つの端を合わせて俺が持つと、すぐさま五代が垂れ下がった折り目を拾い上げに走って行く。今回は俺は移動する必要は無い。念のためにちらりとマンションのエントランスに目を遣る。まだ隊長たちは降りてきていない。ずいぶんと時間が掛かっているなと思いつつ、下がった部分を持ち上げて一足先に折り畳もうとする。二つ折りの下の部分に溜まった雨で意外に重い。ぐずぐずしてはいられない。とにかく畳めばいいだろうと、そのまま折り目と端を合わせようとしたそのとき、「水は流して！」という声がかかった。息子が出来るだけ濡れないように、エントランスのガラスドアから顔だけ突き出している。今すぐ五代の手からシートを奪い取り、ぐっちゃぐちゃにして投げつけたい衝動に駆られる。シートの回収はした。強風に飛ばされて第三者が被害に遭うこともなかった。シートなんて後日いくらでも綺麗に畳み直せばよろしい。

だがもちろんそんなことはしない。息子の背後に、住田隊長、井上さん、菊ちゃんの姿が見えたからだ。

「こっち上げるからしゃがめ」

俺の指示に従って五代が身を低くする。斜めになったシートの上を溜まった水が流れ落ちていく。頃合いを見計らって、今度は俺が五代に近づく。さらに二度、水が溜まらないようにしながら折り畳む。距離が近くなった五代が何か話しかけてきた。だが風雨が強くて聞こえない。

「なんて？」

大声で聞き返したが、五代は答えるのに躊躇《ちゅうちょ》した。さらに距離を詰め、マンションに背を向けた状態になってから、「なんかみんな、げんなりしてません？」と言ってきた。

監督するような偉そうな目でこちらを見る息子の背後の住田隊長も井上さんも確かにいつもの微笑みの国の住人には見えない。ついでに言うのなら、その表情は限りなく無に近い。

「降りてくるのに時間掛かってますし、上でなんかあったんですかね？」

五代の言葉にぴんときた。

掛けられていたシートがなくなって屋上に残ったのは段ボール箱やビニールに包まれた不要な物だ。強風で飛んでいこうものなら危険極まりない。とうぜん住田隊長は屋内に移動する提案をしたはずだ。あの息子のことだ。一人でする気などあるはずもない。勝手にシートを外した母親にやれくらいのことは言ったに違いない。そうなったらどうなるか？　住田隊長、井上さん、菊ちゃんの三人が代わりに荷物を運び込んだに違いない。もちろん息子はまったく手伝っていないだろう。それは暴風雨の中、俺と五代がシートを畳んでいるのに、陰険な目つきで屋内から見張っているのが証明している。

屋上に積まれた荷物の量を思い出す。労力面で言ったら荷物運びの方が大変だったろう。だとしたら、シート担当でラッキー！　――じゃねぇよ。そもそも息子が自分ですべきことだろうが。

腹の中で盛大に毒づきながら、それでもなんとか表情には出さずに畳んだシートを手にエントランスへと向かう。差し出したシートを息子は受け取ろうともせずに「こっちに入れて下さい」と管理人室のドアを開けた。噴きこぼれそうな怒りを抑えて言われたとおりにする。

怒りが爆発する前に早く立ち去る。それしか出来ることはない。

――頼むから、台風直撃に備えての注意とかしないで下さい。

心の中で強く願う。祈りは通じた。というより、この場から早く去りたい気持ちは皆一緒だったのだろう。母親の丁寧な感謝の言葉に住田隊長もいつもでは考えられないくらいおざなりに応じて「それでは」と切り上げた。

全員が水槽付ポンプ車に乗り込む。誰ともなしにそれぞれが溜め息を吐いた。

「隊長、もしかして屋上の荷物」

恐る恐る五代が訊ねる。

「運んだよー」

答えたのは菊ちゃんだった。

「三人で十五往復くらいはしたかな」

予感的中。しかも案の定、三人だけでだ。

「すみません、手伝いに行けなくて」

「シート回収してたんだから仕方ないよ」

「とにかく、何か起こらなくて良かったよ」

菊ちゃんと申し訳なさそうな五代の会話は住田隊長の言葉で止まった。

その通りなのは分かっている。

通報しないで母親が一人でなんとかしようとしていたら。風でブルーシートが飛んでいたら。そうならずに済んだのだから良かった。確かにそうだ。だが何をどうしても俺は、うん、そうですねとは思えない。なので、あの馬鹿息子に罰が当たれと本気で俺は祈ることにした。

――硬い物に足の小指ぶつけて痛たってなれ！　カラスの糞あびろ！

本当はその程度の罰では気は収まらない。だが救急車を呼ぶことになったり、看病で母親に迷惑が掛かっては本末転倒なのでこの程度にしておく。

「帰ります」

言いながら井上さんがＡＶＭの再出場可能ボタンを押した。

出張所に戻ると、すでに第一隊の水槽なしポンプ車が止まっていた。先に出たものの、現場は俺たちよりも遠いところで、しかも出場要請内容はエアコンの室外機が外れそうという面倒臭そうなものだったのにだ。なのに早い帰所なのは、ものすごくラッキーな現場だったに違いない。というのも、過去に俺も同じ内容で二度出場したことがあり、そのどちらも地獄のような現場だったからだ。

一つ目は見つけて通報したのは室外機の持ち主ではなかった。持ち主の許可なしでは何も出来ない。だからと言って、はい、お終いとはならない。危険性がある以上はどうにかしなければならない。建物の外から室外機に近づき、飛ばないように固定する。五階建てのマンションの三階では、わざわざハシゴ車を出場させるほどでもない。隣室の住民がいれば、中を通らせて貰ってベランダを移動すればいいが、あいにく両隣とも留守だった。結局、上の部屋の住人に協力して貰って、ベランダから下りて作業をするしかなかった。シンプルに物理的に大変な現場だった。

二つ目は人為的な地獄パターンだ。通報者は戸建ての住人で現場は二階。アプローチこそ室内から出来たが、室外機は壁留めタイプだった。壁から外すことは出来る。だが再度取り付けるにはそれなりの知識を持った専門家が必要だ。そうなると消防士ではどうしようもない。何度説明しても通報者は理解してくれなかった。いつまでもこのままにはしておけないし、相手は高齢で耳も遠いお婆さんだったこともあり、代わりに業者に電話をしようということになった。いざ電話をして、いくら掛かりますと伝えたとたんに、それまでの耳の遠さや弱々しい老女の素振りはどこへやら、「私が頼んだんじゃないから払わない」と怒鳴りつけてきた。賃貸物件はこういうとき管理会社に連絡すればいいが、持ち家となるとそうはいかない。そのときは井上さんが電話近くの壁に貼られた緊急連絡先の息子の電話番号を見つけ、そこに掛けようとして話は収束した。息子に知られるのは嫌だったらしく、渋々、業者の代金を払うことを了承した。無事に解決はしたが、税金で給料貰っているくせにとか、延々と嫌なことを言われた。

納税は日本国民・都民の義務だ。徴収した税金から給料を払う組織は、必要性があるから国や自治体が作った。給料の出所が税金だからといって、国民や都民の言うことを何でも叶えるわけではない。通報者もそれに応える消防士も、適切な運用があってこそ都民の安全を守ることが出来るのは忘れないで欲しい。何より俺たち消防士も税金を払っている。つまり立場は都民の皆さんとまるっきり同じ。なんでそれが分からないかな？

ということで俺の室外機案件では二件とも三時間超えの出場となった。なのに第一隊は一時間もかからずに帰所している。

防火衣を脱いでいると、駐車場に第一隊の清水《しみず》さんがやってきた。年齢は二歳上だが同期の菊ちゃんが話しかける。

「早かったな」

「住人在室で、外して部屋の中に入れてくれって」

「取り付けの説明は？」

「住人の旦那さんがそういう仕事の人で自分でするって」

運の良い連中め！　何この違い、日頃の行いの差？　ウチの隊で誰か悪さしている奴がいるに違いない。

「そっちは時間かかったな」

菊ちゃんが清水さんに出場内容を話していると、階段からひょこっと第一隊の中井が顔を出して「飯、出来ました」と叫んだ。

帰って早々に温かい夕飯にありつけるのはありがたい。フックに防火衣を掛け終えた俺は食堂に向かって階段を上り始めた。

2

しめじ入り牛丼に野菜サラダとみそ汁の夕食を食べ終え、各自が出場記録を書いていた午後六時頃はまだ穏やかだった。その空気は七時四十分過ぎに気象庁が大雨特別警報を首都圏全域を中心として広範囲に発令したことで一変した。

大雨特別警報は集中豪雨や台風で数十年に一度レベルの大雨が予想される場合などに気象庁が発令する警報だ。この特別警報は運用されてから実はまだ日が浅い。きっかけは二〇一一年の東日本大震災にある。地震発生直後、気象庁は大津波警報を出していた。だが住民の素早い避難には繋がらず大勢の人が犠牲になった。その哀しい経験を踏まえて、災害の発生が著《いちじる》しく迫っているときに警報よりもさらに危機感を伝えて避難を促すために大雨、暴風、高潮、波浪、大雪、暴風雪の六種類の特別警報を二〇一三年八月から開始した。さらに二〇一八年七月の豪雨において避難勧告や避難指示（緊急）等の危険度の認知が低かったことや、様々な防災情報を十分に活用できなかったことから「避難勧告等に関するガイドライン」を改訂し、翌年五月二十九日より災害発生の高まりに応じて住民の避難行動等を支援するため、直感的に理解できる防災情報である「警戒レベル」の運用を開始した。

この警戒レベルには五段階ある。今回のような大雨の場合、第一レベルは気象庁が警報・注意報に先立って「大雨に関する気象情報」を発表し、注意を呼び掛ける。住民側でいえばまだ心構え程度。第二レベルは現象の推移に応じて「大雨注意報」を発表。警報になる可能性がある場合はその旨追加で発表。住民はハザードマップ等で避難行動を確認。

第三レベルは「大雨警報」。発表時には大雨の期間や予想雨量、警戒を要する事項もともに発表。高齢者・障がい者・乳幼児などとその支援者は避難。その他住民はまだ準備でOK。第四レベルでは、その後も大雨が降り続き、重大な災害が起こる危険性が非常に高まった場合「高潮特別警報」を発表する。ここまできたら住民は全員避難。

そして第五レベルの「大雨特別警報」。気象庁や市町は災害発生情報を発信する。住民は命を守るために最善の行動を取る。とにかく、生き延びることに集中しろという状況だ。

これで大雨特別警報の発令がどれだけ緊迫した状況かは都民の皆さんにも分かって貰えたと思う。なので大雨特別警報が発令されたら、「でも大丈夫でしょ?」なんてたかをくくらず、自分や家族が生き延びるために適切な行動をして欲しい。

なんてもっともらしいことを考えつつも、俺の本音は「あーあ、出ちゃったよ」だ。

というのは、気象庁の大雨特別警報の発令と東京消防庁の水防非常配備態勢はセットで発令されるからだ。水防非常配備態勢は、台風などの水害に対して敷かれる非常シフトで、中身は人員増強だ。非常配備態勢には第一から第四まで段階がある。第一は当番の職員のみ。第二は当番の職員と非番職員の三分の一と所要の消防団員。第三は当番の職員と非番職員の半分と所要の消防団員。第四が全職員と全消防団員、つまり総動員となっている。

非常時のために通常よりも消防士の人数が多いのは、救助が必要な都民の皆さんにも、通報に応える消防側にも良いことだとは思う。

だが、一つ問題がある。重ねて言うが、我が上平井消防出張所は狭い。執務室の机は当番日の隊員の数しかない。当然イスの数もだ。その他は食堂と仮眠室だ。だが仮眠室は二段ベッドで占められていて一人歩くのがやっとの通路しかない。通常勤務の朝八時半に行われる大交替の直前に二日分の当番員が集結するが、そのときですら身の置き所がなくて、俺は階段か裏庭の喫煙スペース——といっても灰皿が一つあるだけだが——か、駐車場近辺をうろうろしている。大交替はものの十分程度で終わるが、非常配備態勢はそうもいかない。所内に通常の十二人に加えてさらに六人、合計十八名が解除されるまでずっと詰めていなければならない。そのストレスたるや、ハンパない。去年の台風十五号で水防第三非常配備態勢が発令されたが、勤務あけの疲労感は大型火災出場したときよりも酷かった。

火災出場は熱いし疲れるし、体力的には辛い。けれど狭い空間に大人数が犇《ひし》めきながら、出場指令をただじっと待つ方が俺はぐったりする。

——この五分の間に風雨が急激に弱まって、大雨特別警報が解除になりますように。

そんなミラクルはありえないと分かっていつつも、心の中でそう祈る。

そのとき警報音のアラームが鳴った。サイレン音はなしで通信員の声が流れ出す。

「東京消防から各局。水防第三非常配備態勢発令」

期待空しく水防第三非常配備態勢が発令された。

「出たな」「出ましたね」と、所内のあちらこちらから声が上がる。

「第一係の第一隊が来ます」

非番の第一係の第一隊――水槽なしポンプ隊が出勤してくるらしい。昨日の朝八時半から今朝の朝八時四十分までの二十四時間と十分働いて非番になったのに、また出勤になるなんて最悪だ。今日が当番日でまだマシだった。――ホントか? なんか違う気もするが。そう考えると、一番いいのは今日週休日の第三係だ。ちぇっ、運のいい連中め。

『午後八時現在、関東の一都六県では神奈川県と千葉県で約一万二千戸が停電しています。そのうち神奈川県の横須賀《よこすか》市、厚木《あつぎ》市――』

執務室内のテレビはずっとつけっぱなしだ。画面は上部に大雨と災害情報がテロップ、左端は緊急警戒放送(警戒レベル4)の文字で埋められていて、映像が映る狭いエリアでは各地の状況映像が流されている。そのテレビの音も、ガラス戸越しに聞こえてくる暴風雨の音でかき消されて聞こえづらいときすらある。

「突風の間隔が狭くなってきたな」

遠藤第一隊長が窓の外を見ながら言う。台風は関東に上陸し、勢力はさらに強くなって猛威を振るい続けている。

「こんなにデカい台風になるって予報じゃなかったよな?」

「はい。昨年の台風十五号ほどではないって予報でした」

住田第二隊長にすぐさま五代が答える。

昨年の台風十五号のときは予想が的中し、ＪＲ東日本は前日の夜には、都内の在来線の全路線を始発から午前八時まで計画運休すると発表した。だが今回は予報の段階では十五号ほどではないとされていた。

「電車は？」

「総武線、京成《けいせい》線ともに八時前に止まってます」

計画運休ではないので、駅に缶詰になっている人も多く、ニュース映像では帰宅の足を失って困惑する人達の姿が何度となく映し出されている。まさに今混雑する新宿《しんじゅく》駅からの映像が流れ始めた。雨合羽《あまがっぱ》を着たインタビュアーが人でごった返す改札口の外で若いサラリーマンにマイクを向けている。

『このあとどうされますか？』

『まさか電車が止まるとは思ってなくて。待っていても復旧するか分からないし、タクシーで帰るしかないですね』

『タクシー、すでにすごい列になってますよ』

『えっ、そうですか？　とにかくそっちに行きます』

走り去るサラリーマンを見送りもせず、インタビュアーは『以上、新宿駅南口からでした』でコーナーを締めた。

毎回思うのだが、災害の状況を広く日本中に知らせるのが報道なのかもしれないが、カメラクルーやアナウンサーなど数名でわざわざ現地に赴いて、困っている当事者にインタビューをする必要性があるのだろうか。自分たちは移動手段を確保しているのなら、せめて今のサラリーマンを乗せてってやれよと思う。というより、俺なら取材は受けない。取材する側もする側だが、受ける側も俺には謎だ。どうしても伝えたい何かがあるのなら話は別だ。だがそれ以外はデジタル・タトゥーとしてどこかしらに記録として残り続ける昨今、覚悟もなしにテレビに出るなんて危ないことはしたくない。そんなことを考えていると、テレビの音が聞こえづらくなった。不具合ではない。窓に叩きつける雨音がとんでもないことになっていた。もはや雨なんてレベルではない。バケツの水を叩きつけるような激しさだ。

「新小岩駅とアンダーパス、危ないんじゃないですかね？」

遠藤第一隊長が原島所長に向けて大声で言う。

ブルーシート回収時に通った新小岩アンダーパスは過去に一度冠水しているが、その後も特に対策を講じていないため、東京都の道路冠水注意箇所マップに葛飾区で唯一ランクインしている。ただ、去年の台風十五号では水は出なかった。ものの数時間前までは、テレビ各局の天気予報で繰り返された「十五号ほどではない」という言葉を俺も信じていたが、今の状況を見るに、とても当たっているとは思えない。駅も電車が止まったばかりでまだ利用客もいるだろう。それ以前に通路に使う人は多い。

「交通整理は警察がするから待機するしかないね」

原島所長があっさり答えた。

道路が冠水した際、封鎖するかどうかを決めるのは警察か都の建設局だ。消防の管轄ではない。消防に来る出場依頼で圧倒的に多いのは、冠水で車が立ち往生したケースだ。正直、これだってＪＡＦか保険会社かロードサービスに連絡しろよと俺は思う。町中で車が動かなくなったら、そのどこかに連絡するはずだ。だが自然災害の場合、なぜだか一一九番に皆さん通報する。中に閉じ込められ、隙間から水が入ってきて今まさに命の危機というのならば仕方ない。人命救助は消防の仕事だ。けれど通報を受けて現着したら、車内から降りた運転手が濡れない場所で待っていることも珍しくない。

とにかく、こうなったら水が出た瞬間、警察が道路を封鎖してくれることを祈るしかない。いや、それ以前に、水が出なけりゃいい。どうか水が出ませんように。

そう祈りながら、ちょっと前に祈り空しく水防第三非常配備態勢が発令されたのが頭を過《よぎ》る。いや、さすがにあれは台風という自然現象のパターンを覆す無理筋な願いだった。だが今回のは違う。道路の冠水は下水道の水量が臨界点を超えたときに起こる。流れきれない水が道路に溢れ出す現象だ。今、雨量が急激に増えたとしても、それまでが少なければ、あるいは、すぐさま雨が弱まれば水が溢れ出すことはない。

雨が降り出したのは前回の出場時だから午後五時前。それから三時間弱、雨は強さを増して降り続いている。だとしても、今度ばかりはお願いします。

しかし、そう願い続ける俺の耳に警報音のアラームが聞こえた。救急サイレン音はない。

「東京消防から各局。葛飾区救助要請。葛飾区新小岩一丁目、平和通り新小岩アンダーパスが冠水。江戸川区《えどがわ》方向からの乗用車三台が停止」

——来たよ。

とはいえ、俺たち上平井消防出張所は消火に特化した特別消火中隊。救助は本田消防署の救助隊の仕事だ。台風の中ご苦労なことで、と内心気の毒がっていると「出場隊、上平井1、2」と続いた。

ものの十五分前に、本田の救助隊が奥戸《おくど》街道沿いのマンションのエレベーター停止による閉じ込められに出場したのを思い出す。どれだけ優秀なオレンジ集団だろうと、誤報とか現着したらすでに解決済みみたいな幸運に巡り合わせない限りは、十五分で解決して転戦は無理だろう。救助の専門隊が出場出来ないので、終わるまで待って下さいとは当然だがならない。現場に一番近くて出場可能な消防隊に出場指令が掛かる。

——うっそーん。こんなことってある？　神様、俺、何かしましたか？

天を仰いで叫びたい俺の周りで隊員達が各々、「行くぞ」「火元は？」「切りました」と声を上げている。その顔には緊張感が満ちていて、動作もきびきびとしている。俺も負けず劣らずのはつらつさを絞り出して駐車場へ向かう。

二隊十名の出場でもフル装備の隊員同士が駐車場の狭い通路でぶつかることはない。そんな訓練はしていないのに大したものだといつも思う。

それぞれのポンプ車に隊員が乗り込む。二隊が同じ現場に出場する際は、第一隊が先行出場と決められている。俺たち第二隊が出場準備を終えて住田隊長がフットスイッチを踏む直前、第一隊の水槽なしポンプ車がサイレン音を鳴らして走り出した。

前回の出場とルートは同じだ。第一隊、第二隊のポンプ車は数度曲がってすぐに平和橋通りに入った。ここからならば現場の新小岩アンダーパスはのんびり歩いても十分は掛からない。まして救急走行可能なポンプ車ならば三分もあれば楽勝だ、というわけにはいかなかった。平和通りは大渋滞していた。新小岩アンダーパスで車が立ち往生しているのだから、そりゃそうだ。

サイレンの音に続いて遠藤第一隊長の「救急車輌、通過します」というアナウンスが繰り返される。路上の車の多くが道を空けるために左に寄ろうとしてくれる。だが車が詰まっていて車間も狭く、協力しようにも出来ない状態になっている。とはいえ、なんとか道を空けて貰うしかない。このままでは徒歩で現場に行くことになる。視界が悪くなるほどの風雨の中、徒歩で現場に向かうなんてまっぴらご免だ。まして現場は車の移動要請。しかも三台。人力で出来ないこともないが、さすがに勘弁して貰いたい。

遠藤第一隊長のアナウンスが繰り返される中、路上の車は何度も切り返しをしてなんとか道を空けてくれる。いや、世の中捨てたものではない。少しずつだが通れるようになった道を第一隊の水槽なしポンプ車が、遠藤隊長の「ご協力感謝します」のアナウンスとともに進んでいく。間隔を空けずに井上さんはその後に続く。たつみ橋の交差点で右折する。停止した車は同じ車線で前後から引っ張り出さなければならない。

何度もアナウンスを繰り返しながら、新小岩アンダーパスの前にようやく着くと、道の真ん中にパトカーが停められていた。通行止めの緊急措置だろう。いや、ちょっと待て。すでに警察が通行止めにしたのなら、なんで消防に通報する？　警察の指導の下、運転手にロードサービスか保険屋かＪＡＦに連絡させればいいだろうに。それ以前に、警察がどうにかしてくれてもいいんじゃないのか？　むっとして俺はパトカーを睨みつける。車中に警察官の姿はない。どういうことだ？　と確認すると、アンダーパスの中から半袖の制服警官がこちらに手を振っていた。濡れるのが嫌で出て来ないのだろう。――不精者め。

パトカーの横を通り過ぎて、すぐに通行止めで車のいない道路の左端に寄せて第一隊が止まった。その後ろに井上さんが停車する。

「現着」

「まずは状況確認」

井上さんの声を受けて住田隊長が指示を出す。今回は消火活動ではないのでボンベはいらない。ドア横の俺と菊ちゃんがまず先に降りる。外に出ると横殴りの雨が襲ってきた。一足先に到着した第一隊がアンダーパスの中で警察官と話をしている。近づいていくと、第一隊の中井がこちらに走ってきた。

「水が出始めたのは――」

暴風雨の中、中井が大声で伝えようとする。いや、気持ちは分かるが、第二隊だって全員話を聞く必要がある。暴風雨の中で一人ずつ伝えるなんて非効率なことをするよりも、全員で聞いた方が絶対に良いと思うぞ。話も一度で済むし。とはいえ、俺には決定権はない。さてどうするかと思っていると、運転席から降りてきた井上さんが中井の肩を叩いてアンバーパスを指すと、そのまま先に進んだ。気づいた中井とともに、俺も後を追った。

アンダーパスの中に入ってとりあえず雨の直撃から免れた。天井に付けられた街灯の黄色い光に照らされる中、三台の乗用車が止まっていた。道路は中央部が冠水しているが、水位はまだ三十センチにもなっていない。普通のセダンでも水位三十センチ以下なら、止まることはまずないはずだ。なのになぜ？

一番手前に止まっている黒のアルファードを一目見て、その理由が俺には分かった。ありえないくらいの鬼キャン仕様にしてやがったのだ。サイドステップなんて地面から十センチもないくらい車高を下げている。

詳しく説明されないとぴんとこない？　車高を地面ギリギリまで下げ、タイヤがハの字状態と言えば分かるだろうか？　まだ分からない？　アルファード、スペース、鬼キャンで画像検索してみるといい。あなたの知らない世界がそこにあると思う。

それだけ改造するのなら、何かしらのメリットがあるんだろうって？　タイヤを外にハの字に着けることでホイールアライメントが狂うから走行性能、とりわけ前輪をそうすると直進性能が著しく悪化してハンドルが取られやすくなる。サスペンションやショックアブソーバーが正常に働かなくなるから乗り心地が悪くなる。タイヤが常に大きく傾いた状態で地面に接しているから偏磨耗《へんまもう》が避けられない。走行抵抗が増加するから燃費が悪化する。ハブベアリングやナックルなどの部品に過剰な負荷をかけるので車の寿命が縮む。極端に地上高が低くなるため、ちょっとした道路の段差でもマフラーやバンパーを破損しやすくなる。何よりも、今まさにこうして水没している。

車はある程度の冠水や浸水に耐えられるように設計されていて、一般的に走行可能とされる水深は、乗用車ならばドアの下端、床面が浸からない程度までとされている。水深がそれ以上になると車体が水に浮いて動けなくなったり、エンジンの吸気口が水を吸ったり、排気管がふさがれてエンジンが停止することもある。特に最近の車はエンジンをはじめ、ほとんどの重要箇所が電子制御されているので水の浸入には非常に弱い。

安全性が落ちるのに、お金を掛けてわざわざなんでそんなことをするのかって？

そりゃ持ち主の趣味だろう。己のセンスを発揮し美学を示すためだ。で、この車の持ち主のセンスがどんなものかと言うと、まずは鬼キャン。しかもフロントグリルにはブルーのモール。ホイールにも同色の尖ったボルトキャップを嵌《は》めている。——なんだそのホイール、マッドマックスのウォーボーイズかよ！

全部ひっくるめてひと言で表そう。超絶ダセぇ。

濡れていないエリアにTシャツにハーフパンツ、足下はサンダルの三十前後の男が鬼キャンアルファードにスマホを向けて立っていた。おそらくこいつが運転手だろう。水没した自分の車を記念にカメラに収めているようだ。保険か何かで使うためだとしても、一体何枚撮る？　ってくらいスマホのカメラを向け続けている。よく見ると男が何か喋っていた。——動画撮影だ。この非常事態に何をしてやがる。いますぐ止めろと怒鳴りつけたいが、そんなことをしたら、のちに大本営に注進されて、結果、始末書になりかねないのでぐっと堪える。

「大山さん」

五代に呼ばれて、慌てて俺は消防士の輪に加わる。

「一台目の運転手がロードサービスに電話をしたが、この天候で到着まで時間が掛かるらしい」

上平井の二台の消防車にはどちらもウィンチは付いていない。ここで問題だ。ではどうやって車を外に出すか？　正解は人力で押し出す、だ。だが一つ提案したい。道路の封鎖は冠水が引くまで続く。ならば、このまま水が引くまで、それこそ台風が通過し終えるまで放っておいていいのでは？　水が引いてからならば移動も今よりは楽だし、何よりその頃にはさすがにロードサービスも到着しているだろう。

そんなことより、通報のタイミングがおかしくないか？

浮かんだ疑問を解決しようと時系列を考える。冠水で車が動かなくなった。そこで、これはどっちが先かは分からないが、警察かロードサービスに電話をする。ロードサービスは来るのに時間が掛かるのでまだいない。警察が来て道路を封鎖する。ここまではおかしくない。では誰がどのタイミングで消防に通報した？

そんなことをつらつら考えていると、耳が五代の声を拾う。

「完全にエンジン停止ですか？」

「いや、三台ともエンジンが止まる前に自分で停止したそうだ」

遠藤隊長の即答に、俺は「どういうこと？」となった。隊員の多くも同じく思ったのだろう、みな怪訝な顔をしている。

遠藤隊長が説明を続けようとしたそのとき、「まだ全然いけたんだよ！　二十センチにもなっていなかったんだから！」と男が突然怒鳴った。コンクリートの壁と天井に大声が反響する。

ワイシャツ姿の男が制服警官に詰め寄っていた。憤懣《ふんまん》やるかたないといった表情で怒りを警察官にぶつけている。二台目の白いアルトバンの運転手だろう。ドアに俺でも知っているコピー機とかの販売をしている社名が書かれていた。ならば、もう一人の三十代半ばに見えるジーンズにポロシャツ姿の女性が三台目の黄色のハスラーの運転手だ。スマホを耳に当て、懸命に話している。

状況が読めてきた。三台の車がアンダーパスを通過しようとしたとき、冠水はすでに始まっていた。でもまださほどの水深ではなかった。だが先頭を走っていたのは鬼キャンアルファードだ。車高を低く改造したせいで、普通仕様よりも水が早く車内に入ってしまったのだ。

「止まったとたんに車から降りやがったんだ。エンジンが掛かるか一度も試しもしないで！　俺の車はまだ動いていたんだ！　なのにあいつのせいで進めないうちにこっちもエンジンが止まっちまった！」

冠水道路でのエンストの原因は、エンジンに取りこむ空気の取り入れ口の水詰まり、排気ガスの排気口の水詰まり、エンジン周りのショート、もしくはショートを感知してのエンジン停止制御発動の三つだ。ただ、この段階ではまだエンジン内には水は入っていない。だが、水中でエンジンが停止した状態でエンジンを再スタートさせると、エンジン内にまで水が入る可能性がある。エンジンに水が入ろうものなら、エンジン交換となり修理費は高額になる。鬼キャン仕様に改造するだけあって、アルファードの運転手は知っていたのだろう。だから無理せずに、すぐさま車から降りた。

人命救助の職に就く身からすると、奴のしたことは正しい。水に浸かって車が動かなくなったら、すぐさま車から降りるのは大正解だ。乗り続けていて水位がもっと上がろうものなら、水圧でドアが開かなくなる。さらに車中浸水が始まったら、最悪溺死もありえる。なんだ、ちゃんとしているじゃないか、とは言い切れない。ちゃんとした奴なら、この天候なのだからアンダーパスは避けるルートを選んでいる。

とにかく、先頭車の運転手が車から降りてしまっては、後続車はどうしようもない。二台目、三台目ともにがっつり水中で足止めを喰らいエンジンが止まったということだ。

「押し出すしかないな」

遠藤隊長が決断を下す。――やっぱ、そうっすか。分かっちゃいたけれど、水に浸かって車を押すとか、マジ嫌なんですけど。

「運転手から鍵借りて」

ブレーキを外さないことには動かそうにも手も足も出ない。中井が鬼キャンオーナーのところに向かう。残る二台の鍵も当然必要だ。警察官に怒鳴り散らしている営業マンは避けて、ハスラーの女性へと俺は向かう。こちらに背を向ける猫背の女性に近づくうちに声が聞こえる。

「何時になるか？　分からないのよ。心配しなくて大丈夫だからね。――泣かないで。出来るだけ早く帰るからね」

内容からして、家にいる子どもに電話を掛けているらしい。困り果てた顔で、それでも声は優しい。この悪天候の中、家には子どもだけのようだ。そりゃぁ少しでも早く家に帰りたいだろう。幸い、彼女の車は最後尾。後ろに押し出せる。膝まで水に浸かって車を押し出さなければならないのなら、鬼キャンオーナーよりも俺はお母さんのハスラーがいい。

消防士なんだから、誰にでも分け隔てなく平等であるべきだ？　理念はそうだし、声に出して言わないし、実際にはしてはならないが、俺個人は違う。消防士はあくまで職業。俺個人の感情は、あくまで俺のもの。どう思おうが俺の自由だ。

「すみません、車を外に出したいので鍵を貸して下さい」

電話中のお母さんを驚かせないように、正面に回り込んで認識させてから声を掛ける。

「消防士さんが来てくれたから、いったん電話切るね。すぐにかけ直すから」

スマホから「いやぁだぁ～！」と泣きじゃくる子どもの声が聞こえる。これでは通話を切るわけにもいかないだろう。鍵は右手に持ったバッグに入っているらしい。右手にスマホを持ち替えて、左手で鍵を捜すが、なかなか苦労している。俺が鞄の中を漁るのはさすがにどうかと思う。なので、スマホを持つことにする。顔の近くに手が来てお母さんはびっくりしていたが、すぐに意図を察したようだ。俺がスマホをつかむと、姿勢を戻した。目顔で会釈して、突き出したスマホにそのまま話しかけながら、左手に持ち替えた鞄に右手をつっこんで鍵を捜す。

「今ね、ママのスマホ、消防士さんが持ってくれてるんだよ」

俺に気を遣っているのだろう、お母さんがちょっと笑顔を作った。性別に拘わらず、やはり笑顔は良い。しかもお母さんはよく見るとなかなかの美人だ。

「黒に金色の線の入った格好いい制服の消防士さん」

格好いいのは制服であって俺ではないことに、ちょっと引っかかる。ようやく取り出された鍵を受け取ると、お母さんはすぐさまスマホに手を添えた。

「どうも」と一礼する。お母さんは子どもに話しかけながら、ぺこぺこと何度も頭を下げた。あとはハスラーをアンダーパスから押し出すだけだ。それが一番の大仕事なのだが。

「鍵、借りてきました」

ハスラーが俺、鬼キャンアルファードが中井、アルトミニバンは五代が鍵を借りてきたことで、自然と鬼キャンアルファードが第一隊、ハスラーが俺たち第二隊と役割が決まった。真ん中のアルトは、それぞれが終わった後に、第一・第二隊の年少者の混成で押し出すことになるだろう。俺もそのメンバーだ。ほんと残念。

運転席の横で待つ井上さんが手を上げた。取り損ねたら水の中にボチャンなので、気をつけて鍵を放る。放物線を描いで飛ぶ鍵を井上さんがすんなり受け取った。ナイスキャッチ、井上さん。ナイスコントロール、俺。

フットブレーキを外して井上さんが車から降りる。道が曲がっていたらハンドル操作が必要だが、今回はまっすぐだから必要ない。男一人分の重量があるとなしでは、負担が違うだけにありがたい。

「じゃぁ、せぇので」

五代が声を上げる。おいおい、冗談じゃないぞ。

止まった車を押すにはコツがある。車体を押すのではなく、最初はタイヤを手で回すのだ。車を動かしているのはタイヤだ。タイヤを直接手で回せば、全ての力がタイヤに伝わるので軽い力で動かすことができる。タイヤから遠い車体を押すと、せっかくの力が分散してしまう。それに基本的に車の四つのタイヤは連動しているから一つのタイヤを動かせば、他のタイヤも動くようになっている。でも車を動かしている間、ずっとタイヤを回していればいいわけではない。中腰姿勢でタイヤを回し続けるなんて腰への負担がハンパない。それに一人ならともかく複数の場合、息を合わせてタイヤを回すのも面倒臭い。だから最初だけ一人がタイヤを回して動き出したら車体を押す。これが正解だ。

ちなみにこれは消防士の豆知識ではない。あくまで俺個人の知識だ。俺に整備士を目指した過去はない。とてつもなく車好きという訳でもない。人生において停まっている車を自力で動かす機会が何度かあっただけだ。理由は聞かないでくれ。

五代に教えてやらせようと思ったが、説明が面倒臭い。それにお母さんを早く子どもの元に返してやりたい。左後輪に手を掛けて、ぐっと下に回す。とうぜん水中に手が入る。道路に溜まったゴミで汚れた水の中にだ。やっぱり車体を押せばよかったと思ったが、後の祭りだ。——うげ、えんがちょ。あとでしっかり洗わないと。

「押すぞー！」

タイヤの回転と同時に車が後ろに進み出す。

進行方向にガイド役として立つ住田隊長の声と同時に、第二隊の残りの四人でハスラーを後ろに押す。出だしの足下は水中だし、冠水エリアを抜けても坂道でなかなかしんどい。それでも頑健な消防士四人の手に掛かれば、車を五十メートル動かすくらいなんてことはない。かけ声を合わせて強く車体を押し、ものの一分もかからずにハスラーを通行止めで停車するパトカーの前まで移動させた。途中、オーナーのお母さんが追いかけてきてスマホのカメラで撮影し始めた。

今回に限らないが、スマホの普及とともに、消防活動中、撮影する人が増えてきた。事件や事故に遭遇して、誰よりも先にそれをSNSに上げたいという承認欲求や、動画サービスで再生数を稼いだり、メディアに売って小遣い稼ぎをしたいなんて奴も多い。正直、迷惑だ。消防士にもプライバシーはある。活動自体はさておき、個人が分かるような顔を写すのは勘弁して欲しい。だがスマホのカメラをこちらに向けて、「ほら、すごいでしょ？　本当にすごいよね。格好いいよね」と言い続けるお母さんからは悪気がないのは伝わってきたし、何より子どもを安心させようとしているのは分かっている。

車体から手を離すと激しい風雨の中にぱちぱちと拍手の音が聞こえた。拍手をくれたのは歩道の野次馬だ。どういたしまして、とはならない。見物なんかしていないで、いいから、早く家に帰れ！

一台外に出して、これで終わりとはならない。真ん中のアルトバンが待っている。ぞろぞろとアンダーパスの中に戻る。熱きハートの持ち主の遠藤隊長の下、第一隊がちゃっちゃと鬼キャンアルファードを出し終えて、アルトバンにも手をつけてくれていますようにという俺の願いは完全に裏切られた。なんと二台ともまだ同じ場所にあったのだ。

警察官と消防士数名を前に鬼キャンアルファードのオーナーが腕組みをして仁王立ちしている。そこから少し離れた場所ではアルトバンのオーナーを警察官と消防士が宥《なだ》めている。

「どうした？」

住田隊長が訊ねると、第一隊の清水さんが、「アルファードの運転手がドアを開けると車内に水が大量に入るから嫌だって言って鍵を渡さないんですよ」と答えた。

呆れかえって言葉もない。

「すでに水は入っているだろ？」

さすがの住田隊長も呆れ声だ。

それでアルトバンの運転手の怒りが爆発したらしい。すっげぇ共感する。あんたは正しい。

「とにかく、アルトバンを後ろから出そう」

ということは、また俺たちですね。どんよりするが仕方ない。近づこうとする俺の横に並んだ五代が「今度は僕にやらせて下さい」と言ってきた。

おお、素晴らしい後輩だ。断る理由なんてどこにもない。頷いてみせると、五代は満面の笑みで「ありがとうございます」とお礼を言った。眩しすぎる笑顔に、無理矢理に口角だけ上げた引きつった笑顔を返す。

とにかくアルトバンを外に出す。鬼キャンアルファードは、本人がドアを開けたくないと言う以上、俺たちにはどうしようもない。まぁ、このまま水が引くまで待って、ロードサービスに移動して貰えばいいと思う。とはいえ、なんかすっきりしない。

「うしろから外に出します」

住田隊長に声を掛けられたアルトバンのオーナーは気持ちを落ち着かせようと一つ大きな息を吐いた。「すみません、よろしくお願いします」と言った顔には、先ほどまでの怒りはない。さすがは大企業の営業マンだ。

その様子を見て大丈夫だと思った警察官が、鬼キャンアルファードのオーナー説得の輪に加わろうと歩き出す。年の頃は俺と同じくらいに見える。ならば話が通じるだろう。ぽんと肩を叩いて、「あの鬼キャン、ごりごり違法改造だよな」と伝える。

一瞬きょとんとした警察官がすぐににやりと笑う。俺もにやっと笑って返した。

犯罪行為を見つけたら警察に通報するのが国民の義務だ。一国民として俺は正しい。というより、せめてこれくらいはしないと腹の虫が収まらない。

アルトバンをハスラーと同じ要領で後ろから外に出し終えた俺たち第二隊は、ひとまず帰所することとなった。

ポンプ車に乗る前に、住田隊長が遠藤隊長に身を寄せてこそこそと話している。あとは警察に任せて帰る相談だろう。水防第三非常配備態勢が発令されているのに、こんなことで二隊が運用できないなんて無駄なことはしていられない。

「帰るぞ」

住田隊長の声に俺はいそいそと従う。暴風雨で身体はずぶ濡れ。加えて冠水した水につっこんだ手が臭い。早く帰所して風呂で綺麗に洗い流したい。遠藤隊長が警察官と話している。第一隊は遠藤隊長が指示を出すまでは帰れない。お気の毒だが仕方ない。まぁ、二台とも移動させたのは俺たち第二隊なんだし、ここは一足お先に失礼します、だ。

全員が車内に乗り込み、井上さんがＡＶＭの再出場可能ボタンを押した。さあ、これで帰れると思いきや、アラームがピーッピーッピーッと鳴り響く。

「上平井２、連続出場となります。受信態勢を取って下さい」

聞こえてきたのは本部からの無線の声だった。所に戻る暇さえ貰えずに次の出場指令が掛かったのは、他の隊がすべて出払っているからだ。

——嘘だろ、勘弁してくれ。と思う俺の目に、サイドミラーに映る第一隊員たちの姿が飛び込んできた。どうやら今から帰所するらしい。ものの数秒の差で俺たち第二隊に出場が回ってきたということだ。

——神様、本当に俺は何かしましたか？

げんなりする俺の耳に無線からの通信員の声が入る。

「葛飾区西新小岩五丁目×番地〇番、救助要請。八十代女性、冠水した駐車場で車の下に入り外に出られず」

指令内容に車内の空気がぴりっと引き締まった。

3

通行止めで平和橋通りに車はいない。井上さんは一気にアクセルを踏み込んだ。冠水した駐車場の車の下に人が入って出られなくなっている一刻を争う現場だ。あっという間に我が上平井消防出張所が見えてきた。

「ウチが転戦ってことは、出払っているってことですよね。出場要請がそれだけ出ているってことですか?」

「一番近いからだろう」

通報を受けた通信指令センターの通信員は、要請に応じて最適な隊を出場させる。人命救助の場合は本来、必要な資材を積んだ消防車と特化した訓練を重ねた隊員で構成された特別救助隊を出場させる。だが一刻を争う場合、一番現場の近くにいる隊をまず出場させる。現場に一番近いのは上平井消防出張所だ。所に待機していたところで、やはり出場指令は掛かっただろう。

出張所を横目に、ポンプ車は住田隊長のアナウンスと共に交差点を左折する。

「今年に入って三回目か」

菊ちゃんが苦虫を噛み潰したような顔で言う。

荒川、中川、新中川を擁する葛飾区は何度も水害に見舞われてきた。現場の五丁目×番地は中川から五百メートル強の位置にあり、かつては何度も水被害を被《こうむ》った。その名残《なごり》は築年数が二十年を超えた家の外壁に残っている。水に浸かった箇所は浸かっていない箇所と明らかに色が違う。だが川岸の改修工事がされてからは水害はなくなった――はずだった、昨年までは。今年に入って冠水したのはすでに三回目だ。川の氾濫ではない。原因は都市型水害だ。

都市部は地表がアスファルトやコンクリートで舗装されているので、水を浸透、吸収することが出来ない。では雨水はどこに行くかというと下水管や雨水管だ。だが集中豪雨などで下水処理能力（50mm/hまで）を超える水が流入した時や、河川が増水した場合、容量オーバーになり溢れ出る。

現場の周辺に今年になって二棟の賃貸集合住宅が建てられた。単身者用の二階建て八部屋のアパートと、家族向けメゾネットタイプ三部屋のコーポだ。葛飾区は最近、通勤にも便利、生活もしやすい、他の区よりも家賃は低めということで人気がでてきたらしく、あっという間にすべての部屋に人が入った。イコール、単身者用で八人、メゾネットは夫婦で計算して六人、合わせて十四人、人口が増えた。人間が一日に使う水の量は二百五十リットルと言われている。十四掛ける二百五十――面倒臭い。とにかく一日に下水管に流れ込む水量が一気に増えた。そこに大雨が降れば、もうお分かりだろう、水が噴き出す。

「五丁目×番地ってことは」

五代が言い終える前に井上さんが「坂本《さかもと》薬局を過ぎて右折、突き当たり手前を左折」と答えた。さらに「現場近くで道路状況を見て停められるところに停める。今のうちに現場位置の確認をしておけ」と続ける。

あの周辺は道が細く一方通行が多い。駐車場が冠水したのなら、当然、道路も冠水している。車が通れば波が立つ。巨大なトラックレベルの消防車が通ろうものなら、波の大きさはかなりのものになる。その波で近隣の住宅に被害が出た場合、その家が水害保険に入っていればそちらでどうにか賄《まかな》えるだろうが、入っていない場合は自腹でどうにかしていただくしかない。

ご納得いただけない気持ちは分かる。実際、被害額を請求されたこともある。ただ人命救助のための緊急出場だから、こちらが賠償金を支払うことはまずない。そうなると被害に遭った住民は泣き寝入りだ。

都民の安全を守るための活動をしているのに、都民に被害を及ぼすなど、可能な限り避けなければならない。だから井上さんは現場ではなく、その手前で停めようとしている。つまり、冠水した道路を歩いて現場まで行く。だから現場の位置を今のうちに把握しておかなくてはならない。

直進して左に坂本薬局が見えてきた。ここまで道路上に水はない。坂本薬局を過ぎて右折して突き当たりのYの字を左折。機関員でもない俺が、なぜここまでこのあたりの道を知っているかと言うと、この先が都内ではなかなかお目にかかれないクランク——直角の狭いカーブが交互に繋がっている道路——だからだ。

イメージ出来ない？　自動車免許の教習所にあるかくかくしたアレと言えば分かると思う。技能検定や修了検定で必ずテストされる課題の一つだが、教習所では運転技術を試すためにわざわざ作っているが、我が上平井消防出張所の管区内にはナチュラルにある。道が狭く通りづらいだけに、いざ出場指令が掛かったときに活動が難しい場所として覚えておかねばならない場所だ。

だから俺も知っている。現場は二つ目のカーブの先のはずだ。

井上さんが右折する。道幅が狭く、道の両端の電柱は窓を開けて手を伸ばせば触れるくらい近い。それまでの車体を叩く雨音と明らかに違う音が聞こえてきた。タイヤが水をかき分けているバシャバシャという音だ。

「これ以上は」

「停車しろ。菊川、大山、五代、下車して現場へ」

住田隊長の声に井上さんがブレーキを踏む。完全に停車するのを待って、ポンプ車からすぐさま降りた。路上に溜まった水がばしゃっと撥ねる。思った以上に水は出ていた。消防靴どころか、脛《すね》の半分まで水に浸かる。三十センチ弱はある。現場まで走れば十秒も掛からないはずなのに、溜まった水が邪魔をする。強い雨が叩きつける中、片足七百グラムある本革製の防火靴で水をかき分けながら現場を目指してひたすら進む。

突き当たりを左折したところで、「来た！　あっちです」と、人の怒鳴る声が聞こえた。道に隣接した住宅の玄関口に立つ中年女性が腕を伸ばして指している。

「あっちです、早く！」

女性の前を一礼して通過する。右に曲がったそのとき、「お母さんっ！　お母さんっ！」と女性の金切り声が聞こえた。正面の住宅とその周辺の住宅がドアを開けていて、漏れ出る灯りでそのあたりだけ明るい。冠水した道路にびしょ濡れになりながら数人が立っていた。

水をかき分けて近づく俺たちに気づいたTシャツにハーフパンツの老人が、こちらを向いて

「こっちだ！」と、怒鳴った。

「お母さん、しっかりして！　お母さん！」

女性の金切り声はドアの開け放たれた家の中から聞こえる。出場指令では車の下に女性が入って出られないと言っていた。ならば車の下から出すことはできたのだろう。こうなると、俺たち特消隊ではなく救急隊の領域となる。

「救急は？」

振り向いて背後に怒鳴る。

「本署が来る！」

答えたのは住田隊長だ。第一出場指令のときには出払っていた本田消防本署の救急隊も、俺たちと同じく転戦だ。

「お母さん、目を開けて！　お母さん！」

女性の叫び声は止まない。救急隊の到着を待っている状況ではないのが分かる。玄関には人だかりが出来ていた。近隣住人だろう。「消防です」と怒鳴って近づいていく。声に気づいて玄関を埋めていた近隣住人が振り向いた。すぐに場を空けてくれるかと思いきや、そうはならなかった。道路から玄関まで数段階段があるらしく、濁った水で下がまったく見えずに足下がおぼつかないようだ。

「上平井消防です」

再度怒鳴る。

「足下に気をつけて、場所を空けて下さい」

斜め後ろの菊ちゃんがはっきりと伝えたのと同時に「どいて！　どいてよっ！」と中から女性が叫んだ。その声に、玄関に溜まっていた人達が、慌てて家の外に移動しようとする。だが階段が見えないからだろう、先頭のけっこう高齢の爺さんが足を踏み出せずにまごついていた。俺と菊ちゃんと五代の三人は、家の前に着いたはよいが、集まった近隣住人のせいで中には入れない。第二隊唯一の救急救命士の資格持ちの菊ちゃんに早く要救助者対応に取り掛かって貰いたいが、人が邪魔で近づけない。

大した高さじゃないし、腹括って飛び込め！　と怒鳴りたいのは山々だが、これで怪我でもされたら本末転倒。だとしても、とにかく場所を空けてもらわないとならない。

大股で爺さんに駆け寄り、「動かないで。下ろします」と言って、爺さんの胴を抱き上げて地面の位置まで下ろした。ばしゃんっ！　と大きな音と水しぶきが立つ。その歳になって他人に抱え上げられるとは思っていなかったのだろう、鳩が豆鉄砲を喰らったような顔で、その場に立ち尽くしている。――いや、だから、邪魔だっての。

「屋内に避難して！」

俺の声に爺さんはようやく動き出した。――まったく手が掛かる。さあ次だと振り向くと、二番目の毛の薄いぽっこりお腹の出たおじさんが飛び降りようとしていた。階段はあっても五段くらいだ。多分、大丈夫だと思う――が、やはり怪我をされたら困る。このおじさんも抱えて運ばねばなるまい。また「動かないで」と言ってから、おじさんの胴を両手で抱える。空いた隙間から菊ちゃんが家の中に入って行く。

「車の下から出したときには」

金切り声と違う女性の声が聞こえた。

――ときには。ときにはって、ことは……。

「代わります。一、二、三、四」

あのカウントは胸骨圧迫――心臓マッサージだ。

呼吸が止まってから三分で脳障害が開始し、そのまま呼吸の再開がなく十分を過ぎると人は脳死する。だから呼吸停止になったら、ただちに胸骨圧迫と人工呼吸を開始しなくてはならない。胸が五センチ沈む程度の強さで一分間に百から百二十回のリズムで三十回繰り返したら、人工呼吸用のマウスピースを使用して口から息を吹き込む人工呼吸を二度する。それをひたすら繰り返して呼吸の再開を促す。ただ俺たちは特別消火中隊だ。水槽付ポンプ車に救急救命用の資機材は装備していない。なので人工呼吸用のマウスピースもない。だが一刻を争う状況に、菊ちゃんは躊躇することなく人工呼吸を開始する。

――どれだけ経った？　まだ間に合うのか？

一刻を争う事態だ。

「八、九、十」

菊ちゃんのカウントの声を聞きながら三人目の五十代のおばさんは五代が、四人目のロマンスグレーの爺さんは俺が抱えて外に出す。ようやく人がいなくなった玄関に俺と五代が上がる。

玄関にはずぶ濡れの白髪の小柄な女性が仰向けに横たわっていた。水に浸かって化粧が落ちてしまったらしく顔色が悪い。その横に菊ちゃんは膝を突き、カウントに合わせて両手で女性の胸の中央を押している。女性の身体は菊ちゃんに押されるがままに揺れている。

その向こうに二人女性がいた。白髪交じりのショートヘアの女性は途方に暮れた顔でその場に正座していた。もう一人は身を乗り出して「お母さん、お母さん、しっかりして！」と、横たわる女性に声を掛け続けている。発言内容からして傷病者の娘だ。

顔を上げた菊ちゃんと目が合う。その眼差しの深刻さに、俺は踵《きびす》を返して玄関から外に出て
「ＡＥＤ（自動体外式除細動器）！」と、怒鳴った。

近くにまで来ていた住田隊長が、背後を振り返って「ＡＥＤを持ってきてくれ！」と繋いでくれた。

この道路状態では救急車も家の前まで来られるかは分からない。救急隊員も徒歩で来るしかない。手ぶらで来て必要な物を取りに往復している時間の余裕はない。

「他には？」

玄関の中に戻って菊ちゃんに訊ねる。

口と口を合わせて菊ちゃんは女性の体内に息を吹き込んでいた。二度の息を吹き込み終えて口を離す。女性の胸に上下動は見られない。

「お願い、助けて。ねぇ、お母さん、目を開けて」

娘の悲痛な声は止まらない。

顔を上げた菊ちゃんとまた目が合った。その目に絶望の色が浮かんでいるのに気づく。俺はただ突っ立っていることなど出来なかった。

「五代、来い！」

怒鳴ってから路上まで階段を飛び越えるようにジャンプする。高い水しぶきに続けて大きくばしゃんと音が立つ。

「どうした？」と、家の前に着いた住田隊長に聞かれて「俺の方が早い」とだけ応えて、来た道を駆け戻る。左右に大きく水しぶきを上げながら、とにかく進む。二つ目の角を曲がったところで水しぶきを上げながらＡＥＤを持って近づいて来る救急隊員が見えた。小柄な人影だ。今日の本署の救急隊であれだけ小柄ならば一人しかいない。森栄利子《もりえりこ》だ。

「寄越せ！」

怒鳴られた森の動きが止まる。

「俺の方が早いし、菊川さんがいる。戻って搬送先を探せ。五代はスクープ持って来い！」

足下の見えないこの状態では車輪付のストレッチャーは扱いづらい。傷病者を乗せて搬送しようにも、路上に何かあってぶつかったりしたら傷病者に危険が及ぶ。傷病者の身体を左右からすくい上げるために二分割出来る構造の手運びタイプのストレッチャーの方が救急車まで確実に早く運べる。

言葉が足りていないのは俺でも分かる。だが森は意図を汲んで「お願いします」と言ってＡＥＤを突き出してきた。つかんだ俺はすぐさま来た道を戻り始める。

——早く、早く。

頭の中に、横たわる女性の生気の無い顔と、菊ちゃんの絶望した目が浮かぶ。

激しく降りつける雨と足下の水が、少しでも早く現場に戻りたい俺の邪魔をする。

——ふっざけんじゃねぇっ！

水ごときに負けてたまるかと、ひたらす足を動かす。もはや身に降り注ぐ水が、雨なのか自分が撥ね上げている水しぶきなのか分からない。二つ目の角を曲がる。家まであとわずかだ。

入り口を塞ぐように立っていた住田隊長が場を空けてくれた。階段で躓《つまず》かないように、最後はひときわ高く右足を上げてから下ろした。防火靴の裏が、がつっと硬い物を踏みしめる。左足を水から引き抜き、上半身から飛び込むように玄関の中に入った。

「二十七、二十八」

人工呼吸を続ける菊ちゃんの顔は真っ赤で息も上がっている。その横に俺はＡＥＤを置いた。すぐさま電源を入れ、袋の中からパッドを取り出す。菊ちゃんがマウストゥマウスを終えて、顔を引き上げるのを待って、女性のＴシャツをたくし上げた。菊ちゃんがパッドを右胸の上と左脇の下に貼りつける。

「チャージ完了。離れてっ！」

菊ちゃんの声に、俺は両手を顔の横まで持ち上げる。ばしっと何かを強く打ちつけたような音と同時に女性の小柄な身体が跳ねた。菊ちゃんがすぐさま胸骨圧迫を再開する。

一からカウントが始まり、三十までひたすら続ける。その間、女性の身体は菊ちゃんが揺さぶるままにしか動いていない。

「二十九、三十！」

菊ちゃんが女性の口に息を吹き込む。その瞬間、胸が少しだけ盛り上がったように見えた。二度の人工呼吸を終えて、菊ちゃんが顔を上げる。女性はぴくりとも動かない。

「車の下から出したときにはもう」

それまで口を噤《つぐ》んでいた白髪のショートヘアの女性が言いづらそうに言った。

「うるさい、黙ってて！」

娘が女性を怒鳴りつける。

菊ちゃんはカウントを取りながら、また胸部圧迫を再開する。

認めたくはない。だが俺の目で見た限り、女性はすでに亡くなっていた。菊ちゃんも分かっているのは、涙が盛り上がり真っ赤に充血した目が表していた。それでも菊ちゃんは胸部圧迫を続ける。この状況で俺たち消防士は死亡宣告をする立場にない。救急車に乗せ、モニターで心停止を確認し、心肺蘇生を行っても波形が完全に静止した状態が続いても死亡宣告はしない。その役目は搬送後の病院が行う。

胸部圧迫と人工呼吸をさらにワンセット終えた菊ちゃんが、顔を上げて女性を見下ろす。女性は微動だにしなかった。

再び胸部圧迫を菊ちゃんが始めようとする。

「止めて」

それまで叫び続けていた娘がぼそりと呟いた。はっとしてその場の全員が娘に目をやる。

「もう、止めて！」

怒鳴った娘がゆらりと立ち上がった。肩を落とした猫背で廊下の奥へと歩いて行く。菊ちゃんの胸部圧迫のカウントが止んだ玄関には、外からの大雨が冠水した水に叩き付ける雨音だけが響いていた。

「あの」

白髪のショートヘアの女性が恐る恐る口を開く。

「車の下から出したときにすでに息はしていませんでした。脈も手首と首で何度も確認しましたが、どちらもありませんでした。私では力が足りないかもしれないので、佐々木《ささき》さん、隣の隣のご主人に頼んで心臓マッサージをして貰ったのですけれど、皆さんが到着するまでの三分以上続けても息は戻らなくて」

しっかりした話し方と内容に、その場の全員の目が女性に集まる。

「ですから芙巳子《ふみこ》さんは、皆さんが到着される前にはもうお亡くなりになっていました」

女性ははっきりと断言した。

——そこまで言える？

さすがに言い過ぎだろうと思ったそのとき、「私は隣の石井香苗《いしいかなえ》と申します。退職しましたが医師でした」と続いた。

元医師と聞いて話の信憑性がぐっと上がった。

「詳しく時間をお聞かせ願えますか？」

菊ちゃんが聞き取りを始めようとしたそのとき、バシャバシャと水の撥ねる音が聞こえた。

「スクープ、持ってきました！」

五代が畳まれたスクープを脇に抱えて現れた。傷病者が心肺蘇生をされず、ただ横たわっているのを見て、その場に呆然と立ち尽くす。

気配を感じて振り向くと、廊下の奥から娘が戻ってきた。無言のまま、母親の近くにぺたりと座り、「これ」とカードを菊ちゃんに差し出した。国民健康保険証だ。

「母は1に丸をつけています」

裏面の臓器提供の意思表示だ。1ってなんだったっけ？　自分でも丸をつけた記憶があるが、内容が思い出せない。

「心肺蘇生はこれ以上望まないということですか？」

菊ちゃんが静かに訊ねる。

「望むも望まないも、もう死んでるじゃない」

ぼそりと返された娘の答えに、息が止まった。母親を見つめながら娘が続ける。

「なんでもっと早く来てくれなかったのよ」

言葉が胸を貫いた。空気を吐くことも吸うことも出来ない。

「何してたの？」

娘が顔を上げた。焦点の合っていない目は瞳孔が開いていて真っ黒に見える。

「どうして助けてくれなかったの？」

そのままゆっくりとその場にいる俺たち消防士を見回す。娘が俺を見たそのとき、目の瞳孔がきゅっと小さくなった。完全に俺と目が合う。次の瞬間、ぼんやりとしていた娘の表情が変わった。眉を顰《ひそ》め嚙《か》みしめた唇をわなわなと震わせている。娘が口を開く。

「答えなさいよ、何してたのよ！」

俺には答えることが出来なかった。その場の誰一人もだ。

「どうしてもっと早く来なかったのよ！　なんで助けてくれなかったのよ！」

娘がなじり続ける。哀しさからの怒りなのは分かっていた。その言葉が俺の全身に突き刺さる。

「八重子《やえこ》さん」

とりなそうと肩に手を掛けて石井さんが娘の名を呼ぶ。邪険に肩を振り、その手を払う。石井さんは諦めずにまた肩に手を乗せて「八重子さん」と名を呼んだ。

石井さんへ八重子さんが顔を向ける。怒鳴りつけようと口を開きかけて止まった。強く閉じた口元がわなわなと震えている。見開いた目からぼろぼろと涙がこぼれ落ちていく。八重子さんは言葉もなく、身を折って石井さんの膝の上に崩れた。石井さんも無言で背に手を当てて擦《さす》り始める。

バシャバシャという水音に続けて「本田救急隊です」と、男の声が聞こえる。本田救急隊の平《ひら》井《い》隊長だ。うしろには森もいる。

「心肺蘇生は望まないそうです」

菊ちゃんが平井隊長に伝えた。

「あとはこちらが」

菊ちゃんが立ち上がって、「現着時にはすでにこの状態で――」と、状況の引き継ぎを始める。ちょんと肩を突かれた。住田隊長だ。外へ出ようとしている。帰所だ。

「行くぞ」

小さく五代に声を掛けた。これ以上、俺たち上平井ポンプ隊がここにいたところで何の役にも立たない。だが俺たちは今、出場中だ。通信指令センターは俺たちに新しい出場指令は出せない。それで救える命も救えない可能性があるなんて、今は考えたくない。

呆然としていた五代が弾かれたように俺を見た。慌ててスクープを持ったまま、ついてこようとする。それでは意味が無い。

「スクープ」とだけ言って、階段を飛び越える。ばしゃんと大きな水しぶきが上がった。そのまま水をかき分けるようにぐいぐいと大股で前に進む。

――なんでもっと早く来てくれなかったのよ。どうして助けてくれなかったの？

頭の中で八重子さんの声が繰り返されている。

現着するまでの自分の行動を思い返す。どこかで時間をロスしていないだろうか？　何かもっと出来たのではないだろうか？

冠水した水は相変わらず重くまとわりついて、足の進みを阻み続ける。

――水さえ出ていなかったら。

水が出ていなかったら、もっと早く現着出来た。どころか、そもそもこんなことは起きなかった。と言うより、そもそも何がどうしてこんなことになった？

考えたところで仕方のないことが頭の中をぐるぐる回り続ける。二つ目の角を曲がった。水槽付ポンプ車が見える。足下に注意しながら、水をかき分けて進む。頭の中ではまだ八重子さんの声がこだましている。

言い表せない感情が頭と身体の中で渦巻いている。叫び出しそうなのをぐっと堪えて前に進むことに集中する。腕を大きく振ってがむしゃらに足を動かす。無駄に暴れているだけかもしれないが、そうせずにはいられない。どうにかポンプ車まで辿り着いた。息が上がっている。深呼吸して息を落ち着かせているうちに住田隊長がやってきた。途中で追い抜いたことにすら、気づいていなかった。

井上さん、五代と次々に戻ってきた。最後の菊ちゃんを待つ車内では、誰一人何も言わない。やがて後部座席のドアが開いた。車内に乗り込んだ菊ちゃんは「お待たせしました」とだけ言う。何か返さなくてはと思うが言葉が出て来ない。

「帰ろうか」

住田隊長の声に、井上さんは無言でＡＶＭの再出場可能のボタンを押し、アクセルを踏み込んだ。

4

視線を感じる。部屋の中にいるのは俺と家の主《あるじ》だけなので、当然、守だ。

勤務明けの今日は、台風一過でよく晴れて十月とは思えないほどの暑さになった。午前九時半には帰宅して、とにかく寝たはいいが暑すぎて一時間おきに目が覚めてしまう。それを何度も繰り返して時刻は午後三時を過ぎた。気温はまだ下がる気配もない。

起き上がってエアコンの前に立つ。百九十センチの身長だと服もサイズがなかなかないし、あっても普通サイズよりちょっと値段が高かったりと、あまり得することはない。だが高いところに取り付けられているエアコンの吹き出し口には近づける。顔面に直撃する風をめいっぱい浴びる。冷たい風が心地良い。

することは何もない。なんとなしにテレビをつけると、民放のお昼のニュースショウが映し出される。女性アナウンサーが真面目な顔で台風の被害状況を伝えていた。すぐさま消す。見る気分にはなれない。こうなったら酒だと冷蔵庫を開けて、中を見るなりチッと舌打ちをした。一昨日の週休日に買い置きは飲みきってしまっていた。それに食べ物もほとんどない。こうなると買いに行かねばならないが、この暑い中、面倒臭い。でも出掛けないと酒にも食べ物にもありつけないから行くしかない。

どうせ出掛けるのならとエアコンの効いた快適な部屋でしかも飲食フリー、それも俺が買うような安い発泡酒とかじゃなく本物のビールをいくらでも飲ませてくれる守の家に行くとしよう。
そう思ってスマートフォンを手に取る。守の連絡先を出し、タップしようとして指が止まる。守のことだ。昨晩の出場についてあれこれ聞いてくるに違いない。正直、昨日の話、ことに西新小岩五丁目の出場の話はしたくない。どうしようかと迷う。タップすれば快適な室内で美味《うま》い飯とビール飲み放題、しなければ自力で買い物、安い発泡酒にコンビニ弁当――。

誘惑に負けた。ブルーシート回収と、アンダーパスの話で十分だろうと、判断することにした。そして守の家、というより館《やかた》と呼んだ方が相応しい豪邸にお邪魔して、たらふく美味い物とビールをご馳走になっての今だ。俺が仕事の話をしたくないことは守は知っている。ことに飯を食っている間は絶対にしないこともだ。だから守は待っている。お預けを食らい、飼い主の「よし」を待つ犬のように、視線を離すことなく、ひたすらずっと待っている。たまにちらりと俺が目をやると、見てなんかいませんよとばかりに視線を逸らす。けれど俺が目を離すとまたじっと俺を見つめてくる。――なんかもう、もはや逆に圧がすごいんですけど。

ここで負けたら、今後、食事の最中でも仕事の話をしていいとなってしまう。それだけはご免だ。無視を決め込んで俺は出されたお取り寄せの国産牛肉入り焼きめしを食べ続ける。

あと数口となって、守がそわそわし始めた。それを無視して俺は完食する。スプーンを置くと同時に「もっと食べる?」と訊ねてくる。俺は黙っている。

「そうだ、宮崎産のマンゴーもあるよ」

食べるのなら即答するのが俺だ。気分ではないと察した守がデザートを勧めてくる。守なりの精一杯の気遣いだ。こういうところはちょっと可愛い。——って、銀髪のおっさん相手に我ながら気持ち悪い。

改めて守を見る。出会ったときから銀髪で年齢不詳だったけれど、知り合ってかれこれ十年近くになるはずなのに老《ふ》けたようには見えない。相変わらず、四季を問わず一年中、濃紺か黒の長袖長ズボンに身を包み、この家の中からよっぽどのことがない限り、一歩も外に出ずに、地下室の水槽の中の生き物たちと一緒に暮らしている。

「もしかして、気づいてくれた?」

守が窺うように俺を見て言う。

気づいたって何にだ? 何一つ気づいてなんていないが、ここは頷いてやり過ごすのが正解なのは分かっている。へたに分からないなんて言おうものなら落ち込む。落ち込んだ守はとにかく面倒臭い。大丈夫だよ、元気だせよと励ます手間を考えたら、機嫌を損ねない方が楽だ。

「今日のシャツとパンツ、チャコールグレーなんだ」

嬉しそうに守が言う。それも合わせた両手を顎の下まで上げてだ。グレーってことは灰色なのだろうが、色が濃すぎて黒にしか見えないので意味が無いのでは? っていうか、だから何? そのポーズも何? ツッコミまくりたいのは山々だが、ここでも頷いてやり過ごすことにする。このどうしたらいいのか分からない状況を打破するために「マンゴー、喰うわ」と伝える。守が立ち上がっていそいそと出ていこうとしたそのとき、チャイムが鳴った。守がインターフォンのボタンを押す。

「お邪魔しまーす」

ダチの裕二の到着だ。守が優雅に首を傾げてこちらを見る。

「服の色のこと、裕二には言わないでね、気づくか見たいから」

――知るか！

腹の中で盛大にツッコミを入れつつも、静かに頷いて返した俺を誰か誉めて欲しい。

「うぃーっす。あれ、グレー着てんじゃん。お初？」

室内に入ってくるなり、守を見た裕二が言った。

なぜ気づく？　なぜ分かる？　と頭の中が「？」で埋め尽くされていく俺をよそに、「そうなんだ」「似合ってんじゃん」と、謎の会話が続く。

食事の有無を聞かれ、空の皿を見て俺が何を食べたのかを聞いた裕二は同じ物とビールをオーダーする。

「待っていてね」

いそいそと守がキッチンに消えた。裕二が俺の向かいのイスを引いて腰を下ろす。すぐに缶ビール二本と冷えたグラスを持って守が戻ってきて、テーブルの上に置き、またキッチンへと向かう。

注いでやろうと手を伸ばす前に、裕二が缶をつかんでプルトップを開けた。手酌で注ぐと、残りを中身の減った俺のグラスに継ぎ足してくれる。

「悪りぃな」

「おう。そんじゃ、お疲れー」

突き出されたグラスに俺もグラスを合わせる。

裕二はごくごくと喉を鳴らして一杯目を飲み干して、「あ〜っ!」と、声にならない溜め息を漏らしてグラスをテーブルの上に置いた。

「良い飲みっぷりで」

二本目の缶に手を伸ばし、プルトップを引き開ける。裕二が差し出したグラスにビールを注ごうと缶を傾ける。グラスにビールが溜まっていく。グラスが中央まで黄色く色を変えたところで、「昨日、西新小岩五丁目でお婆さんが亡くなっただろ」と、裕二が訊ねた。思わずダチの顔を見つめる。

「おい!」

気づいたときにはビールが溢れかけていた。あわてて缶を立てる。だが視線は裕二に向けたまだ。

「何やってんだか」

小言《こごと》を言った裕二が視線に気づいて俺を見る。目が合って少しして「なんか、すまん」と、謝ってきた。さすがは竹馬の友、目を見ただけで察したらしい。――って、目を見て分かるくらい、俺は気持ちが表れてしまっているのだろうか。

「でもお前は特消……一番近かったのか」

訊ねておいて答えを待たずに自力で正解を出す。俺と同じ高卒で学歴は高くない。けれど誰よりも賢い。それが俺のダチだ。裕二を見ながら頷いた。

「ニュースでやってたんだよ。亡くなったお婆さんのこと、俺、ちょっと知っててさ」

その話題を出した理由を聞いていると仕草だけで察した裕二が話し出す。

「客?」

「だったらそう言う」

ぴしゃりと裕二がはねつけた。——確かに。黙って先を聞くことにする。

「今年に入って、あのエリア、何回か水が出ただろう? あのあと工務店詐欺《さぎ》があったんだよ」

「ちょっと待って。その話、僕も聞きたい」

キッチンの奥にいたはずの守がいつの間にか裕二のすぐ後ろまで戻っていた。さすがは情報収集が趣味の男。っていうか、すげぇ地獄耳。守が食いついてしまったからには、話は長くなると覚悟したのだろう。

「じゃぁ、飯食い終わってからにするわ」

裕二に言われて安心した守が、またキッチンの奥へと姿を消す。これで俺がしたくない仕事の話をするのは確定した。結局こうなるのかとげんなりする。その顔を見た裕二が「なんか、ごめん」と、また謝ってきた。

焼きめしの最後の一口を放り込んだ裕二が、かちゃんと音を立てて皿の上にスプーンを置いた。口の中の物を完全に飲み込んでから、「よっしゃ、始めるか。まずなんでお前が出場したか。そのあと俺が亡くなった婆さんをなぜ知っているかを言う」と宣言した。

「直前まで別件で出場してた。帰所しようと再出場可能にしたとたんに転戦指令が出た。現場の一番近くにいたのが俺らの隊だった。冠水した駐車場で車の下に入って出られなくなった婆さんの救助要請だ。着いたらすでに婆さんは車の下から出されていて、家の中で近所の住人が人工呼吸をしていた。引き継いだけれど、ダメだった。俺らの到着前にすでに亡くなっていたとあとで聞いた。その場にいた婆さんの娘が延命を拒否したところに本田本署の救急隊が後着した。あとは任せて俺たちは帰所した」

一息で言った。我ながら簡潔に説明できたと思っていたら、視線を感じた。見ると、守が何か言いたげにもじもじしている。

「何?」

「延命ではないと思うんだけれど」

窺うような守の顔を見ているうちに気づいた。

「心肺蘇生だ、間違えた」

だが守はまたもじもじし始める。

「守、言ったげて」

「それも違うんじゃないかな」

「いや、あってんだろ」

菊ちゃんが本田の平井救急隊長と森にそう申し送りをしたのを俺は覚えている。

「雄大が言っているのは、令和元年の十二月十六日の朝九時以降に覚知の事案から運用が開始された心肺蘇生を望まない傷病者への対応だよね？」

その通りだ。通達があったのでさすがに俺でも覚えている。

「適用されるのは、家族や医師と話し合いをした成人が心肺停止の状態であること、傷病者が人生の最終段階にあること、傷病者が心肺蘇生の実施を望まないこと、傷病者の意思決定に際し想定された症状と現在の症状とが合致すること、以上の四つを満たしている場合——だよね？」

一度目を伏せた守が上目遣いで訊ねる。その視線が何を意味しているのかは分かる。俺が間違っている、だ。一体何だ？　と考え始める。傍らに目をやると、腕組みしている裕二が、左腕を摑む右手の四本の指をかすかに動かしていた。そういうことか、とようやく気づいた。冠水した駐車場の車の下での水死は、運用要件の四つ目には該当しない。

「今回のは事故だから違う」

これみよがしに裕二が大きく溜め息をついてから、「ほんっと、大丈夫かお前」と吐き出した。間違っていただけに言い返しようがない。それにしても現役消防士の俺でも、ぬるっと十二月の半ばだったなくらいの記憶なのに、民間人でしかも家の中からほとんど出ない守が内容だけでなく日時と開始時間まで覚えているってどういうこと？　——って、これが守だ。家の中から一歩も出ずに食事、いや呼吸するように情報を得て生きている。

「今回は警察が検視をするケースだよね」

「捜査するってことか？」

「それは検視の結果次第だよ」

死体は自然死体と不自然（異常）死体の二種類に分けられる。自然死体は病死や老衰など医学的に見て死因に異常がない死体で、このほかはすべて不自然死体となる。不自然死体はさらに殺人、または業務上過失による犯罪死体、死亡が犯罪に起因しているかどうか不明な変死体、病死ないしは自殺などが死因で犯罪によるものではない非犯罪死体の三つに分けられている。

「今回は自宅の敷地内で発見された不自然（異常）死体になるから、通報を受けた警察官や医師が死体見分――検視を行って、犯罪性がない場合は非犯罪死体で終わりになる。でも、死体所見だけでは死因が明確に出来ない場合は変死体として行政解剖を行うことになる」

死体、犯罪、解剖と物騒な言葉を連呼してはいるが、守の口調は詩でも朗読しているかのように滑らかだ。――って、詩の朗読なんて聞いたことはないけれど。

「行政解剖で異常体質などに起因した病死、あるいは自殺と判明すれば非犯罪死体になるからここで終わりになるけれど、犯罪性の容疑があれば犯罪死体になる」

「それだと捜査ってことだな」

最後を待たずに裕二が言う。守が微笑んで頷いた。一段落したのは良かったが、微笑む内容だろうか？

「西新小岩五丁目――、あの近辺に地下とか半地下の駐車場のある家なんてあった？」

いつの間に持ってきたのか、手にしたｉＰａｄを見ながら守が訊ねる。

「ねぇよ、平面だ」

即答した。

腑に落ちない顔で守が俺を見つめる。

気持ちは分かる。地下とか半地下ならば水が溜まるのは理解できる。だが平面駐車場でそこまで水が溜まるのか？　とか、そもそも水が出ているのに車の下に人が入り込んだりするのか？とか。俺だって謎だらけだ。

というより、俺はその場にいた。だが駐車場の記憶がない。どころか、家の外観がどんなだったのかも思い出せない。はっきり覚えているのは玄関の中のことだけだ。仰向けに横たわる婆さん、その胸に手を当てて懸命に人工呼吸をする菊ちゃん。菊ちゃんの横で泣きながら母親に呼びかけているずぶ濡れの娘――。

何か口に入れたわけでもないのに苦い味を感じる。拭い去ろうと、わずかに残っていたビールをコップの底を天井に向けるように呷《あお》る。

「もっと飲む？」

席を立ち上がりかけた守に「いや、いい」と断った。

「ノンアルでさくっと飲める冷たいの、なんかない？」

「炭酸水、トマトジュース、緑茶」

さらに続けようとする守を遮るように「緑茶。お前もだな？」と、裕二に問答無用で迫る。裕二が頷いたときには守は既に姿を消していた。

「これ、借りるよ」

テーブルの上に置かれたｉＰａｄに裕二が手を伸ばす。「どうぞ」と声だけ聞こえる。裕二はささっと指を動かすと、何も表示されていない画面を出し、人差し指で線を引きだした。

「敷島さんちは三階建てで、一階の右側が駐車場。左が玄関で奥が風呂場とトイレ」

指で直に描いているだけあって線は多少歪んではいるが、さすがは工務店勤務、家の間取り図が出来上がっていく。

「駐車場の出入りは正面のみで三方が壁」

裕二の声と間取り図で昨日の記憶が甦り始める。現着したときは玄関のドアが開いていて、暗い夜道に灯りが漏れていた。右に駐車場があったのに、まったく覚えていない。

「ドアは右開き」

言いながら、裕二が描き加える。

「お待ちどおさま」

トレイの上に緑色のガラス瓶と、そこそこの大きさのワイングラスを載せて守が戻ってきた。冷たい緑茶と言えばペットボトルだろうと思ったのだが、想像と違う物が出てきて思わず見入る。

「なんか、すげぇの出てきたな」

率直な裕二の感想に、守が「そう?」と、軽く受け流す。

「っていうか、ワイングラスって」

続いた俺のツッコミには、「香りを楽しむのにワイングラスが最適だってお薦めされてたから」と守は言うと、最後はにこりと微笑んだ。

「受注生産でね、昨日届いたんだ。一晩しっかり冷やすことが出来たし、本当にタイミングが良かった」

――受注生産。

聞いた直後、思わず目を裕二に向ける。さすがは竹馬の友、ばっちり目が合う。

「ちなみにいくらか聞いていい？」

「ん～、二万円ちょっとだったんじゃないかな？」

――一本二万円？　四合瓶くらいの緑茶で二万円？

俺の知る限りでそんな値段のする緑茶なんてありえない。だが目の前には確かに実在している。

っていうか、その前の「ん～」って何だ？

「なんか、ちゃらりらちゃらりら～って感じだわ」

裕二が一節口ずさむ。聞き覚えはあるが、何の曲かは分からない。

「トワイライトゾーン？」

守は話しながら躊躇することなく瓶の口を覆っている金色のシールを剝《は》がし、スクリュー式の蓋を開けてワイングラスに中身を注ぎ始めた。澄んだ黄色の液体がグラスの中に溜まっていく。

「そ、あなたの知らない世界ってやつ」

タイトルを聞いて腑に落ちた。まさか不思議なフィクションドラマと同じ括りだとはさすがに思えないが、知らない世界という意味では納得だ。

グラスに二センチほど入ったところで守が瓶を戻す。一口で飲み干せそうな量だ。お値段からしてどばどば注いでごくごく飲むものでないのは分かるが、緑茶でこれはさすがにどうかと思う。

テーブルの上を滑らせるように守がグラスを押しだしてきた。

「白ワインにしか見えねぇんだけど」

「香りは緑茶だよ」

グラスの脚を持って、くるくる回し、香りを嗅いでから守が言う。

――その感じがワインだっての！　とツッコミを入れる前に、「うん、すっげぇ良い香りだ」と、裕二が言った。とりあえず、俺も確認することにする。グラスに鼻を近づけて息を吸い込む。爽やかな緑茶の香りが鼻腔を満たす。確かに良い香りだ。いざ飲もうとグラスを傾ける。高級ワインのときと同じく、少しだけ口の中に入れる。確実に緑茶だ。いつも買って飲んでいるペットボトルの緑茶より美味《おい》しい気がする。――本当か？

ちらりと見ると、感想を期待する守が俺を窺っている。中途半端に美味いと言ったあげく、さらに詳細な感想を求められても困るだけにここは正直でいこう。

「――ごめん。せっかく出してくれたのになんだけど、よく分かんねーや」

「さすが馬鹿舌」

間髪を容れずに裕二が言う。

「おめーはどうなんだよ？」

テーブルの下で投げ出された裕二の足を蹴ろうとしたが、避けられる。――ちっ、察しの良い奴め。

「俺も分かんねぇ」

だったらなぜ俺を馬鹿舌呼ばわりする？　と思ったが、「二人揃って馬鹿舌と貧乏舌で、奢《おご》り甲斐がなくてごめんな」と裕二が守に謝罪したので、俺も頭を激しく振って陳謝した。

「それが現場の家？」

ｉＰａｄを覗き込んだ守に言われて、「そ」と裕二が一文字で答えてから、「水はどれくらい出てた？」俺に訊ねた。

「俺のちょい膝下だから、七十から七十五センチってところだな」

「人が水死するのには十分な水位だね」

さらっと不謹慎なことを言って、守はさらに続ける。

「でも、なんで車の下になんか入ったんだろう？」

俺も裕二の描いた間取り図に目をやる。そして気づいた。

「家もだけど駐車場も大してデカくないよな？　人が下に入れるほど車高の高い大型の車なんて入るか？」

新小岩アンダーパスでエンストした鬼キャンアルファードみたいな車高が低い車はさておき、普通のセダンの下でも人は入ることは出来る。ただし、腹ばいになって匍匐《ほふく》前進状態ならば。トラックならばしゃがめば入れるが当然論外だ。それより低いとなったらランドクルーザーやハマーやジープなどの大型の四輪駆動車だろうが、裕二の描いた間取り図を見る限り、そんな大型車が入れるほど駐車場は広くない。

「車体の小さい車だって、車高は上げられるだろ？」

裕二に即座に言い返された。正しいだけに、ぐうの音も出ない。さあ、馬鹿呼ばわりの嫌みが飛んでくるぞと身構えた。だが裕二は先を続けた。拍子抜けしつつも話を聞くことにする。

「駐車場に止められていたのは次女の旦那の三インチコイルアップのジムニーだ」

「三インチアップ。——一インチが二百五十四ミリ、掛ける三だから七百六十二ミリ」

守が暗算をする。

車の車体はタイヤのホイールの中心部に取り付けられたナックルの上部にジョイントされたダンパーとその上のコイル《ばね》、下部はアームから直接車体と接続されている。だからコイル部分を高くしたところで、その数字分リフトアップされるわけではない。だが、さらにタイヤ径を変える——馬鹿デカいタイヤを履かせれば話は別だ。

「タイヤは？」

「ジオランダーMT、一九五R一六」

「タイヤ外径七百六十七ミリ」

守がスマホを見ながら言う。——と言うか、スマホなんて持っていたか？　いたとしても、裕二が言ってから体感一秒も経っていないのに検索し終えてるってどういうこと？　なんて考えたところで仕方ない。これが守だ。いい加減慣れろ、俺。

「去年の秋に買ったばかりで色はジャングルグリーン。純正アクセサリのサイドデカールはカモフラージュ。バンパーも純正で交換」

大きなタイヤを履かせるには、バンパーの交換は必須だ。でなければ、本体とタイヤがこすれてタイヤの傷みが早くなる。

持ち物は人を表す。裕二の説明で次女の夫の人物像が見えてくる。車をリフトアップするメリットは二つだ。まず一つ目はオフロード走行がしやすくなる。コイルが長ければスプリングが強くなり、その分クッション性が増して、凸凹道でも地面からタイヤが浮かない。さらに地面からの高さが出た分、大きなタイヤを着けられる。タイヤの接地面が大きいほど、車の走行は安定する。二つ目はシンプルに格好いいから。大きくてごつごつしたタイヤを履かせた車が格好良いと思う価値観の人は意外と多い。

敷島家の駐車場に止められていたジムニーは新車で、国防色で三インチアップ、しかも純正アクセサリで帯状に迷彩柄の模様入り、ジオランダーMT、一九五R一六とデカめのタイヤを履かせてる。となったら、行くにしてもごくたまにキャンプとかスキーくらいの、見た目重視のほぼタウンユースだろう。

それならしゃがめば車の下に入ることは出来る。ただ、水が出ていたのにという問題は残るが。

「俺が敷島さんに会ったのは」

テーブルの上のｉＰａｄに目を落としながら裕二が話し始めた。そうだった、亡くなった婆さんのことを裕二が知っていたんだった。その理由は俺も知りたい。

「去年の十一月だ。現場が」

「東新小岩七丁目のリフォームか」

言い終える前に俺が引き継いだ。昨年の十一月、裕二の勤める武本《たけもと》工務店が東新小岩七丁目の一軒家のリフォームを請け負った。俺の職場の目と鼻の先だ。完成するまでの二週間、俺の当番日に裕二は俺の職場の上平井消防出張所にやってきた。ときに訓練を見物し、ときに出場を見送り、ときにこれから朝まで仕事の俺に「お先に～」と手を振ってから帰るという嫌みが続いた二週間だった。

「昼飯の買い出しじゃんけんで負けて、駅前の南口の西友《せいゆう》まで行った日があって。レジ待ちしていたときに俺の前で婆さん二人が話していたんだ。その内容がどう聞いてもドベタな悪徳リフォーム詐欺でさ」

吐き捨てるように裕二が言った。

「リフォーム詐欺？　工事を請け負って手抜きをするやつ？」

守の質問に裕二は「それ」と即答してから、「正確に言えば、被災地工務店詐欺な」と言い直した。

「十月の四週目の頭に水が出ただろ？」

昨年は十月になっても台風に見舞われた。ことに十月の四週目の台風は大型で、関東地方と東北地方の太平洋側で豪雨になり、とりわけ千葉県では被害は甚大だった。

そういえば、あの日も当番日だった。水防第三非常配備態勢が発令され、俺たち当番と非番職員の半分と所要の消防職員が上平井消防出張所に集結して、所内は足の踏み場もないくらいぎゅうぎゅうだった。

「水が出たあとに頼んでもないのに押しかけてきて、床下がカビたら家の土台ごと駄目になるとか不安になるようなことを言う。検査は無料だからって、かなり強引に床下入り込んで写真を撮って見せる」

「一時期多かった害虫駆除と同じパターン？」

「そ」

裕二が一言で答えた。

「でも、最近は減ってきてるよね」

「被害に遭った話がニュースで取りあげられるようになったからな。注意喚起のお陰でその場で契約はせずに、他の業者に相談するようになったりして、確かに被害は減ってきてはいる。けど、被災地工務店詐欺は別だ」

あからさまに顔を顰めて裕二が続ける。

「地球温暖化の影響で、年々台風は規模が大きくなって数も増えている。豪雨もだ。屋根が飛んだ、穴が空いた、浸水したとかの家屋の被災は右肩上がりに増えている。それを狙う最低最悪のクソ野郎どもがいる」

右手の指でリズムを刻むように裕二がテーブルを叩き出す。苛立っているときにする仕草だ。これが始まったら要注意だ。裕二には怒りにまかせて近場にあるものを、それも俺の足限定で蹴る習性がある。俺はテーブルの下で投げ出していた足をそっと自分のイスの下まで引く。

「詐欺を成功させるのに一番大事なのは誰に狙いをつけるかだ」

「騙されやすい人を選ばないとね」

にこりと微笑んで守が言った。どっち側だよ、とツッコミを入れたくなる。

「そう。瘦《や》せたい奴には瘦せ薬、結婚したい奴には結婚相手、金儲けしたい奴には儲け話。だけど、どれもある程度やりとりしないと本当にカモになるかは分からない」

裕二の言わんとすることを察して先回りして言った。

「見りゃ分かるもんな」

被災しているかどうかは一目瞭然だ。つまりカモは簡単に見つかる。

「騙される側もどうかと思うような、欲の皮が突っ張った奴を騙すのと、本当に困って弱っている人を騙すのでは話が違う」

詐欺は全部犯罪です。百パーセント、騙す側が悪いです。――でもまぁ、裕二の気持ちは分かる。なんでそれに騙される？　みたいなケース、それこそどんな病気も全部治せる水とか、投資額の倍以上の分配金が必ず貰えますとか、普通に考えたらそんな儲け話あるわけないだろ？　みたいな詐欺の被害者に関しては、正直俺もあまり同情は出来ない。

「被災箇所が屋根の内側や家の下とかだと素人が自力で直すのは難しい。イコール、本当に適切な作業をしたかの確認も難しい」

裕二の指が刻むリズムがどんどん速くなっていく。比例して怒りのゲージが溜まっていくのが目に見えるようだ。

「床下浸水した家なんて、まさにいいカモだ。ちゃんと換気扇を設置したり調湿剤を撒いたとしても相場よりバリ高い代金をぼったくるか、いっさい何もしないでただ金だけむしり取る。――

「マジ、ムカつく！」

言い放つと右手でテーブルを強く叩いた。直後に膝の辺りに風を感じる。裕二の空振りの蹴りが起こした風だ。お行儀良く座っていて本当に良かった。ほら、俺って誰かさんと違って育ちが良いから。手応えがなかったことに、あからさまにむっとした裕二に、にんまり笑ってみせる。かれこれ二十年以上の付き合いだ。さすがにいつまでも同じ手を喰らい続けるほど俺は馬鹿じゃない。と思ったそのとき、裕二の座高がすっと低くなった。直後に膝下に強烈な痛みが走る。ケツをずりおろしてまで蹴るって、なんだコイツ。俺は何一つ悪いことをしていないのに、なんで当たり前のように蹴ってくる？　いい加減にしろ、俺はお前のサンドバッグじゃない。

「困っている人を騙すのも、そいつらのせいで俺たちまで疑いの目で見られるのも、ホント、許せねぇんだよ」

絞り出すような裕二の声に気圧されて、怒りはかき消えた。

工務店勤務の裕二は工務店詐欺犯を心の底から憎んでいる。

工務店の仕事は生活に密着している。仕事を依頼するときは、生活に不具合が生じたときだ。災害のあとに訪ねてこられ、このままでは大変なことになると言われて、つい依頼してしまう気持ちは分からないでもない。

そして作業着に動きやすい靴と、工務店員に扮するのは誰にでも簡単にできる。社名なんて名刺の一枚でもあればどうにかなる。あとはバケツや工具などのちょっとした荷物を積んだハイエースにでも乗っていれば、それっぽく見せるのは簡単だ。

そういう詐欺犯がいると、業界全体にマイナスイメージがついてしまう。人の家に入り込む仕事だから警戒されても仕方ないと裕二も納得はしている。だが必要以上に警戒されたり、それこそ仕事で車を道に止めているだけで通報されて、警察官から職質を受けたりするのは不愉快らしい。

「飛び込みだし、どうかしらって思っているのだけれど、感じも良かったしお願いしてみようかしらって、敷島さんが話してたんだよ。飛び込みって段階で嫌な予感しかしねぇ。そんで、お節介は承知でレジ終わりの荷物詰めるとこで話し掛けたんだ」

敷島さんの年齢は八十歳前後だろう。同じくらいの歳の友達と二人でいるところに、とつぜん見知らぬ作業着姿の若い男から話し掛けられたら警戒するに違いない。と思いきや、「すみません、余計なお世話だとは思うんですがって、名刺渡したら聞いてくれてさ」と続いたので鼻白んだ。

三十路近くなっても裕二は相変わらずのお利口そうな豆柴犬顔で、ぱっと見だけなら愛嬌満点、危険度ゼロだからなせたことだ。残念だが俺だったら絶対にそうはならない。声を掛けただけで立ちすくむか二、三歩退く。それですめばまだ御の字で、場合によっては周囲が勝手に通報する。ありがたいの良さは両親ゆずりだからしかたないが、せめてお袋に顔が似ていれば。――って、いかんいかん、裕二の話に集中しないと。

「詳しく話を聞いたら、床下にシート貼って調湿剤撒くだけなのに見積もりが七十万円超えでさ」

「相場は？」

「防湿シートと調湿剤の五十平方メートルの相場は二十万円ってところだ。敷島さんチは建坪は二十四坪だから」

「三十一万七千三百五十二円」

守がすぐさま答える。平方メートルと坪の関係性が俺にはよく分からないが、守が言っているのだから間違ってはいないだろう。まぁ、とにかく倍額ふっかけているのだからぼったくりは確実だ。

「一坪が三・三〇五七九平方メートルだよ」

こそっと守が教えてくれた。——バレてたか。

「すぐ近くが川だし、防水シート敷いた上にコンクリートを打って、その上に調湿剤を撒くのならプラス三十万円くらいだから、この見積もりでもちょっと高いかなで済む。けど、コンクリートの打設はないらしい。ただシートを敷いて調湿剤撒くだけでこの値段はありえない。それに詳しく聞いたら、一階のキッチンに床下収納がついてるって言うし、それだったら自分でも出来なくない。だから詳しく説明したんだよ」

ぼったくりなのは理解できる。だがそのあとの床下収納がついていたら自分でも出来るというのは分からない。

「ハッチ式で、プラスチックスボックスが取り付けられているタイプ？」

スマートフォンを見ながら守が訊ねる。毎回思うのだが、守の検索技術というかスピードはすごすぎる。

「それ。あれはボックス部分が穴にはめ込んであるだけだから、外せば床下に入れる」

「床板を剥がす必要がないってことだね」

そういうことかと納得する。床下の作業をするためには床に穴を開けるか、それこそ剥がさなくてはならない。そこまでは出来ても、元通りに床を張り直すのは、かなりＤＩＹの腕に自信がある人でもない限りは難しい。すでに床下収納で穴は開いているのならば、そこから下りればよい。——って、かなり狭くないか？　作業なんて出来るか？

「お前の図体じゃ無理だろうが、俺ならいける」

裕二がすぱっと言い放つ。

いつも思うのだが、裕二にしろ守にしろ、俺の頭の中を読めるんじゃないか？

「強力防湿シートは幅九百五十ミリメートル、長さ五十メートル、厚さ〇・一五ミリメートルで七千二百五十円っていうのがあるね」

言いながら、守がスマートフォンを差し出した。大手通販サイトの商品頁だ。おお、星四・五。かなりの高評価だ。

「調湿剤はゼオライトかシリカゲルで」

守の手が引っ込む。

「ゼオライト——十キロで千二百九十円」

どれだけ守の指の動きが速くても、検索待ちの時間はあるはずだ。なのになんでこんなに速い？　もしかして、とんでもなく強いＷｉ－Ｆｉがこの家の中を飛んでんのか？　思わず天井の辺りを見回す。

「通信環境は家の中のどこでも最強レベルにしてあるけれど、身体に悪いということはないから安心して」

——なんで分かるかな？　とはいえ、安心する。

「一坪あたり二十キロってところだけれど、大量に撒けば撒くだけ効果は上がる。敷島さんチならシートが二巻に調湿剤が四十八袋。一万四千五百円と」

守が引き継ぐ。

「六万千九百二十円。消費税を含めて総額で八万四千六十二円」

「床板作業の分引くから、ウチの見積もりなら、全部込みで十八万円ってとこだ」

裕二の勧める武本工務店は、小さいながらも実直な社長が率いていて、技術と信頼は高く、お値段はお安めという、これぞ工務店の鑑《かがみ》な会社だ。お住まいのことでお困りの際はぜひお声がけいただきたい。社長はもとより、今や完全にエースの裕二を筆頭に社員一同、仕事は誠心誠意で丁寧、しかも速くて仕上げも完璧で、必ずや頼んで良かったと、ご満足いただけるはずだ。

「あのとき俺もスマホで調べて商品を見せながら説明したんだよ。それで詐欺だって分かってくれてさ。家族と相談して、仕事のお願いをするかもってことでその場は終わったんだ。二日後、いや三日くらい後かな？　職場に敷島さんから俺宛にどら焼きが届いた」

「藤吉《ふじよし》？」

守の口から聞いたことのない名前が飛び出した。

「勝《かち》どきにある季節のフルーツ入りのどら焼きで有名な和菓子屋さんだよ。お客さんから貰ったって言ってたけれど、そういう事情だったの」

何それ。俺、知らないんですけど。

「雄大が当番でいなかった日で。一個だけだったから食べちゃったんだ。ごめんね」

いや、どら焼きの一つくらい別にいい。って言うより、どうせ貰い物なんだし、一つなんてケチケチしないで何個か持ってきてやれよ。と、思ったそのとき、膝に激痛が走った。

「何も持ってこないどころか、てめぇのペットのカメまで預けっぱなしのお前に、ケチとか言う資格ねぇだろが」

思っただけだ。言ってはいない。なのになんで分かる？　そしてなぜ蹴る？　何より、そんなに顔に出てます？　だが引っ越しして以来、完全に守に預けて面倒を見て貰っているカメについては痛いところを突かれただけに返す言葉がない。

「るっせーな、蹴ることねぇだろ」

これ以上、被害を被らないためにイスの向きを変えてテーブルの下から完全に足を避難させる。

「一緒に手紙が入ってた。先日のお礼と次女の旦那がやってくれることになったって」

インチアップジムニーの持ち主か。駐車場として使わせて貰っているのだし、それくらいの奉仕はしても罰は当たらないだろう。

そういえば、今更だがどうして裕二は敷島家の車を知っているのだろう？　今までの話だと敷島家に行っていないはずだ。聞こうかと思ったが、話の腰を折るのもどうかと思って思いとどまる。

とは言え、親切心から裕二が声を掛けたことで詐欺被害に遭わずにすんだのに、結局依頼しないとは。得した金額を考えたらどら焼き代くらい安いものだ。なかなかどうしてしっかりしてらっしゃる。そう皮肉を言いかけて止まる。

らっしゃるじゃない。らっしゃった、だ。過去形になったと気づいたからだ。敷島さんは亡くなってしまった――。

そうはっきりと認識して、胸と腹がずっしりと重くなったように感じる。

「送り状に書いてあった電話番号にお礼の電話を入れて、ちょっとやりとりした。そのときに敷島さんが次女の旦那がこだわりの新車でホームセンターに材料の買い出しに行ったところから作業が終わるまでの話を延々としてきた」

説明をするときはゼロから全部話すあれだ。若年層でもそういう人はいる。だが高齢者の方がその比率は高い。出場先の現場でも、要点だけ言ってくれればいいのに、物事の初めから、へたしたらその前から話し出す人は多い。いや、だから、今まさに貴方の家が燃えているんですけど。最近物忘れが増えたから、ストーブの消し忘れには注意していた、昨日もしたはずだったとか、今そんなことを言っている場合じゃないだろうよ、というようなことは珍しくない。

だがようやく一つ謎が解けた。どうりで車庫のインチアップジムニーが次女の旦那の物だと知っていたわけだ。

「ネットで調べてきっちり作業してくれたってすんげぇ喜んでた。安くあがったっていうことよりも、次女の旦那がそこまで出来る男だってのと、自分のためにそこまでしてくれたってことが嬉しかったんだろうな。そのあと都心に高校まである私立の小学校に通っている次女の息子二人の話にまでなってさ。面倒臭くなって、仕事で呼ばれたって言って電話を切ってそれっきりだ。この程度だから知っているって言うほどでもないんだけどさ。それでも直接会って話したことがある人の訃報をニュースで見ると、やっぱりなんかちょっとな。それもなんで？　って、アレじゃん？」

裕二が言葉を濁した。言いたかったのが何かは分かる。死因だ。そういう気遣いが出来るのなら、些細なことで俺に暴力を振るわないで欲しい。

「まだ詳細な記事は出ていないみたいだね」

スマホを覗き込みながら守が言う。

今更だが、冠水した駐車場の車の下になんて、どうして入った？　そもそも水が出ていなかったとしても、かくれんぼをしている子どもとかならまだしも、八十歳前後の老人が車の下になんて入るか？

そんなことを考え始めていた俺の耳に、守の声が入る。

「検視の結果が出るのに時間が掛かっているのなら、事件性があるのかもしれないね」

「事件性？」

思わず訊ねる。

「だって、死因はまだ分からないんでしょう?」

小首を傾げて守が訊ねる。可愛らしい仕草だが話している内容は可愛くない。

「死因って、水死だろ」

冠水した車の下から見つかった。ならば死因は水死だ。そうに決まっている。

「そうとも言い切れないと思うんだけれど」

申し訳なさそうな顔で守が話し始める。

「自分の意思じゃなく水の中に入れられたとかもあるよね?」

恐る恐る問われる。確かにそうだ。水死がすべて犯罪と無関係とは言えない。だがそうなると、頭に浮かんだのは恐ろしい光景だった。誰かが嫌がる敷島さんを冠水の中に無理矢理沈めた。

——可能性は? ないとは言えない。いや、だとしたら激しい水音だとか悲鳴だとかで、さすがに家の中にいた八重子さんや隣の石井さんが気づくはずだ。——ないない、さすがにそれはない。

「小説とかドラマじゃあるまいし、今回は違うだろ」

裕二がぴしゃりと否定した。

「こいつの話だと、車の下から出した時にはすでに息はなかった。だな?」

頷いて答えにする。裕二の言うとおり、隣家の医者だった石井さんが、車の下から出した時にはすでに息はしていなかったと言っていた。

「だとしたら、考えられるのは水が出る前に駐車場内で何かあって倒れた。そのあとに水が出て流されて車の下に入ったってことだろ? 八十——、幾つだっけ?」

「八十三歳」

守が言い終えたのと同時に「その歳なら何かしらの持病があってもおかしくはない」と続けた。裕二の言うとおりだ。それならばありえる。

――亡くなったのは水が出る前だったのかもしれない。

だとしたら、俺たちにはどうすることも出来なかった。

それで責められても――と、反駁《はんばく》の気持ちがこみ上げてくる。だが八重子さんの「どうしてもっと早く来なかったのよ！　なんで助けてくれなかったのよ！」という怒鳴り声が頭の中に甦って、萎《しぼ》んで消えた。

「それは死因を解明しないと分からない？」

どんよりと重苦しい気持ちの俺の耳に、守の軽やかな声が入った。

「まず、肺の中に水が入っているかどうかが問題だよね。裕二の言うように水が出る前に亡くなっていたのだとしたら肺に水は入っていない。入っていたら水が出たときにはまだ息はしていたのだから生きていたことになるから、死因は分類では水死になる。ただ誰かが無理矢理押さえつけたり、それこそ昏倒させて放置した可能性も残っているから」

内容のエグさに、さすがに勘弁してくれと言いかけたが、「外傷がないか確認しないと正確な死因は分からない」と続いたので、「外傷はなかった」と言い返した。

びしょ濡れで顔色は真っ白だったが、出血もしていなかったし、見た限り異常な点はなかった。どうだ！　とばかりに守に目をやる。だが、「打撲は時間が経たないと分からないし、骨にひびが入っている程度なら見ただけでは分からなくない？」と言われて、返す言葉がなかった。

「肺に水が入っていなかった、つまり水死ではなかったとしても、薬物死とか絞殺死とか」

喜々として守が続ける。音として聞こえてはいるが、内容はもう俺の頭の中には入ってこなかった。

そんなに事件――殺人であって欲しいのか？

いや、でも、殺人ですでに亡くなっていたのなら、俺たちは何をしようと助けることは出来なかった。だとしたら、俺たちに責任はない。ああ、よかった。って、なるか？ ――って、ならねぇよ。

菊ちゃんは必死に心肺蘇生をし続けた。俺もなんとかしようと冠水した道を走った。それもこれも、敷島さんをなんとかして助けたかったからだ。あの祈るような思いと、期待を裏切ってしまった失望、何より母親を亡くした八重子さんにぶつけられた哀しみからの怒り。そのすべては犯人のせいになる。犯人が敷島さんを殺さなかったら、あんな思いを俺たちはしなくてすんだ。

――殺した犯人、マジ、許さねぇ。

こみ上げて来た怒りに思わずテーブルを拳で叩いていた。ダンッ！ と重い音が鳴る。守がびくりと身をすくませて口を噤んだ。しまった、やっちまったと気づいて「悪《わり》ぃ、守に怒ったんじゃない。もしも殺人だったら犯人許せねぇなって思って。つい」

「ううん、こっちこそごめんね。雄大は仕事の話はしたくないのは分かっているのに、夢中になっちゃった」

「ま、この話はこれくらいにしておこう」

裕二の意見に「だな」と賛同する。

今ここであれこれ推測したところで敷島さんの死因は分からない。それに死因が分かったところで、亡くなったことに変わりはない。仮に、もしも事件性があって、それこそ犯人がいたところで、それを捕まえるのは警察の仕事だ。俺には関係ない。

話は終わった。腹もいっぱいだ。ならばここでお開きとしよう。というより、このまま居つづけていたら、いずれまた守が話を引き戻す。今はしょんぼりしているが、どれだけ反省しても、結局、守は調べることを止めない。満足するまで情報を漁り続ける。

本人は「趣味」と言っているが、俺からしたら情報は守にとって空気だ。呼吸と同じく常にしていないと、実際のところ、死にはしないかもしれないが、確実に具合は悪くなると思っている。

「ゴチになりました。ありがとな、そんじゃ、帰るわ」

お礼を言って席を立つ。

「俺も明日早いんで帰るわ。ごちそうさま」と、裕二もあとに続く。

館を出て、広い庭を通り抜けて外門を出てから裕二が口を開いた。

「なんか、悪かったな」

改めて詫びられて、「気にしてねぇよ」と返す。

発端は守だ。これはいつものことだ。裕二はたまたま敷島さんと接点があった。それだけだ。

「俺、なんで消防士になんかなったんだろ」

息を吐き出すのと一緒に、ごく自然に口から出ていた。

ちらりと裕二が俺を見上げた。だがすぐに視線を足下に落とした。返事はない。街灯が点々と灯る高級住宅地を並んで歩く。

「仕事はキツいし、大して給料高くもないし」

こんなに人の死に直面することが多いとは思ってなかった。本人であれ、その人に関わる人であれ、助けて欲しいと願う人の気持ちに応えることが出来ないのが、これほどキツいとは——。

裕二は無言のままだ。その沈黙がどうにも嫌な感じで、なんとか言葉を搾《しぼ》りだす。

「周りは人を助けたいとか救いたいって熱血馬鹿ばっかだし」

「じゃぁ、辞めりゃいいだろ。仕事なんていくらでもある。社長に頼めば、どこかしら紹介してくれるぞ」

「武本工務店は？」

「お前と同僚なんて願い下げだ」

心底嫌そうに顔を顰めて裕二が却下する。

——あら、びっくり。てっきり後輩としてこき使ってやるよと言うとばかり思っていたのに。

「国民の義務を果たして、法を犯さない。それだけしてりゃ、誰に文句を言われることもない。大金持ちなら働かなくたっていい。けどお前はそうじゃない。だから、何かしら仕事はしないとならない」

俺の竹馬の友は、昔も今もリアリスト。

「けど、仕事は選べる。だからどうしても嫌なら、今の仕事を続ける必要はない」

正面を向いたまま、訥々《とつとつ》と裕二が語る。

「ただ転職したらゼロからやり直しだ。給料も待遇も今と同じとか今以上という仕事に就ければ話は別だけどな」

さすがは裕二、痛いところを突いてくる。正直、好条件の転職を提示してくれたヤツならいる。大江戸《おおえど》線の代々木《よよぎ》駅構内で話したのを最後に、あいつとの関係は途絶えた。

そんなことより、現実問題として辞めるにしても次の仕事も決まっていないのはさすがにどうかと自分でも思ってしまう。早くに伴侶を亡くして女手一つで育てられた一人息子としては、歳を重ねた母・民子《たみこ》に心配は掛けたくない。それに、仕事が見つかったとしても、今日の明日で辞められはしない。消防隊は運用基準が決まっている。「一人足りないけれど、ま、いっか」で火災現場に行くなどない。被災現場の要救助者を助けるのと同時に、隊員同士、お互いの命を担っている。

もちろん他の仕事と同様、電話一本でその日から来ないという信じられない奴もいなくはない。だが立つ鳥跡を濁さず。悪目立ちしたが最後、いつまでも同僚達の記憶に留まる。

——辞めたら接点もなくなるのだし、どうでもいいだろうって？

それは考えが浅すぎる。今後の人生でただの一度も一一九番通報をしないですめばいいが、先のことは分からない。通報して駆けつけた隊員が、迷惑を掛けられた元同僚だったら？　もちろん消防士は相手によって態度を変えることはない。誰であろうと助けはしてくれる。なぜならそれが仕事だから。だからと言って、もし逆の立場だったら、俺なら嫌で堪らない。元々キツい仕事なのは重々承知しているだけに、余計な負担は掛けたくない。

つらつらと考え事をしていると、裕二が言った。

「まぁ、好きにすりゃぁいい。お前の人生だ」

その通りでしかない答えだ。

仕事を辞めたいという話を裕二にするのはこれが初めてではない。これまで数え切れないくらいしている。だがそのたびに裕二の答えは同じだ。決して、辞めるのか続けるかどっちなんだ?と詰めてはこない。これが裕二なりの気遣いなのだ。

俺も、いつもと同じく「だよな」とだけ返した。

5

翌日は、当番日だった。昼食を終えて、一服しに喫煙所に向かう。喫煙所といっても、パーテーションで囲われて分煙機も完備とかのちょっとお洒落で素敵な空間ではない。当たり前のように建物の外で、敷地内の端っこの隊員個人用外置きロッカーの横、コンクリートの壁の前に、吸い殻入れと書かれた赤いちっぽけな灰皿が置かれているだけのスペースだ。

世の中は健康志向だ。ことに煙草は吸っている本人のみならず、吸わない人も受動喫煙で健康に害をなすと立証されて以来、問題ありとされている。ご多分に漏れず、東京消防庁も時流に合わせて二〇一九年四月から屋内喫煙所を全面廃止にした。つまり勤務中は所内では煙草は吸えないということだ。煙草はあくまで嗜好品だ。だから吸わない人に迷惑を掛けてはいけないとされるのは仕方ない。それは俺も納得している。だが、エアコンや分煙機なんて贅沢は言わないから、せめて屋根はあって欲しい。

コンクリートの壁に寄りかかろうとして、熱を感じて止めた。昨日は台風一過で晴れて暑くなった。その翌日の今日もこれまた良く晴れていて、日差しが厳しい。空を見上げると、入道雲が浮かんでいた。あと少しで十一月だというのに、入道雲って。俺が小学生の頃は、入道雲といったら夏休み、八月だ。十月なら鱗雲。秋の味覚の王様、秋刀魚《さんま》とセットのはずだった。もちろん秋刀魚は店頭に並んでいる。守のところで北海道から空輸されたそれは立派な初物をすでにご馳走して貰った。だが頭上には入道雲。これも地球温暖化を証明しているってわけだ。

作業着のポケットからショートホープを取り出す。以前はマールボロを吸っていたが、なんか刺激が足りなくなって今年からショートホープに換えてみた。裕二には「ショッポなんてお前にゃ早い」と言われた。

ショートホープはシブい大人の吸う煙草だというのが裕二の意見だ。俺もそう思う。というより、おそらく喫煙者全般の意見だろう。買ってしまった以上は吸わないと勿体ないし、いざ吸ってみたら口に合って良い感じだったので、そのあとも吸い続けている。

一本取り出してライターで火を点《つ》け、深く吸い込んだ。きゅううっと音を立てて煙草が燃える。肺の中を満たした煙を吐き出す。ビールの最初の一口ではないが、煙草の一服目も、自然と「あ

〜っ」と声が出てしまう。それくらい俺には美味い。

「雄大さん」

壁越しに声が聞こえた。

「おう、五十嵐《いがらし》」

声の主の名を呼んで応える。

「本署の渋沢《しぶさわ》さんから、お礼言っといてってって頼まれました」

五十嵐の言う本署は本田消防署ではない。葛飾警察署だ。五十嵐は上平井交番勤務の二十一歳、警察官になってまだ二年半の、私服姿は高校球児にしか見えない新米巡査だ。

そんなことより、警官にお礼を言われるようなことなんてしたか？　まったく記憶にないんですけど。

「一昨日の新小岩アンダーパスで、改造車を教えて貰ったことのお礼だそうです」

続いた言葉に納得した。——っていうか、それかよ！　お礼を言うのなら、冠水した道路から三台も車を退けたことが先だろうが。思わず苛つく。だが「お礼を言いたいのなら、人を使わずに自分で言うのが礼儀だと僕は思うんですけどね」と五十嵐にフォローされて、ちょっと気が収まる。うん、それもだよな。五十嵐のこういう真っ当なところはすごく好きだ。

そもそも若い頃はかなり暴れん坊だった俺に警察は疎ましい存在だった。消防士になった今はどうかというと、実はさほど変わっていない。理由は消防の出場時、警察がさして役に立たないことが多いからだ。

出場に警察は関係ないだろうって？　それが違うんだな。一一九番通報は東京消防庁の災害救助防災センターに繋がる。受け付けたセンター員が現場に一番近くて要請内容に適した隊を出場させる——だけじゃない。通報は同時に警視庁の本部指令センターも受信している。そして内容によって、それこそ火災などの場合は、交通整理のために警察官を向かわせる。

いや、ありがたいよ。燃えさかる現場で消火活動を行っているのに、興味本位や迫力のある動画をネットにアップして注目を集めようとか思って近づく馬鹿どもを追い払ってくれるのは。活動の妨げを除いてくれるのだから感謝はする。

とはいえ、それこそ一昨日の新小岩アンダーパスみたいに、来て道路封鎖こそはしたものの、何一つ手助けしてくれないことは珍しくない。

警察と消防の仕事内容は違う。だから本来の職分にないことはしないというのも理解は出来る。けれど、冠水で止まってしまった車を人力で押し出すなんて、健康な奴なら誰だろうが出来る単純作業を前にして、それは我々警察の仕事ではありませんからと、高みの見物をされたりしたら、大好き！　などとはさすがに思えないだろう？

そんな俺がなぜこうして壁越しに若い警官と貴重な昼休みの喫煙タイムを過ごしているかというと、一つ目は立地だ。我が上平井消防出張所と五十嵐の勤務先の上平井交番は隣同士なのだ。こっちも狭くて小さいが、むこうはさらに小さい。面積で言えば、上平井消防出張所の半分くらいだ。しかも形がケーキ一切れみたいな三角形の平屋だ。その狭さで俺たち消防と同じく交替勤務で働いている。

二つ目は、交番勤務の警察官は俺たちと同じく交替勤だからだ。二十四時間、隣にいるし、俺たち消防は出場していないときは車輌の整備や訓練で建物外での活動が多い。だからよく顔を合わせる。

だとしても、胸がときめくような女性警官ならさておき、若い男の警官となんて仲良くなんてなるか？　――うん、それは俺もそう思う。五十嵐と仲良くなったのは、交替勤務明けの帰り道で、奴がぶつぶつ職場の悪口を呟いていたのがきっかけだ。

俺のすぐ前を歩く五十嵐は、なにやらずっと独り言を言っていた。気持ち悪っ！　と思って、追い抜いたときにその内容が聞こえた。それは常日頃、俺が自分の職場に対して感じているのとまったく同じ、つまり、熱血警官の先輩への悪口だった。警察官にもこういう奴がいるんだなと思ったら急速に親近感が湧いてきた。聞き耳を立てているうちに「それ、すっげぇ分かる」と、つい声に出してしまっていた。

とつぜん相づちを打たれた五十嵐はとうぜん驚いた。冷静になって俺の顔を見て、「隣の消防の方ですよね」と恐る恐る訊いてきた。隣にいる消防士の一人として、俺の存在は知っていたらしい。俺の職場や同僚に対する悪口をひとしきり聞き終えた五十嵐は、「消防士さんって、全員、人助けに燃えたやる気に満ちあふれた熱血な人ばかりだと思ってました」と感想を漏らした。

それを言うのなら警察官もそうだろう。志はどうであれ、警察学校と消防学校は学校と名のつくものの中でキツさでいったらどちらも上位に入ると聞く。そこを卒業してまで職に就いたのだから、それはそれなりの奴が――俺は違うか。

俺の場合は、「なれるものならなってみろ」という売り言葉に、「だったら、なってやる」という買い言葉の結果だ。では五十嵐はどうかと言うと、高校時代に恋い焦がれていた女性の先輩が警視庁に入り、彼女から向いているし一緒に働けたら嬉しいと言われたからだった。猛勉強して採用され、なんとか警察学校を卒業し、ようやく警察官として実務についた三カ月後、彼女は年上の銀行員と出来ちゃった結婚をして、海外転勤に一緒に行くために退職してしまった。そして五十嵐は一人警視庁に取り残された。

話を聞いて本気で驚いた。好きな女に振り向いて貰いたい一心だけで警察官になるなんて、聞いたことがない。よくぞなったな。というより、なれたな。

同時に心の底から同情した。必死に頑張ったのに、相手は出来ちゃった結婚でさっさと退職。そりゃぁ、仕事に夢も希望もあるわけがない。

ともあれ、共通の敵というのか、気にくわないものが同じということで俺と五十嵐は意気投合した。それ以来、当番日が同じ時は壁越しに話すようになり、今では、消防と違って交番内で自炊をしない、つまり三食持参か買い出しで賄うしかない五十嵐に、自分が食事当番のときに、こっそり味噌汁やおかずを分け与えてやったりするようになった。

ただし当番日は毎回同じではない。理由は消防は三交代制で、警察は四交代制だからだ。警察の方が俺たちよりも休みが多い。同じ東京都の公務員なのに、この差はなんだ？　というより、どうなってんだ？　東京都。

「そういえば、あとで本署の人が雄大さんたちのところに連絡入れるそうですよ」

つらつらと思いだしているうちに、五十嵐が新たな話題をだしてきた。

葛飾警察署がウチに？　珍しいこともあるものだと思いつつ、また煙草を一口服《の》む。

「五丁目でお婆さんが亡くなった件だそうです」

続いた五十嵐の言葉に、俺は盛大にむせた。

「大丈夫ですか？」

壁の向こうから五十嵐の案じる声が聞こえる。

驚いた拍子に肺に入れる煙の量を間違えてしまったらしい。しばらくげほげほと苦しんだ。だが頭の中には湧き上がった疑問が渦巻いていた。

――今になって警察が連絡？　もしかして、やっぱり事件――殺人だったのか？　いや、だとしたら、三日も経ってからは、さすがに遅すぎやしないか？

「雄大さん？」

むせ続けているのに不安になったのか、五十嵐がまた声を掛けてきた。ようやく落ち着いた。

「変なトコに煙が入っただけだ」と、説明してから「なんで？」と訊ねる。

「今回は自然死ではないので。――分かります？」

専門用語を使って伝わるのか不安になったらしい五十嵐が確認してきた。

「病死、自殺、殺人じゃないってヤツだろ？」

「すごい、よくご存じで」

「救急隊の知識もあんのよ」

感心する五十嵐にさらりと言う。

「あっ、そっか。すみません」

自分の非を認めると、すぐに謝る五十嵐は可愛いげがあると思う。

「今回はそれになるので検視をして、目立った外傷や異常もなかったので事故死扱いになるらしいんですけれど」

事故死扱いと聞いてほっとした。だが、「らしいんですけれど」というふんわりした言い方に引っかかる。

「らしいって？　解剖したのなら、確定したんじゃないのか？」

「行政解剖の結果がまだ出ていなくて」

あれから三日、まだ解剖は終わっていない。それが早いのか遅いのか、俺には分からない。

「だとしてもだ。なんでわざわざウチに？　最終的に対応していた本田本署の救急隊から聞けばいいだろうが」

「本田消防署の救急隊にはすでに現場で話を聞いてますけれど、初動に当たった上平井消防出張所にも念のためにってことみたいです」

「そんなもん、報告書読みゃいいだろ」

消防の仕事は現場職で体力勝負と思われている都民は絶対に多いと思うが、一回出場する度に大量の報告書類仕事もれなくセットになっているので、実は事務職でもある。出場直後の速報、後日の調査書、そしてコンピューターに入力される帳票となって、それぞれ記録されているそれらは、東京消防庁の大切な財産だ。新たな消防活動のヒントは過去の厖大《ぼうだい》な記録の中から生み出される。さらに記録にすることで出場した消防官の記憶にもしっかり残る。確かに良いことずくめだが、実際に書かされている身からすると、ただただ面倒臭い。

「報告書はすでに見せて貰ったそうですけれど、やはり公的な書類なので」

——なるほど、そういうことか。

活動報告には記述のフォーマットがある。あくまで現場でした活動のみを記述する。読めばその場で消防隊や救急隊が何をしたのかは分かる。でもそれ以外は分からない。だからさらに聞き込みをするなんて、葛飾警察署は実にちゃんとしてらっしゃる。いや、警察も捨てたものではないと感心する。

そこで気づいた。話を聞くって、それは警察署に行くということか？　取調室に一人ずつ呼ばれて？　若かりし頃の暴れん坊時代でも、要領よく立ち回っていたのでご招待いただいたことはなかったのに。というより、俺たちも勤務中なんですけれど。一人でも欠けたら、出場指令は受けられない。ということは、勤務明けの非番の日にわざわざ来い？　おいおい、勘弁してくれよ。

「電話で連絡を入れて、そちらの都合の良い時間に刑事課が訪ねるって聞きました」

文句を口に出す直前だった。言われたら、五十嵐はまた謝るしかない。当事者ではないのにだ。俺と五十嵐はこういう職に就いているというだけで、代表者扱いされて被る被害の理不尽さに腹が立つ同志なのに。あっぶねー、ギリセーフ。

「そっか、ありがとな。今晩、豆腐とわかめの味噌汁作るけど、いる？」

「やった！　ありがとうございます」

五十嵐の声がワントーン上がった。

嬉しいときは素直に喜ぶ五十嵐は見ための印象も含めて犬っぽい。ただし裕二がお利口そうな豆柴犬だとしたら、五十嵐は片親は柴犬っぽいが、もう片親は誰？　と聞きたくなる感じのミックス犬だ。

「六時頃に置いとく」

大きめのマグカップに入れて塀の上に置いておく。それを五十嵐が受け取る。器の返却も同じくだ。この受け渡しだと上平井消防出張所の二階からは丸見えだ。すでに住田・遠藤の両隊長から事情を訊かれていて、「交番の新人のおまわり君が哀れなんで恵んでやってます」と答えて以来、止めろとも言われていないので続けている。

吸いさしのショートホープを灰皿に投げ込んだ。しゅんっと小さく音を立てて火が消える。それでも確認で上から覗き込む。消防士たるもの、火の始末はしっかりしないと。消防官の自分が火災の原因になるなんて本末転倒というより、そんなことになったが最後、同僚はもちろん都民の皆さんからのハンパないお叱りを頂戴することになるからだ。

「そんじゃ」

壁越しの会合の終わりを告げて、歩き出した。壁のむこうから小さく「豆腐とわかめの味噌汁か。だったら今晩は牛丼にしよっと」という五十嵐の声がした。直後、たたんっ、たたんっとアスファルトを叩くリズミカルな音が遠ざかっていく。どうやらスキップをしているらしい。

――二十一歳にもなってスキップって。

味噌汁一杯でここまで喜ぶってどういうことよ？　でも、悪い気はしない。今夜の味噌汁は絶対に美味しく作ろうと心に決めた。

昼休み休憩が終わり、午後に入って訓練が始まる。前に所属していた飯倉消防出張所は高速道路の高架下というとんでもない立地で、訓練する場所は建物前の歩道と屋上だけだった。それと較べたら上平井消防出張所は遥かにマシ――とも言い切れない。

頭上に高架がないだけ良いのは確かだ。俺の図体ともなると頭をぶつける心配を常にしなくてはならなかったので、それがないだけでも随分と気が楽ではある。上平井は、建物前は道路に面しているが、裏側にはスペースがある。ただ、人間が走り回れるほどではない。ドッグラン、それも小型犬専用くらいだ。

それでもスペースがあるだけマシじゃないかって？　マシかマシじゃないかは広さの話ではないんだな、これが。

所や敷地が狭いなら狭いなりに、いやむしろそれを活かそうと訓練プログラムを練りに練る迷惑な隊長が必ずどの所にもいる。我が上平井消防出張所だと元オレンジの遠藤第一隊長だ。

訓練には火災対応と救助訓練の二種類がある。火災対応は火災出場を想定した訓練だから、より実際の現場に近い形で行わなければならない。だから防火衣、防火靴、面体、ボンベのフル装備、総重量二十キロ以上を身に着けて行う。手順はこうだ。ポンプ車に乗車して、実際に車庫からちょっとだけ動かして止めて下車。搭載しているハシゴを下ろして建物に立てかけて、ホースを担いで二階の窓から進入。そしてまた元に戻る。年を取ったのと地球温暖化のコンボで、夏場は本気で倒れるんじゃないかと思うくらい辛い。一方で、救助訓練は通常フル装備ではしない。ただしもれなく砂の詰まった重さ六十キロ、高さ百五十五センチの布製の人形がついてくる。これを担ぎ上げたり運んだりしなければならない。

ここで皆さんにお尋ねしたい。身に着けた二十キロと持ち運ぶ六十キロ、果たしてどちらが楽だろうか？　正解は、どちらも辛くて大変、だ。

そんなどちらも大変な火災対応と救助訓練は、通常分けて行われる。飯倉でもその前の赤羽台でもそうだった。だがこの上平井では違う。二つが合わさった訓練が行われている。つまりフル装備プラス砂人形のコンボだ。二十キロ身に着けて、さらに六十キロを運ばなくてはならない。運ぶと言っても、ホームセンターとかで売っている土砂のように、何でもいいからとにかく運べばいいわけではない。相手は人間、それも自分では動けない状態の傷病者という設定だ。乱暴に扱うなどもちろん厳禁。特に頭に気をつけて、出来るだけ揺らさないように、注意して運ばなくてはならない。

考案者の遠藤第一隊長曰く、「実際の火災現場で装備なしで救助活動をすることはないから」だそうで。

言っていることは間違ってはいない。俺たち特消隊に掛かる出場指令は圧倒的に火災出場だし、現場で要救助者がいたら、当然フル装備で救助に当たるのだから。だからといって、日々フルコンボの訓練を行うのは、さすがにどうかと俺は思う。

第一隊の機関員の窪さんが腕時計のストップウォッチを見つめている。

「それじゃスタート」

声と同時にポンプ車の後部座席から五代に続いて飛び降りる。ハシゴを下ろして裏庭に出て、建物の壁に立てかける。ホースを五代から受け取り、五代が支えるハシゴを登っていく。二階の窓から進入して完了の合図を送ると、五代がホースの延長をする。俺はホースを構えて二階の廊下を腰を落として進む。要救助者がいる会議室の前には遠藤第一隊長が待ち構えていた。いつもの如く、微笑みに満ちた顔で訓練を見守っている。胡散臭《うさんくさ》いどころか、もはや悪魔にしか見えない。

会議室のドアの前に着いて「消防です、誰かいますか?」と大声を出す。この声が小さくて聞こえないようなら、ペナルティでもう一度最初からだ。通常は室内には砂人形があるだけで人はいない。けれど、我が上平井の隊員達はノリがやたらと良いので、手の空いている隊員、時に所長が中にいて、砂人形の代わりに「ここです」とか「助けて」とか応えたりする。それもいっぱしの傷病者の芝居をしているから、こちらの問いかけにすぐには応えないし、わざと聞こえないような弱々しい声で話す。

三度目の「消防です、誰かいますか?」のあと、ようやく「たす——けて」と小さな声が聞こえた。この声は第一隊の清水さんだ。男梅のキャラクターみたいな面して、何が「たす——けて」だ、とムカつきながらドアノブに手を伸ばしかけて、慌ててドアの隙間を見てから無線をつかんで「煙無し」と伝える。続けて右手だけグローブを外す。むき出しになった手の甲をドアノブに近付けて温度を確認する。

「熱なし！」

グローブをはめ直しながら、しっかりはっきり遠藤第一隊長に聞こえるように言う。そしてようやくドアに手を掛ける。

閉じているドアは確認せずに開けてはならない。密閉された空間で火災が起こった場合、火災による燃焼で酸素が希薄になって一時的に燃焼速度が低下したり、炎自体が小さくなったり、場合によっては炎が消えたりすることがある。でも決して鎮火はしていない。そのまま酸素が供給されなければ炎は窒息して死ぬ——つまり鎮火するが、酸素が流入した場合、それこそドアや窓を開けて空気を供給してしまうと、酸素を餌に炎は一気に膨れあがり、爆発的な燃焼を起こして延焼を拡大する。これがバックドラフトだ。九〇年代の始めにこの言葉をそのままタイトルにした消防士の話がハリウッドで映画化されて、当時は知名度が一気に上がったらしいが、すでに一昔前の作品になってしまったので、知らない人も増えているという。実に残念だ。

もう一つフラッシュ・オーバーというのもある。火災による燃焼で発生した可燃性のガスは空間の上部に溜まる。このガスの量や温度、空気との混合比がある一定の条件を満たすとガスに引火して、そのまま一気に爆発的な燃焼を起こす。まあ、どちらにしろ、火災現場で閉じられたドアは不用意に開けてはならないということだ。

なのでまず閉じたドアの前ではドアの隙間から煙が出ているかをまず確認する。煙はなかったとしても室内の状態は分からない。続いてグローブを外してドアノブの温度を確認する。熱いのに気づかずにドアを開けて空気を送り込んで爆発的燃焼が起こったら、火災被害が大きくなるのはもちろん、真正面にいる自分が最大の被害者になる。それだけは何があってもお断りだ。

室内に入ると、壁に寄せた長机の下に砂人形が身を丸めるようにして置かれていた。また面倒なところに面倒な姿勢で置きやがってとムカつく。すぐ近くにそれをやった張本人だろう清水さんが、にやにやしながら立っている。

「たす――けて」

笑顔で弱々しく助けを求める清水さんに、腹の中でうるせぇよっ！　と、ツッコミを入れながら、低い姿勢のまま砂人形に近づいていく。

「大丈夫ですか？」

言いながら机の下に潜り込み、砂人形に手を掛けて、もう一度「大丈夫ですか？」と訊ねる。

清水さんが掠れ声で「たす――けて」を繰り返す。

「要救助者、発見！」

要救助者を発見した第一報を無線に向かって伝えてから、「痛いところはありますか？」と砂人形に向かって訊ねる。

「たす――けて」

上の方から清水さんのか細い声が聞こえる。

――それ一本槍かよ！

どこが痛いか言って貰えれば、そこに留意して搬送すればいい。けれど、言って貰えない場合は、実際に要救助者の身体に触れて、怪我の有無を確認して、それに合わせて搬送方法を選ばないとならない。

「要救助者、意識有り。これより救助開始」と、無線に言い終えたのに続けて、「動かします」と、何も応えない砂人形に話し掛けてから、両肩を掴んで身体を起こす。右腕で上半身を支えながら、続けて正座状態に折り畳まれた足を伸ばそうとする。左足を伸ばし終え、右足に差し掛かったとたん、「痛いっ」と上から清水さんの声が聞こえた。

「痛いのはどこですか？」

ふくらはぎと腿の隙間に手を差し込むと、「痛い痛い痛い」と、清水さんが泣きそうな声を絞り出す。——なんだその無駄な大熱演。

「膝ですか？」

もう一度、足を伸ばそうとすると、また「痛い痛い」と清水さんが言う。——膝で確定。

ということは、自力で歩行は無理。

そもそも砂人形なんだから自力で歩くわけがない。だがどの部分をどう怪我しているかで搬送の方法は変わる。けれどいつも思う。実際の現場では隊単位で活動する。一人のときに要救助者を発見したら、すぐさま無線で同僚の隊員を呼ぶ。なので一人だけで要救助者の救助にあたることはない。もしもあるとするのなら、それこそ東京都全体が大震災に襲われたとかなどの未曾有の状況だろう。間違っても、そんな日が俺が定年になるまで、もとい、俺が生きている間には来ないでほしい。

そんなことを考えている場合ではない。これはタイムトライアル。ぐずぐずしていたら、ペナルティでもう一回、加えて腹筋、背筋、スクワット五十回、いや遠藤のことだ、百回が加算される。

要救助者は右膝を痛めていて自力歩行は無理。ならば担いで運ばなくてはならない。だが背中にはパックがあるから背負うわけにはいかない。——さあ、どうする？

はーい、答え、知ってまーす。床に足を投げ出させた状態で座らせて、背後から両脇に腕を差し込み、そのままバックして床を引きずって移動させる、だ。そして進入した窓から届いたスクープに乗せて搬出する。

「要救助者は右膝に痛みがあるとのこと。これから進入口まで搬出するのでスクープ準備。搬出開始」

無線に状況を報告してから、物言わぬぐったりした砂人形に「今から外に出ます。動かないで下さい」と声を掛けて両脇に腕を差し込んだ。ぐっと力を入れるとすんなり動く。

これが人間だと話もするし、意識混濁してあらぬ動きをしたりして、救出作業の妨げになることも多い。だが今回はただの砂人形。ぐったりしてつかみ所がないのは扱いづらいが、それ以外はスムーズに活動できる。ここからは楽勝だ。ずるずると砂人形を引きずって室外に向かう。廊下に出る直前、視線を感じた。清水さんの目が俺の胸に向けられている。砂人形の首が折れて胸にべたりと付いていた。慌てて右手で首の下を支えて自分の胸に付けるようにする。マイナスポイント1は確実だが、室内で気づいて良かった。遠藤第一隊長に見られたら、その場で終了にされかねない。

廊下に出てから微笑み悪魔の視線を一身に浴びていることを意識して、たまに「大丈夫ですか？」と砂人形に声を掛けながら、ひたすら窓へと進む。

窓に到着すると黄色いスクープが窓の外で踊っていた。本来ならば室内にスクープの半分くらいが入っている状態が望ましいのだが、五代の奴め、ちょっと遅かったな。

「いったん手を離します」

砂人形を廊下に完全に寝かせて、スクープを受け取ろうとする。五代はハシゴに登って片手のみで下からスクープを掲げているから上は見えていない。その状態でスクープの上部を窓の中に入れようと四苦八苦していた。これは俺の指示が時間短縮の肝だ。

「いったん下げて。そう、もうちょっと」

スクープは決して重くはない。けれど、ハシゴ上で片手で扱わなくてはならないとなると大変になる。すでに一人で窓からスクープを入れようと四苦八苦していた五代は疲れが出て来たようで、スクープが微妙に揺れ始めている。ここで落としたりされたら目も当てられない。窓の外のスクープの上部を両手でしっかりとつかむ。

「つかんだ！　一度、手、離せ！」

五代が手を離したことで重さが分かった。――うおっ、びっくり。って驚いている場合じゃない。早く中に入れて、と思ったそのとき、軽くなった。五代がまたつかんだらしい。これで押し合いしていたら時間を食う。

「離していい。俺が入れる」

中途半端にハシゴの上にいられたら、スクープが当たる可能性がある。当たるだけでも大問題だが、間違ってハシゴから落ちようものなら、さらに怪我でもしようものなら洒落にならない。

「いいからお前はいったんハシゴを下りろ！」

怒鳴ったそのとき「はい、終了」と、背後から遠藤第一隊長の声が聞こえた。いつの間にかすぐ後ろまで近づいて来ていて、「大山、手を離すなよ」と俺に声を掛けてから、窓の外に頭を出して「五代、手を離してハシゴを下りろ」と指示を出した。

五代が下りきったのを確認してから、遠藤第一隊長はスクープを室内に入れる手助けをしてくれた。

「かなりがさつだったけれど、良い感じではあった」

言っている内容は一応誉めているでいいのだろう。笑顔だし。だがその笑顔のままで、「もう一回、最初から」と命じられた。――いや、だろうなとは思ったよ。思ってたけれど、その笑顔は頼むから止めろ。

結局、三回訓練をやり直してようやく終了となったときには、午後二時半を回っていた。すみませんと何度も五代が頭を下げてくる。確かに訓練でのミスはすべて五代が犯した。俺が受けた注意は要救助者の扱いに愛がないというものだけだ。

訓練だとしても、家族や恋人だと思って扱えというのが遠藤第一隊長の弁だが、使い古されて裂け目にガムテープが貼られた、しかも一度も洗濯したことなどないからけっこうな臭いがする砂人形を家族や恋人だとはさすがに思えない。もちろんそんなことは口が裂けても言えない。藪を突いて蛇を出すほど愚かではない。神妙な顔を作って「はい」とだけ答えておく。

「本当にすみませんでした」と五代が俺に何度目かの頭を下げる。お前のせいだろ、どうにかしろよと思わないでもないが、責め立てたところでどうにかなるものではない。五代は真面目で良い奴だ。だが真面目な分、言われたことに対してなんとかしようと頑張りすぎる。その結果、一箇所どころか全体がおかしくなるときがある。それでは本末転倒だ。

「次は頑張ろうな」のみでやり過ごして、事務室に入ると、見慣れない背広姿の男が二人待ちかまえていた。

原島所長と話している四十代の男は会話を続けながらさりげなく室内に入ってきた俺たちに目を遣った。もう一人の三十代の男はがっつりこちらを見て、会釈に見えなくもない仕草で何度か頭を下げる。

「なんですかね?」

五代が小声で第一隊員の中井に話し掛けた。

消防署に一般人の来訪者は実は多い。防火や防災関連の資格はもちろん、防火対象物の工事や使用開始、設備設置、点検報告等々、消防が管轄している事柄は多岐にわたる。皆様ご存じのガソリンスタンドを含む危険物取り扱いもそうだし、電気ガス水道等の道路工事はもちろん、家を建てる、催し物をするなど道路が通常通りに使えなくなる場合は消防に届け出をしなくてはならない。花火大会なんて防災面と道路事情から何枚もの申請が必要となる。水利関係もだ。水道管工事の際には断水することがある。近隣で火災出場して、消火栓にホースを繋いだは良いが、断水で水が一滴も出ませんなんてことがあってはならない。工事をする前には申請して許可を取る必要がある。他にも建物や施設の立ち入り検査の申請、優良防火対象物認定制度関係なんていうのもある。これに救急関係も加わる。それらに関わる人達が来訪するのだから、けっこう人の出入りは激しい。

とまれ、何の申請での来訪であれ、わざわざ所長と話し込むことはない。セールスマンの可能性はあるが、パンフレットが詰まった鞄も持っていない。三十代の男の足下に置かれているのは防水素材の大きめのトートバッグだ。足下は二人とも革靴だが一人はコンフォートシューズだし、三十代にいたってはスニーカーだった。ここに昼に五十嵐から聞いた話を合わせれば答えは出る。葛飾警察署の刑事だ。

話し終えた原島所長が「住田、第二隊を全員集めてくれ」と告げる。

住田隊長は五代に視線を寄越した。察した五代がその場にいない第二隊機関員の井上さんを呼びに部屋から出て行く。

室内に第二隊員が全員揃うのを待ってから、原島所長が話し出した。

「西新小岩五丁目の件で、葛飾警察署の刑事さんが話を聞きたいそうだ」

「葛飾警察署の西川《にしかわ》です」

「吉竹《よしたけ》です」

四十代の男に続けて三十代の男が名乗り、二人とも軽く会釈したので、俺たちもめいめいに会釈を返す。

「活動報告書はすでにご覧になっていると聞いていますが」

住田隊長がずばりと切り出す。

「はい、翌日にお願いして見せていただきました」

こめかみに白い物が交じっている西川が、柔和な顔立ちに相応しい穏やかで丁寧な話し方で答える。今までご縁があった警察官の多くは交番勤務の警官と車関係の交通機動隊で、どちらも制服組だ。私服となると生活安全課のみだ。赤羽台時代に太っちょの熊みたいな生活安全課の刑事とちょっとだけ関わったが、あれは最悪だった。奴とのきっかけとなった火災、そこから繋がる諸々のことのすべてが。――思い出してしまって、ちょっとメランコリー。重苦しい記憶を振り払って、話している西川を改めて観察する。

「改めて、対応された皆さんにもう少し詳しくお話を伺わせていただきたくて参りました」

色白で目尻には笑い皺《じわ》らしきものが何本も刻まれていて唇は薄いやせ形の優男だ。恐らく女性人気は高いだろう。だが、この手の一見優しそうに見える警察官が一番要注意だ。

これは体験からの知識ではない。自然界の摂理だ。自然界には、自身が毒を有しているとか、触れたら怪我をすると周囲に伝えるために、触れるのに勇気が要るような形や色の生き物がいる。奴らはいい。だってきちんと知らせてくれているのだから。それを無視して触れる方が悪い。だが毒があったり、鋭い牙や爪やとげを持っているのに、見た目からはまったく危険性を感じさせない外見の生き物もいる。どちらが怖いって、そりゃ後者だろう。

「お仕事中すみませんが、少しだけお時間を下さい」

西川が言い終えると同時に、若い吉竹が大きな声で「よろしくお願いします」と言いながら、深々と頭を下げた。吉竹は背こそ低めだが体格はがっしりしていて、顔は丸く目もつぶらで可愛らしい顔立ちをしていた。目に輝きがあるということは、刑事になってまだ日が浅いというところだろう。

目に輝きがあるかないかで、そいつのモチベーションが分かる。ことに仕事に関しては、年齢に関係なく目が輝いていれば仕事への夢や情熱がある。そして何が目の輝きを失わせるかと言えば経験値だ。実際に職に就いて現実を突きつけられ続けているうちに、夢や希望はどんどん削《そ》がれていく。

吉竹の年齢ならば警察官になったばかりではない。なのに目が輝いているのなら、今の仕事にはまだ幻滅していないことになる。なので刑事になり立てというのが俺の読みだ。

「声が大きいよ」

窘《たしな》められた吉竹が「すみません」と、肩をすくめるようにして謝罪する。西川がさらに続けた。

「すみません、こいつは九月に配属になったばかりなもので張りきってまして」

——はい、当たり。

なかなか大したものだろう? と自慢したいところだが、この話はすべて人の出入りの激しい工務店業界に身を置く裕二の受け売りだ。裕二は日常からいとも簡単に物事の神髄を見抜く。本人には絶対に伝えはしないが、俺の竹馬の友はすごい。マジ、リスペクト。なんて考えていたら住田隊長が言った。

「出場が掛かったら」

「もちろん優先して下さい。そんなにお時間を取らせずに終わるとは思いますが」

「じゃぁ、隣の食堂で。一人ずつですか？」

住田隊長の問いかけに「はい、お一人ずつでお願いします」と西川が柔和な笑顔で答えた。

順番は、最初が実際に敷島さんに対応した菊ちゃん、そのあとが五代、俺、井上さんで、最後が住田隊長となった。最初の菊ちゃんが刑事二人を先導して食堂に案内する。

三人が食堂に入って、事務室内にいつもとは違う空気が流れていた。出場現場で人が亡くなって、その件で刑事が話を聞きたいとやってきたのだから、そうなるのは仕方ない。

順番に呼び出しを喰らって一人ずつ面談なんて、消防学校の入試の最終面接が最後じゃないか？　悪いことをして呼び出されたわけでもないのに、こうして待っているとなんか心が落ち着かない。

「はい、だらだらしない。するべきことをする」

原島所長の声になんとなく集まっていた隊員達が散る。続けて「第一隊、体力鍛錬するぞー」と遠藤隊長が声を上げた。第一隊員がぞろぞろと階段を下りていく。

刑事が話を聞きに来たことで、体力鍛錬をせずに済むかもしれない。これに関しては超ラッキー。

菊ちゃんが食堂から出て来て、代わりに五代が呼ばれる。掛かった時間は十五分くらいだ。十五分が長いのか短いのかはとらえ方によるだろうが、ぐったりした顔と体重のすべてを預けて座ったとしか思えないイスの音から、菊ちゃんが長く感じたのは俺にも分かった。

「どうだった？」

機関員の井上さんが訊ねる。

「現着するまでと、してから何をしたか、見聞きしたことのすべて、あと何か気づいたことはないかを聞かれた」

言い終えた菊ちゃんは机に両肘を突いて両手で顔を覆う。すぐに深い溜め息を吐きだすと、そのまま黙り込んだ。室内が静まりかえる。

刑事に話したことで、菊ちゃんはあの日を追体験した。それがどれだけ辛いことなのか、室内の全員が分かっていた。だから口を噤んだ。菊ちゃんは銅像のように動かない。

何か声を掛けたいと俺は思った。だが掛ける言葉が見つからない。視線を浴びせ続けるのも申し訳なくなってきた頃、ギッとイスが鳴った。立ち上がった住田隊長が菊ちゃんに近づくと、背後に立って両肩に自分の両手を置いた。手を当てたまま、住田隊長はただ黙っている。

二人を見ているうちに、目頭が熱くなってくる。――なんか、俺、泣きそうだ。

菊ちゃんが顔から手を外して俯《うつむ》いて大きく息を吐き出した。姿勢が変わっても住田隊長は手を離さない。菊ちゃんがようやく顔を上げる。住田隊長に振り向いて「大丈夫です」と言った。

その目も目の周りも真っ赤だ。住田隊長は頷いて自分の席に戻った。住田隊長は、昌之という名前のせいで親しい同年代の隊員からは、まさえちゃんなんて呼ばれはするものの、顔も身体も四角い見た目の可愛さゼロのおじさんだ。だが今はとんでもなく格好いい激シブな男に俺には見えた。

「トイレ、行ってきます」

己を鼓舞するように明るい口調で言いながら菊ちゃんが席を立った。戻ってきたら、「お帰り」と、大きな声で絶対に言おうと心の中で決める。菊ちゃんの戻りを待つ間、デスクワークでもしてみようかと思ったそのとき、「大山さん」と五代に呼ばれた。

あまりの早さに時計を確認する。五分経っていない。確かに五代は直接、敷島さんに対応していない。あいつは俺と一緒に現着して人を退けて、AEDを取りに来た道を戻って、そのままスクープを受け取って持ってきた、それだけだ。確かに、語るようなことは大してない。——とはいえ、さすがに早くね？

胸の中でぶつぶつ呟きながら席を立って食堂に向かう。

中では手前に吉竹、奥に西川が並んで座っていた。

「大山さん——ですね？　よろしくお願いします」

「はい」の語尾の「い」だけ発しながら、ちょっとだけ頭を下げて二人の正面のイスに腰を下ろす。

「最初に敷島さんの家に到着したのが大山さんですね？」

なんだろう、西川の優しげな教師みたいな感じ。やっぱり苦手だわーと思いつつ、「はい」とだけ答える。

「家に到着するまでに、何か気になったこととかありませんでしたか?」

質問内容にいらっとする。

時刻は午後八時半くらいで日は暮れて明かりは外灯のみ。足下は水に浸かっていた。そんな中、車の下に入って出られなくなった老女の救出に現場へ急いでいる俺たちが、活動の邪魔になりそうなもの以外、いったい何に気づくと? そもそも、何かってなんだよ。

「何かって?」

——あ、いかん。

明らかに苛立ちが声に出てたわ。とは思ったが、もうどうしようもない。

「例えば、人や車は見かけましたか?」

俺が反感を覚えているのに気づいただろうに、西川は穏やかな表情と姿勢を崩さずに訊ねてきた。

「車は見ていない」

細い道だったから、車が走っていようが止まっていようが絶対に覚えている。

吉竹がノートに書き込む音が聞こえる。記録を取るのは当然のことだが、なぜかその音も癇《かん》に障る。

「人は——途中の家の玄関の前で、あっちだって教えてくれた人がいた。あとは敷島さんの家の前に集まっていた近所の住人。見たのはそれだけだ」

俺が口を噤むと、聞こえるのは吉竹がペンを走らせる音のみになった。

「そうですか。では、到着されてからを聞かせて下さい」

柔和な顔で西川が言う。俺は一つ息を吐いてから、記憶の限り、自分が到着してからその場を引き揚げるまでを話して聞かせた。

話している最中、記憶は鮮明に甦った。防火衣を叩く雨音、歩みを妨げる冠水した道路、その独特の臭い。体験したことを言葉にして語ることで、視覚、聴覚、嗅覚、触覚四つの感覚すべてで追体験する。──いや、味覚もだ。あのとき感じた口の中のなんとも言えない苦みが、今また口の中に広がっている。それでも話し続ける。そうしないと終わらないからだ。とにかく終わりにしたい。その一心で語り切った。

西川の口が動いた。出て来たのが「分かりました。ご協力、ありがとうございました」でほっとする。これで終わりだ。

「すみませんが、次の方を呼んで下さい」

はい、喜んで！　と、思わず居酒屋の店員よろしく言いそうになる。次は井上さんだ。さっさと退出して交替しようと、席を立ちかけたそのとき、頭の中に疑問が湧いた。

芙巳子さんの死の事件性の有無は解剖結果を待つしかない。事故死なら、この時間は無駄になる。だが事件性があった場合、解剖結果を待たずに聴取を始めた葛飾警察署は優秀だ。実にちゃんとしてらっしゃる。だが、一人ずつ対面で事細かに話を聞く必要があるか？　これでは場所こそ我が所だけれど、取り調べを受けているのと何も変わらない。

――もしかして、俺たちは容疑者なのか?

敷島さんを助けようと出場した俺たちが? 誰よりも必死に手を尽くし、たった今、また話をしたことであれだけ辛い思いをしている菊ちゃんが?

西川と目が合う。本心の窺えない人当たりの良い顔に、一気に怒りが膨れあがっていく。

――いや、待てよ。

新たな考えが頭に浮かんだ。

その恐ろしさに総毛立つ。

「何か?」

中腰で止まっていたら、そりゃ訊かれて当然だ。

いや、別に、と言うべきなのは分かっていた。だが、口が俺を裏切った。

「わざわざ俺たちに話を訊くってことは、遺族の意向か?」

俺たちの活動に不満があった。早く来なかったことが死因だと思っているのか? 実際、長女はあの場でどうして早く来なかったと俺たちを詰った。あの声と姿が頭の中に甦る。あの日以来、何度も何度もだ。

立ち上がって机に強く手を突いた。ばんという大きな音と手の痛みが引き金になる。

「俺たちの到着が遅かったから」

「違います」

西川が遮った。

「ご遺族からの提言は受けていません。違います」

それまでと同じく人当たりの良い顔で西川が言う。だが眼差しは真摯だ。これは信用してもよさそうだ。

「ご遺体に大きな外傷などはありませんでした。検視をした医師の見解は事故死で、その場に立ち会った私も同意見です。おそらく今回は事故死だろうと思っています。ですが、決めつけることは出来ません」

西川の眼差しが鋭くなった。

「人が亡くなっている。ならばその原因が何かを追及しなければなりません。万が一、本人の望まない死だったのならば、その無念は晴らさなければならない。本人だけでなく、故人を助けようと尽力した方達のためにも正義は果たされなくてはならない。そう私は考えています」

言い終えた西川の目が元通りに和らぐ。

ごりっごりの「Ｔｈｅ　正義の警察官」を振りかざされた。だが悪い気はしない。――どころか、ちょっと感動したかも。

「だからこそのヒアリングです。担当された皆さんにとっては辛いことを思い出させてしまっているのは分かっています。本当に申し訳ございません。でも、どうかご協力ください」

西川が口を閉じて頭を下げる。吉竹もそれに倣《なら》った。

――いや、なんか二人とも実にちゃんとしてらっしゃる。こちらこそすみませんって感じだ。

それにしても、警察官、それも刑事二人に頭を下げられるとは。タイムマシンがあるのなら、高校時代の俺に教えてやりたい。

第二隊全員のヒアリングが終わったのは午後四時近く。そのあと第一隊員たちから、どうだったと聞かれ、それに答えたりしながら事務仕事をしていたら、気づいたら五時になろうとしていた。今日の夕食の当番は俺だ。本署のような大所帯だと複数で行うが、我が上平井消防出張所では一人で担当する。なんだかんだで、入庁して以来、配属が規模の小さい出張所ばかりだったので食事当番は常に一人でしてきた。だからと言って十二人分の食事を、平日は昼は各自で買ってくるので夕朝の二回、土日だと昼も含めた三食分を一人で作るのは決して楽ではない。予算は一人当たり一日千円。その中から二食、または三食作って、残額は翌朝に返金というシステムだ。「食事の準備してきます」と声を掛けてから席を立つ。狭い所内だから、ちょっと見回せば誰がどこにいるかは分かるが、職業上、声掛けは必須だ。食事の準備中だろうが、入浴中だろうが、トイレに入っていようが出場指令が掛かったら、問答無用で全員出場する。一人でも欠けていたら、出場は出来ない。だから離席《た》するときは必ず他の隊員に声を掛けることになっている。

食堂に入って、最初に米を炊く。以前は米を研《と》がなくてはならなくて、これがけっこう重労働だったが、今は無洗米という強い味方がいる。ガス釜に米を入れ、水を注いでスイッチポンで済む。本当にありがたい。

食事は誰にとっても楽しみで憩《いこ》いのひとときだ。まして肉体労働に従事する消防士にとって二十四時間の当番の中で、食事の量が少なかったり不味かったりしようものなら大変なことになる。絶対に失敗は許されない。だから当番日には朝から何を作るか決めている。午前中の早い時間に御用達の店にＦＡＸで注文する。今日のメニューはみんな大好き鶏の竜田揚げ定食だ。午後一時くらいに届いた食材の中から鶏胸肉を取り出して下ごしらえはしておいた。

糖質が少なくヘルシーでしかもお値段も安定して安い鶏肉はスタイルを気にする老若男女だけでなく消防でも大人気だ。鶏胸肉を厚みを揃えた一口大サイズに切り分けてボウルに入れる。そこに塩胡椒を適量、醤油《しょうゆ》は大さじ九杯、チューブのショウガとニンニクをそれぞれ長さ十センチくらい入れて手でよく揉んでラップを掛けて冷蔵庫で寝かす。これでしっかり味が染み込む。

メインの鶏の竜田揚げは出来たての熱々にしたいので最後に回すことにして、次にするのは添えるキャベツの千切り作りだ。今年の夏は猛暑が続いたせいで、葉物野菜の値段が高騰した。一時期はキャベツが一玉三百円近くになっていて、とてもではないがメニューに入れることは出来なかった。だが先週から涼しくなったこともあって、一玉百円まで値段が落ちた。この価格なら安心して使える。安いキャベツもまた消防飯の味方だ。それが証拠に、以前はキャベツの千切りが出来て初めて一人前の消防官だと言われていた。ご家庭では一枚ずつ剥がして水洗いして重ねて、それを包丁で切るのだろうが、十二人分となるとそんな丁寧なことはしていられない。まず上から真っ二つに切る。それをさっと洗って、そのまま千切りを開始する。これも以前なら包丁の手作業だった。だが今は違う。我が上平井消防出張所ではキャベツの千切り用のスライサーが導入されている。お値段二千円以下のこのスライサーで幅一ミリのとんかつ屋で出るようなふわっふわの千切りキャベツがあっという間に完成する。十二人分三玉のキャベツの千切りが十五分で終わるのだから、本当に文明の利器って素晴らしい。人数分の皿に洗ったミニトマト五個と一緒に盛り付ける。ミニトマトにしたのは、予想よりも値段が安かったからというのもあるが、普通サイズのトマトだと切らなくてはならなくて面倒だからだ。

続けて味噌汁を作る。今日の具は豆腐とわかめだ。お湯を沸かして豆腐を切って入れる。五十嵐との約束と、そのときの決意を思い出して、出来るだけ崩さないように切る。端っこの方はかなり崩れたが、そこは五十嵐のには入れないでおこう。次に乾燥わかめを適量つかんで投げ込む。黒くて小さい乾燥わかめが水を吸って大きく緑色に変わっていく。あとは沸騰させず熱して、最後に出汁《だし》入りみそを溶けば完成だ。

そしていよいよ鶏の竜田揚げに取り掛かる。鶏の竜田揚げと言っても油で揚げはしない。最初の配属先の赤羽台消防出張所で一緒だった凄腕シェフの生田《いくた》の兄貴直伝の焼き竜田揚げだ。作り方も簡単だ。下味のついた鶏肉に片栗粉をまぶし、フライパンに重ならないように並べる。肉の上からサラダ油を少し注ぎ、それから点火する。ここがポイント1だ。肉を加熱するときフライパンを前もって温めるのが一般的だが、そうすると先に置いた肉は焦げるし、あとで置いた肉は火の通りが悪くなる。全部の肉に同じように火を通すには加熱する前に肉を並べるべし。火力は中火。気になったとしても、肉には最低一分半は触れない。それこそ肉の上部のピンク部分がほんのり白くなるくらいまで我慢して放っておく。これがポイント2。ちょいちょい菜箸やフライ返しで触ると、やはり全体の火の通りが一定でなくなるし、片栗粉が剝げて、できあがりの見栄えが悪くなるからだ。上部がほんのり白くなったら、すべての肉をひっくり返して、そこから一分加熱する。ここでももちろん無駄に肉には触らない。これがポイント3。

この三つさえ守れば、油で揚げたのと遜色のないカラッとした鶏の竜田揚げが完成する。油で揚げるより完成に時間は掛かるが、油の節約も出来るし、しかもカロリーオフで言うことなしだ。鶏の竜田揚げ、キャベツの千切りとプチトマト添えに、豆腐とわかめの味噌汁とご飯。これで一人当たり三百円きっかり。——大したものだろう?

ただし今回は調味料や油代は入っていない。調味料や油も班ごとにキャビネットで保管していて、食事当番が確認して残りが少なかったら食材と一緒に購入する。たまにうっかり頼み忘れたときには、他の班のを使わせて貰う。もちろん無断でだ。大量に使わない塩胡椒ならば気づかれずにすむかもしれないが、味噌やソースだとあからさまに減るのでバレる。金と食べ物は人の信頼関係の要《かなめ》だ。ここでズルをしたら、班同士の抗争勃発もありうる。だからそういう大物を借りた場合はメモに残し、後日新品を弁償することになっている。

フライパンに肉を並べて点火し終えたら、それまで使った調理器具を洗う。食事当番は作るだけでなく後片付けまで含まれる。今日は非常に順調だ。あとは火が通るのを待ってひっくり返せば完成だ。どうか完成、——いや、せっかくの竜田揚げを熱々の状態で食べたいから食べ終わるまで出場指令が入りませんようにとひたすら祈る。

鶏肉の色が白く変わり始めた。もういいだろう。フライ返しに手を伸ばそうとしたそのとき、警報音のアラームが鳴り響いた。

「東京消防から各局、上平井出火報。建物火災。現場、葛飾区西新小岩五丁目△番地×号。住宅出火。七分。出場隊、上平井１、２」

――出場だ。

飯の完成まであと少しのところでの出場ほど腹立たしいことはない。そもそも出場自体、俺はしたくない。しかも現場は西新小岩五丁目。前回の現場からすぐ近くとなったら、行きたくない感倍増だ。

どんよりした気持ちとは裏腹に、出場に向けて素早く動く。手にしたフライ返しを流しに投げ入れてガスコンロの火を二つとも止める。机の上のキャベツとプチトマトの載った皿の横に鍋敷きを置き、フライパンを移動させる。本当ならばガスの元栓まで閉めるのだが、米がまだ炊きあがっていない。これは事務官の佐野《さの》さんに頼んで、と思いながら食堂を出ようとすると、入り口で当人とぶつかりそうになる。

「飯がまだです。他は」

「任せろ」

全部説明する前に佐野さんがそう言う。

上平井消防出張所は第一隊五名、第二隊五名、所長に事務官の十二人編成だ。それこそ大規模火災ともなると二隊はもちろん、所長も指揮隊車で出場するから所内に残るのは事務官のみとなる。なので事務官の皆さんは作りかけの食事のケアには慣れている。ことにベテランの佐野さんは看護師の奥さんのために、自分の休日にはお弁当を作って持たせるほどの料理自慢だ。大船に乗った気持ちであとは任せた。

早足で事務室を横切る。室内にいるのは所長のみだ。ドアから階段を下りようとする住田隊長の背中が見えた。大股で追う。

「円成寺《えんせいじ》の裏の細い道のところか。桜井花園《さくらいはなぞの》を右折、突き当たりを左折。入れてそこまでだな」

ルートを確認する井上さんの声が聞こえる。火災出場時に現着までに必ずしなければならないのは消防水利——消火栓や防火水槽の位置の確認だ。円成寺の裏の細い道ということは、消火栓はまさにその細い道の入り口に一つある。だがそこは先着する水槽なしのポンプ車の第一隊が使う。俺たち第二隊のポンプ車には水槽が付いているが中の水を使い切ったら役には立たない。だから現着と同時に消火栓や防火水槽に吸水管を接続しなければならない。そのために管内の消火栓の位置は頭に叩き込んでいる。

消防水利は住宅密集地では半径百メートル、反対に住宅があまりない所では半径百四十メートルをカバー出来るように計画的に配置されつつある。現場から次に近いのは道を進んだ町山商会《まちやましようかい》の前だ。消火栓に、ポンプ車の後部側面に積んでいる直径七十五ミリメートル、長さ約八メートルの吸水管を駐車した場所からの距離によっては二本繋いで直結する。

ちなみに東京消防庁はホームページ内で東京消防マップとして消防署や出張所だけでなく水利施設として消火栓や防火水槽の位置まで公開しているので、興味がある人は見てもよいと思う。そして、その付近には間違っても駐車しないで貰いたい。——と言うより、絶対にするな！

階段を駆け下り、防火靴に足をつっこみズボンを一気に引き上げる。黒い防火衣の袖に腕を通していると、第一隊が一足先に出場した。――こりゃマズい。

同じ所内で同時出場なのに遅れたとなると、遅れた原因は何なのかは当然問われる。今回は明らかに俺の責任だが、食事当番をしていたのだからという理由はある。ただしこの理由で許されるのはせいぜい一分以内までだ。消防指令が出たら一分以内に乗車出場、三分以内に現着、これが出場原則だ。ヘルメットを被りながら水槽付ポンプ車の後部座席に乗り込む。俺と住田隊長がポンプ車のドアを閉めたのはほぼ同時だった。――よし、取り戻した。

「OKです」

井上さんの声に住田隊長がフットスイッチを短く一度踏む。井上さんがAVMの出場ボタンを押した。重いエンジン音を立てて水槽付ポンプ車が駐車場から出て行く。所を出て二度目の左折をしたときには第一隊の後ろ姿を捉え、平和橋通りに出る頃には真後ろにつけていた。さすが井上さんだ、腕が良い。上平井消防出張所交差点を右折して進んで行く。前回の現場へのルートとまったく一緒だ。前回右折した坂本薬局の前を通過する。ちらりと五代を挟んで反対側のドア横に座る菊ちゃんを見る。まっすぐ前を向くその表情は硬い。菅谷ふとん店の一本奥に桜井花園はある。住田隊長の「消防車、右折します」というアナウンスとともに水槽付ポンプ車は右に曲がる。突き当たりを左折した先が現場付近だ。

先行する第一隊の水槽なしポンプ車が円成寺の裏の細い道の手前で止まった。助手席と後部座席のドアが開き、助手席から遠藤第一隊長、後部座席からは清水さん、三十二歳にして四人の子供の父親の遠山《とおやま》さん、中井の三人が空気呼吸器まで着けたフル装備で降りてきた。――ということは、一般的には現場で今まさに火の手が上がっていることになる。けれど上平井の第一隊は火災出場時には常にフル装備で臨む。実際の現場で火の手が上がっていなければ、そのときに外せばいい。備えあれば憂いなしが遠藤第一隊長のポリシーだからだ。

遠藤第一隊長がフル装備とは思えないスピードで細い路地に走り込んでいく。四十七歳でオレンジを退いたとはいえ、まだまだ現役でいけそうと言うか、俺に言わせれば化け物だ。

水槽なしポンプ車を通り越す瞬間、路地奥を覗き込む。時刻は午後六時になったところで、日は落ちてあたりは薄暗くなっていた。これなら炎が上がっていればはっきり見える。だが炎どころか煙すら見えない。何より路上に人が少ない。

火災現場付近では路上に必ず人がいる。現場付近から避難しようとしている人、なす術もなくただ見ている人、わざわざ見物に来る野次馬の三種類だ。以前はあとの二つを見分けるのは難しかった。だが今は簡単だ。スマホ片手に撮影をしている奴は間違いなく野次馬だ。

現場らしき家の前に人はいた。でも三人しかいない。

「火も煙も見えないですね」

隣に座る五代も身を乗り出して現場を見ながら言う。

「そのようだね」と住田隊長も同意した。となると、誤報か、すでに住人の手によって消火済みの可能性が出てきたことになる。とたんにすっと心が軽くなった。

水槽付ポンプ車のスピードがぐっと遅くなり、井上さんの「現着」の声と同時に完全に停車した。

「空気呼吸器はなしでいい。大山は落車、五代は吸管結合、俺と菊川は現場検分」

住田第二隊長の指示を聞きながら下車する。車の後ろにまわり、後部から落車——ホースカーを引き出す。ポンプ車にはホースカー——放水用の約二十メートルのホースを蛇腹状に折った状態で収納している台車が収納されている。放水時は、ホースカーを車体から出して、現場の至近距離まで近付けてホースを引き出してポンプ車に結合させて放水する。以前は手動だったので車体から引き出すのも移動させるのも結構な重労働だったが、今は充電式の電動スクーターに変わったので格段に楽になった。ただし、車体への出し入れは相変わらず手動だ。

五代が吸水管を引いて消火栓に向かって走って行く。吸管結合は隊の最年少の仕事だ。巨大なホースが巻かれてポンプ車後部の両側に貼り付けるように積まれているのを見たことがあると思うが、あれが吸水管だ。見たならお分かりだろうが、決して軽くはない。それを引き出して路上でねじれが出来ないように伸ばして消火栓と結合する。——頑張れ、五代。

引き出したホースカーの運転席に乗り、いざ現場に向かって出発しようとしたそのとき、「大山」と住田第二隊長に名を呼ばれた。見ると右手をあげている。——あれはステイだ。現場に急いでホースカーを向かわせなくていいということは、誤報か、すでに鎮火の確率どんとアップだ。期待にうきうきしていると、フル装備の消防官の重い足音がいくつも重なって聞こえた。その中にひときわ速い足音が混じる。間違いなく遠藤第一隊長だ。何なら晩飯の鶏の竜田揚げを一つ賭けてもいい。

「左二軒目の野上《のがみ》家が現場」

やはり遠藤第一隊長だ。――はい正解。

「家屋出火なし。一階のエアコンの室外機から煙が出て、すぐさまコンセントを抜いて煙は出なくなったけれど、念のために通報したんだって」

状況検分をした遠藤第一隊長が住田第二隊長に報告する。

住田第二隊長の方が遠藤第一隊長よりも年齢も入庁も二年先輩だ。だが堅苦しいのは苦手だと本人から要望したので遠藤第一隊長はため口で話す。

先着隊は現場で状況検分をして後続隊に伝達する。消火にしろ救助にしろ、活動は複数の隊によるチームワークだ。どの隊が何をどう受け持つか、いかに無駄なく連係プレーするかによって、より迅速な鎮火や救助を行うことが出来る。逆に、必要ない隊は帰所させる。新たな一一九番通報に対応するためには、一つでも多くの隊をスタンバイ状態にしておく必要があるからだ。

「見た限り、内部で延焼してはなさそうだけど、念のために完全浸水させてます」

建物火災ではなく、煙を上げた室外機が一台。しかもすでに煙なしで、第一隊が念のために放水消火している。――ってことは、第二隊は撤収？

わくわくしながら耳をそばだてる。

「そうか」

応えた住田第二隊長がくるりとこちらに振り向いた。

「第二隊、引き上げるぞ」

――待ってました！　と、飛び上がりたいところだが、ぐっと堪えて念のために五代に聞こえるように「五代、引き上げ！」と怒鳴る。

いざ帰ってよしとなっても、帰るためには元通りにしないとならない。ホースカーも吸水管も現着時と同じように車内に戻さないとポンプ車は動かせない。いったん下ろしたホースカーを車体の後部に押し入れる。作業する耳に二人の隊長の会話が聞こえる。

「このエリアだと冠水か」

「半分以上、水に浸かったって」

二日前の記憶がまざまざと甦る。敷島家に向かう俺の足は、脛の半分くらいまで水に浸かっていた。この付近も同じくらい冠水したのなら、家の一階で地面からちょっとした高さの足場に載せた状態の室外機ならば半分くらいまで浸水したはずだ。

エアコンの室外機は室外に設置される。つまり雨晒し状態だ。イコール、水に濡れても大丈夫だと思う人もいるだろう。実際に普通の雨での浸水故障は構造上、起こる可能性は低い。だが台風や暴風雨で砂やゴミなどがエアコンの室外機内部に入り込んで故障することはある。さらに室外機が浸水した場合、内部で循環するガスが漏れる可能性がある。だから大型で勢力の強い台風のときや、ゲリラ豪雨で冠水の恐れがあるときはエアコンの使用は極力控えた方がいい。

「孫がリモコンを弄《いじ》って偶発的に作動したらしい。気づかずにいたら、窓越しに煙が出ていて驚いたって」

遠藤第一隊長の口ぶりだと今回の現場は、一昨日の台風時も昨日もエアコンは使用していなかったようだ。そしてついさきほど、リモコンの誤操作で運転したら室外機から煙が出た。

エアコンの室外機は浸水すると、作動させていたとしても、自動的にブレーカーが落ちて停止する。ここで無理にブレーカーを上げると感電する恐れがあるし、ブレーカー自体が壊れて他の電気製品にも影響を及ぼす可能性がある。

なのでエアコンの室外機が浸水した場合は絶対に触らず、エアコンも使わない。そして水が引いて室外機が乾いたとしても、やはり使用しない。電気回路の部品に水が入った場合、乾いたとしても、漏電・発火等が起きる危険性があるからだ。とにかく触らず、メーカーや電気工事業者などに点検を依頼するべし。

以上が都民の皆様に広く知っておいていただきたいエアコンの室外機の豆知識だ。実践していただければ皆様の生命や財産に被害が及ぶことが減る。同時に一一九番通報も減って出場も減る。俺の身も安泰。これぞ三方損なしの万々歳だ。

ホースカーを車体にしまい終えた。あとは五代の手伝い――吸水管の巻き取り作業だ。現場撤収時の巻き取り作業はそれほどかっちりする必要はない。どのみち帰所してもう一度広げて巻き直しをするからだ。吸水管はまだしも、放水ホースに至ってはデッキたわしでごしごし洗って汚れを落とさないとならない。今回はホースを引き出していないのでその作業はしなくていい。ストップをかけてくれた住田第二隊長に大感謝だ。

五代が給水管を丸めて担いで戻ってきた。すべてを元通りに戻して、全員が車に乗り込む。

「出向は？」

住田隊長が井上さんに尋ねる。出向とは給油を意味する。消防車輌の給油は原則として所属本署に設置されたガソリンスタンドで行う。今日の出場は午前中に東新小岩の共同住宅の誤報が一回、そして今回の二回だけだ。どちらも大した距離は走っていない。だから給油が必要なほどガソリンは減っているはずがない。と、都民の皆さんは思われるかもしれない。だが消防車輛はいつでも出場できるように、常に全容量の半分以上はある状態にしておかねばならない。加えてトラックベースを改造して消防活動に必要な資機材をすべて搭載した上平井消防出張所の水槽付ポンプ車の総重量はほぼ八百キログラム。消防車としては中級サイズだが、これは周辺地域に狭い路地が多いため、小回りの良さが重視されてのことだ。さらに水槽の中には千五百から二千リットル、すなわち最低でもプラス千五百キロ。常に二・三トンの重量の車体を動かしている。それに活動中の消防車はエンジンを切らない。活動に必要な搭載資機材のすべてを通電させている。通電させていなければ、放水するための吸水も出来ない。さらに標識灯や赤色警光灯も点けておかなくてはならない。それらすべてに使用されるガソリン分を含めて計算すると、一リッターあたり三キロから五キロくらいしか走れない。というわけで、燃費がすこぶる悪いので燃料には常に気を配らなければならないのだ。

「大丈夫です」

「そうか、では帰ろうか」

住田第二隊長の声に、井上さんがＡＶＭの再出場可能のボタンを押して、エンジンを掛けた。水槽付ポンプ車が、さきほど使った町山商会の消火栓の前を通過していく。

そのときサイドミラーに何かが映った。ジャージ姿の男だった。頭にはキャップ、首回りにはタオル。荷物はない。年の頃は俺と同じくらいだろうか。一定のスピードで走っている。それまで男の姿はなかった。急に現れたのなら、今通り過ぎたばかりの行き止まりの路地から出て来たのだろう。路地に面した家の住人で、あの格好とフォームからして、夕食前に一走りという感じだろうか。健康的でいいのだろうが、俺なら夕飯前には走りたくない。と言うより、仕事以外ではよっぽどの必要性があるときしか走らない。

水槽付ポンプ車が加速する。男の姿はあっという間に小さくなり、ＥＮＥＯＳの横まで来たときには見えなくなっていた。あと二回左折してひたすら直進。上平井消防出張所前の交差点を越えればゴールだ。信号すべてに引っかかったとしても、六分後には帰所できる。帰ったらすぐに夕飯だ。佐野さんが仕上げてくれただろうから、あとは飯と味噌汁をよそうだけ。生田の兄貴直伝レシピの鶏の竜田揚げは冷めても美味しい。でもどうせならば出来たてほやほやの熱々で食べたかった。

残念がっているうちに、二度目の左折を終えた。上りと下りが一車線ずつの細い道だが、両脇には商店が多い。今は亡き国民的コメディアンがテレビコマーシャルに出ていた健康器具の店、隣は焼き肉材料専門店、信号を越えると白井青果《しらいせいか》店と続く。白井青果店手前の信号は赤だった。青信号になるまで待つかと思いきや、タイミング良く変わってすんなりと進む。左前方にあるのは喫茶店どーするだ。店名の由来は知らないが、恐らくノリでつけたのだろう。「このあとどうする？　じゃあ、どーするでも行く？」みたいな。

どーするの手前で車のスピードが落ちた。押しボタン式の信号に引っかかったのかと思いきや、信号は青だ。なぜ？　と思う間もなく答えは分かった。信号を越えたところに白いバンが路駐していた。追い抜くには反対車線にはみ出さないとならない。だが反対車線は車が途切れない。タイミングを見計らうにしても、白いバンが走り出すのを待つにしても、一旦停止するしかない。

——おいおい、交差点付近や道路の曲がり角から五メートル以内は駐停車禁止だろうがよ。

警視庁の皆さんも、ついスピードを出したり、一時停止をうっかり忘れてしまうドライバーを取り締まるよりも、こういう堂々たる違反者を取り締まって欲しいと思う。

白いバンに近づいていくうちに、運転席に人影が見えた。乗っているのなら、なぜここに止める？　とっとと進め！　と、怒りを込めてにらみつける。そのとき、水槽付ポンプ車の左側を人が通過して行った。ジャージ姿にキャップの男には見覚えがあった。行き止まりの路地から出てきた男だろう。ＥＮＥＯＳ手前の車の入れない道からショートカットしてこちらを追い抜いたらしい。男は駐車している白いバンに近づくと、助手席のドアを開けて乗り込んだ。白いバンが走り出す。

前を進むバンを見ているうちに、頭の中に疑問符がぽんと浮かんだ。

「クラクションを鳴らす寸前でした」

そのとき、井上さんの声が聞こえた。丁寧な言葉だから住田隊長に向けてだろう。それに五代が「鳴らしても良かったんじゃないですか？」と返す。

「人を待っていただけのようだし、乗ったらすぐに動いたし」

宥めるように言う井上さんに、五代は「人が乗るのを待っていたにしても、場所がダメでしょう」と食らいつく。――うん、正しい。

「必要がなければ鳴らさないに限るよ」

住田隊長が穏やかに言った。何を意味しているのかを察した五代が口を噤んだ。

騒音は消防に来るクレームの上位に入る。毎朝毎夕行う消防車輌の安全確認のためのサイレン音はもとより、なんなら出場時のサイレンやアナウンスにも「うるさい」というクレームが入る。

一一九番は緊急事態の通報番号だ。指令センターから出場指令を受けた隊は、いち早く現着して火を消したり人を助けたり、病院に搬送したりする。早く現着するためには他の車に道を譲って貰う必要がある。残念だが、車体を見ただけで道を譲ってくれるほど世の中甘くはない。そのためのサイレンとアナウンスだ。だがそれをうるさいと苦言を呈する都民の方がいらっしゃるのだ。俺からしたら、いやもう、アンビリーバボーとしか言いようがない。

クレーム主には、じゃあ、あなたの住まいや家族に何かあったときには、サイレンやアナウンスなしで時間を掛けてゆっくり到着させていただきますねと言い返したい。

ただ安眠妨害とか、せっかく寝た赤ちゃんが起きただとかの理由ならば、まだ理解は出来る。分からないのは、通報した当人からのクレームだ。近所迷惑だとか、近隣住人に消防車や救急車を呼んだのを気づかれたくなかった等々、ケチをつけてくるのだ。

だったら、一一九番通報時にその旨を伝えて欲しい。消防車輌のサイレン音には通常音よりも音量を控えた街中モードというのがある。最初から言ってくれればそちらで出場するので。

なんてことをつらつらと考えているうちに、俺は何かに引っかかった。

ご購読ありがとうございます。下記の項目についてお答えください。
ご記入いただきましたアンケートの内容は、よりよい本づくりの参考とさせていただきます。その他の目的では使用いたしません。また第三者には開示いたしませんので、ご協力をお願いいたします。

書名（　　　　　　　　　　　　　　　　　　　　　　）

●本書をお読みになってのご意見・ご感想をお書き下さい。

※お書き頂いたご意見・ご感想を本書の帯、広告等（文庫化の時を含む）に掲載してもよろしいですか？
1. はい　2. いいえ　3. 事前に連絡してほしい　4. 名前を掲載しなければよい

●ご購入の動機は？
1. 著者の作品が好きなので　2. タイトルにひかれて　3. 装丁にひかれて
4. 帯にひかれて　5. 書評・紹介記事を読んで　6. 作品のテーマに興味があったので
7.「小説推理」の連載を読んでいたので　8. 新聞・雑誌広告（　　　　　　）

●本書の定価についてどう思いますか？
1. 高い　2. 安い　3. 妥当

●好きな作家を挙げてください。
（　　　　　　　　　　　　　　　　　　　　　　）

●最近読んで特に面白かった本のタイトルをお書き下さい。
（　　　　　　　　　　　　　　　　　　　　　　）

●定期購読新聞および定期購読雑誌をお教えください。
（　　　　　　　　　　　　　　　　　　　　　　）

——ええと、なんだったっけ？　と考え出してすぐに、頭の中に巨大な「？」が浮かんで見えた。

——「？」って？

これでは「このあとどうする？　どーするでも行く？」と、一緒じゃねぇかと自分で自分にツッコミを入れる。でも何かにおかしいと思ったのは確かだ。

なんだったかなーと思い悩む視線の先で、前を行く白いバンが上平井消防出張所前の交差点を左折した。

——あれだ。

上下ジャージ男は行き止まりの路地から出て来た。頭にはキャップ、首回りにはタオルで荷物はない。加えてフォームと一定したスピードだ。それらから俺はランニングをしていると思った。だが男はすぐ近くに路駐していた白いバンに乗り込んだ。

——なんか、おかしくね？

という疑問に、「いや、待ち合わせのために走っていたのかもしれない。それこそ、どこかに一緒に走りに行くためとか」と、もう一人の俺が反論する。

——うん、確かに。

それはアリだな。と考えている間に、水槽付ポンプ車は上平井消防駐車場に到着した。さあ、まずは飯の支度だ。五十嵐に味噌汁をやる約束も果たさなくては。

車が完全に停止するのを待って、飛び降りるように俺は下車した。

6

「出向します」

井上さんはそう言ってＡＶＭの出向ボタンを押した。ガソリンがそれだけ減った理由は火災出場したからではない。火災への注意喚起のアナウンス巡回をしたからだ。

冠水するほどの大雨が降った当番日からちょうど二週間たった今日までの間、パラつくくらいの雨しか降らず、空気はからっからに乾いていた。イコール火災が起きやすくなるし、いったん火の手が上がったら延焼して大火事になる恐れがある。なので火災への注意喚起のアナウンスも大切な仕事だ。

上平井消防出張所の管区は新小岩一～四丁目、東新小岩一～八丁目、西新小岩一～五丁目で、面積だけでいうのなら特別広くはない。だが道は入り組んでいて、加えて戸建てが多いエリアだ。細い道を回れば、けっこうな移動距離になる。

ガソリンスタンドのある本田消防署は東立石《ひがしたていし》三丁目の奥戸街道に面した所にある。特別消火中隊二隊のみの我が上平井消防出張所と違い、消防隊、特別救助隊、救急隊を擁している。所属車輛もポンプ車二台、化学車、ハシゴ車、照明電源車、救急車、指揮隊車等、台数も多いため、四階建ての堂々たる建物で敷地も広い。

井上さんは奥戸街道に向けての一本道を北上する。突き当たりにある白壁に正面と左サイドにちょっとだけアクセントとしてレンガ壁が配置されている建物が、目的地の本田消防署だ。ガソリンスタンドは建物の裏にある。井上さんが出入り口前で車を止めた。五代が下車して柵を開けると、水槽付ポンプ車は敷地内に入った。給油が終わるまで、これといってすることはない。終わるのをひたすら待つだけだ。

帰ったら昼食。交替勤務中、昼食だけは各人で用意する。我が上平井消防出張所の第二係の家族持ちの皆さんは愛妻弁当を持参している。残された独身組の第二隊の俺と五代、第一隊の中井の三名は、コンビニエンスストアをメインに、自力でどうにかしている。

俺の今日の昼食は冷凍炒飯と通勤路にあるセブンイレブンで買った男爵コロッケ三つだ。それまではコンビニ弁当やカップ麺か、丼物系ファストフードのテイクアウトの二択だった。だが今の職場に異動になって少しした頃、裕二に「どうせレンジで温め直して食べるのなら、冷凍食品でも変わらねぇだろ」と指摘された。

そりゃそうだが、電車通勤で冷凍食品ってどうよ？　職場近くのセブンイレブンくらいなら、保冷剤なしでも行けるか？　でもコンビニで買ったら結構お高いのでは？　と思案する俺に、裕二と守は追い打ちを掛けた。

「通勤でちょこっと溶けたところで傷むってほどでもないし、レンジ加熱すれば問題ない」

「スーパーのプライベートブランド品とか、業務用スーパーならかなり安くて得すると思うよ。安い分、グレードは落ちるかもだけれど、製造メーカーは同じだから味は悪くないと思うし」

前の実質的なのが裕二。あとのなんとも誘惑的なプレゼンが守。どちらも俺の気持ちを冷凍食品にかなり傾けた。

「多少傷んでいたとして、腹を壊すってタマか？」

おっと、裕二のこの発言はいただけない。体調管理は消防士の重要な仕事だ。自前の昼食後に腹が痛くなって出場できません、なんてあってはならない。そう言い返す前に「『凍結前加熱の有無』に『加熱してあります』、『加熱調理の必要性』に『加熱してお召し上がり下さい』という表記の冷凍食品なら、食材はすべて加熱されているのだから自然解凍でも理論上は問題ないんじゃない？」と、守が言った。

首を捻る俺に、守は「冷凍食品のパッケージには凍結前加熱の有無が表記されているんだよ」と説明した。

「加熱してありません」には三つ意味がある。一つ目は加熱していないものを含む場合。例えば炒飯の中のネギだけは加熱していないとかだ。二つ目は凍結する直前に加熱していないものを含む場合。商品の材料はすべて一度加熱はしているが、材料のすべてを凍結直前に同時に加熱してはいない。最後は完全加熱していないものを含む場合。野菜の下茹でなどの加熱はしているけど完全加熱ではない。これらすべてが「加熱してありません」と表記されているという。

聞きはしたが、今ひとつよく分からない。唯一思ったことを言い返す。

「傷まないのが大前提だけどよ、問題は美味しいか美味しくないかだ」

それを聞いた守が「じゃぁ、実験してみない？」と提案した。そして楠目邸で数度に亘って冷凍食品の自然解凍チャレンジ大会が開催された。その結果、「凍結前加熱の有無」に「加熱してあります」と記載してある冷凍食品が昼食に採用となった。

冷凍炒飯は五百グラム入りで五百円を切るし、おかずのコンビニのコロッケ三つを合わせても千円は超えない。吉野屋の牛丼超特盛りでも物足りない俺でも、さすがに満足の量だ。それに味も良い。

それまで冷凍食品とはとんと縁のない人生だったが、今は違う。休みの日には大型スーパーや業務用スーパーに足を運び、冷凍食品コーナーをじっくりと観察するようになった俺は、冷凍食品の種類の豊富さと企業努力による技術の進歩と値段の安さに感動している。

昼飯に思いを馳せながら、抜けるような晩秋の青空を見上げた。この時期にしては暖かい。顔に当たる心地良い日差しを満喫していると、「もう終わります」と、井上さんの声が聞こえた。振り向くと、柵の外に救急車が止まっていた。

本署の車輛は基本的に正面から出入りする。後ろから入ってきたということは、ウチと同じく出向——給油だ。

消防車は管区内の現場に出場し、活動して帰所する。だが救急車は病院に搬送するまでが仕事だ。現場は管区内だから、搬送先の病院も同じくという決まりはない。管区内の病院が受け容れられる状況になければ、管区外でも受け容れ可能な病院まで搬送する。大本営が出した昨年の統計だと救急隊が出場してから帰署するまでの平均走行距離は十・六キロ、活動時間は九十一分二十二秒ということらしいが、傷病者によっては、他県の病院まで搬送することもある。

しかも救急出場依頼は消防出場依頼より段違いに多い。昨年は八十二万六千回近くで、前年から七千件増えたという。一年間で八十二万六千回弱と言われても、おそらく皆さんぴんとこないだろう。一日平均だと二千二百六十三回、二十四時間だと三十八秒に一回出場と言ったらお分かりだろうか。

対して消防出場は年間七千四百回ちょっとだ。ダブルスコアどころの騒ぎでなく、ざっと計算すると百十一倍出場していることになる。さらに救急隊は車の台数も人員数も消防隊よりも少ない。救急車が二百三十六台、救急隊員数二千百三十人。消防隊は活動によって車のバリエーションが多いという理由があるが千九百七十四台で、隊員数は一万八千四百八人だ。その人数と台数で通報に対応しているのだから転戦——連続出場もざらだ。だから救急車の機関員は、まめに給油をしなくてはならない。

どこの隊だろうかと首を伸ばして覗く。ポンプ車は助手席側の上に隊名標識灯があり隊名が表示されている。我が上平井消防出張所ならば上平井だし、本田消防署ならば本田だ。だが救急車の車体には所属隊名はない。どこの救急車かは車体側面の東京消防庁の表示の下の五桁の小隊番号で見分けることが出来る。左の一桁目が所属方面、二と三桁目が方面内での署別番号、四桁目が署内での出張所番号（署内に二隊在籍している場合は四桁目が一隊は「0」、もう一隊は出張所番号）、五桁目が小隊別の番号で救急隊は「6」だ。なので本田消防署の救急車ならば、7（第七方面本部）05（本田消防署）1（中隊番号）6（救急隊）で70506か、70516となる。

だがわざわざドアの横に書かれた小隊番号を見なくても、本田消防署の救急隊を見分けるのは簡単だ。管轄内で二隊救急隊があるのは本田消防署のみで、車の正面の助手席側に隊ごとにＡ１、Ａ２と書かれたマグネットが貼ってあるからだ。「Ａ１」のマグネットが見えた。本田消防署の第一救急隊だ。

助手席のドアが開いた。降りてきたのが誰かは見なくても分かる。森栄利子だ。交替勤のサイクルは三交代で共通している。客人――病欠等の不慮の助っ人でない限りは、係が同じならば勤務サイクルは同じになる。

さりげなく俺は水槽付ポンプ車の後ろに移動する。二期先輩の救急隊員の森は、恵比寿《えびす》消防出張所で生田の兄貴の同僚だった。都内を揺るがす大事件に巻き込まれ、いっとき時の人にもなったが、俺とは直接の接点はなかった。だが、上平井消防出張所に異動後、本田消防署に用事があって寄り、顔を合わせる度に「大山君」と馴れ馴れしく話しかけてくる。それも俺の失敗を聞きつけての注意という、最悪の内容でだ。ナンパでも同僚はノーサンキューだが、注意って。俺にはすでに、ことあるごとにねちねちとケチをつけてくる奴がいる。俺が消防官になった原因の仁《に》藤《とう》だ。

交通事故で俺の親父に一命を救われた仁藤のことを、かつては兄のように俺は慕っていた。だが成長とともに疎遠になった。俺が親父というか、消防官に幻滅したからだ。親父の殉職後に自分も消防官になると仁藤が決めて以降は、完全に決裂した。再会は俺が十八歳のときに、交通事故の被害者と救助に来た特別救助隊員――オレンジとして果たした。亡くなった親父と比較され、四の五の罵倒されたから言い返したのだ。「勘違いするな、消防士はただの職業だ。それ以上でも以下でもない。なろうと思ったら誰だってなれる」と。それに「だったら、なってみろ」と喧嘩を売られ、「ああ、なってやる。なってやろうじゃねぇか！」と怒鳴り返した結果としての現状だ。

仕事に熱心すぎる仁藤は職務中に負傷して、俺のあこがれの内勤に異動した。でも本人はオレンジに復帰しようと鍛錬し続けていると聞く。だが未だに復帰は出来ていない。その憂さ晴らしなのかなんなのか、俺のミスを聞きつけては説教を垂れにくる。奴だけでも鬱陶しいのに、そのうえ森もだなんて冗談じゃない。

どうしているのか気に掛けてくれと余計なことを生田の兄貴が頼んだのが理由らしいが、本当に勘弁して欲しい。なまじご面相の整った美人なのと、消防に対する熱いハートというのか真面目さも仁藤を彷彿《ほうふつ》とさせるし、何より先輩で女性なだけに、たちが悪い。少しでも語気荒く反論をしようものなら、図体が大きく黙っていても怒っているように見えるご面相の俺なだけに、か弱き女性を虐《いじ》める大男と受け止められかねない。

そういう理由で会いたくないうえに、今はもう一つ理由がある。先月、板橋《いたばし》の一人暮らしのアパートの部屋に俺宛の白い封筒が届いたのだ。差出人は星野行成《ほしのゆきなり》と森栄利子の連名だった。正直、二人の名前を見ても、すぐにはピンと来なかった。指で封筒を乱暴に開けると、中には堅い二つ折りの紙が入っていた。出して開くとぱらりと葉書が落ちた。一瞬そちらに気を取られたが、まずは手紙の文面に目を落とす。

『謹啓　初秋の候、皆様には益々ご清祥のこととお慶び申し上げます。このたび生田様ご夫婦のご媒酌によりまして結婚式を挙げることになりました。つきましては日ごろお世話になっている方々にお集まりいただき、ささやかな披露宴を催したいと存じます。ご多用中誠に恐縮ではございますがご来臨の栄を賜りたく、謹んでご案内申し上げます』

文章を読み終えた俺は眉間に皺を寄せた。その手紙が俺が最初に所属した赤羽台消防出張所の同僚だった星野と森が結婚すること、その仲人が生田の兄貴夫婦だということ、さらに俺に招待状が来たのだと理解するのに一分はゆうに掛かったと思う。

最初に出た言葉は、「マジかー!」だった。

例の事件で生田の兄貴の運転する救急車がガソリン切れになりかけたときに、走行しながら給油した特別救助隊員が星野だ。TVのニュースでもその勇姿は何度も流されたので記憶に残っている人もいると思う。今は亡き日本を代表する「不器用ですから」が決め台詞《ぜりふ》のシブい男性俳優に少し似ている星野は元自衛官で阪神淡路大震災を機に、より人を助ける最前線に身を置きたいと転職してきた男だ。そして望みを叶えて今は特別救助隊員になっている。

森栄利子は新潟《にいがた》県中越大震災で祖父と両親の三名を奪われた。人を救う職に就くと決意するには納得せざるを得ないと言うのか、実に重い理由を抱えている。だからこそ大学在学時に救急救命士の国家試験を受験し、入庁後に合格通知を得た。そんな森のことを異動当初は生田の兄貴は学級委員長と陰口を叩いていた。まぁ、俺の苦手な職務に真面目な熱血救急隊員だ。

その二人が結婚する。引き合わせたのは、間違いなく生田の兄貴だろう。だからこその仲人だろうし。

――実にお似合いというのか、俺からしたら地獄みたいな夫婦だ。

誤解しないで貰いたいのだが、結婚自体は悪くない。それどころか喜ばしいこと――と言うより、正直俺にはどうでもいい。問題は俺に招待状が来たことだ。

そもそも消防官は結婚式に招待される数がけっこう多い。消防学校の同期や、現在在籍している隊はもちろん、以前の在籍分まで加わると、よっぽど嫌われ者でない限りは、なかなかのものになる。一回につきご祝儀一万円。数が多くなれば、けっこうな負担だ。

そして、なれるものならなってみろと喧嘩を売られて入庁し、一日も早く事務職に異動したいという本心を口には出しこそしないが、態度から恐らく周囲は気づいているはずなのに、なぜか俺は招待される。

――やっぱり、俺の魅力に気づいちゃいます？　と言うより逆らえない？　いや、参ったなー。

なんて思っていたら、前回参加した結婚式で「いまだに独りなのが心配で、どうにかしてやりたくて」と、同期の新郎に言われた。なんだその上から目線の優しさ。余計なお世話も甚《はなは》だしい。

とはいえ同期の結婚式はまだ良かった。新婦が学生時代からの知り合いで銀行勤めだったからだ。新婦の友人は皆さん素敵な銀行レディだった。だがこの二人の結婚式となったら、双方の招待客はそれぞれの家族や学生時代の友人数名を除く全員が消防職員だ。独身男性が結婚式の招待に期待していることは、新婦の友人との出会いしかない。メシもなくはないが、ご祝儀イコールメシ代と思うと、一万円で新婚夫婦が選んだ慣れないフレンチのフルコースを食べるよりも、自分で選んだ好きな物を好きなだけ俺は食べたい。

休みの日にスーツ姿で、会場中消防職員ばかりの結婚式に出る。不毛だ。不毛過ぎる。ということで、しれっと欠席で返事を出そうと思っている。ただ、すぐさま出すのもばつが悪いし、良きタイミングを見計らっているので、まだ返事を出していない。

水槽付ポンプ車の下側、タイヤの隙間から森の足が見える。こちらに近づいて来ると思いきや、ぴたりと足が止まった。隣にいるのは菊ちゃんのはずだ。

「警戒巡回ですか？　お疲れ様です」

「そちらこそ。朝から何戦？」

「三戦です」

——まだ昼前だというのに三回出場。

昨年の二十三区内の地域別出場件数の上位五位は足立《あだち》、世田谷《せたがや》、大田《おおた》、江戸川、練馬《ねりま》で葛飾区はランクインしていない。葛飾区の住人が健康に気を遣い、大したことでもないのに通報して救急車を呼ばない優秀な人たちばかりだという理由では残念ながらない。この上位五区は二十三区の人口ランキングでも上位五位というだけだ。足立区の名誉のために言うが、人口では五位なのに出場件数が一位なのは、不心得者が多いからではなく、高齢の住人が多いからだ。

「高齢者の体調不良が二件。三件目は駅で高齢者の転倒です」

三件とも高齢者か。高齢化問題はずっと取りざたされているが、医学の進歩によって寿命が延び続けているだけに、今後も拍車が掛かるのは確実だ。イコール、救急隊だけでなく俺たち消防官の仕事は、ますます過酷になっていく。自分が七十歳になった時のことを考えると、正直ぞっとする。

「最後の出場が京成立石駅で」

そこで森が言葉を止めた。なかなか次に進まない。自分から勝手に話し出したのに、変なところで切ったものだ。

「――あの」

意を決したように再開した。菊ちゃん相手に、そんな感じで話すようなことがあるのだろうか？

「駅の周辺に敷島芙巳子さんの葬儀の案内が出ていました。源寿院会館《げんじゅいんかいかん》セレモニーホールです」

出てきたのは、予想していない内容だった。

――そうか、今日が通夜か。

前回の当番日に葛飾警察署の西川と吉竹が改めて上平井消防出張所にやってきた。敷島芙巳子さんの解剖結果が出て、要は死因が判明したからそれを伝えに来たのだ。芙巳子さんの肺と胃から摘出されたのは、冠水した水と同じ成分の水だった。結局、事件性はなく水死だった。

――ほら見ろ、やっぱりそうじゃねぇか！　と思ったが、気持ちは晴れなかった。

事件性があるイコール殺人イコールすでに死んでいたのなら、俺たちが何をどうしたって救うことは出来なかったとなるが、そうではなかったとなると、もっと早く現着していたら、助けられたかもしれない。

ただ立っているだけなのに、膝から下に重さを感じる。この足にまとわりつくような重さには覚えがある。水だ。あの日の足にまとわりつく冠水の感触だ。

「——そうか」

菊ちゃんが応えた。「そうか」ただ、それだけだ。

——花はどうするのかな？

ぼんやりと、俺は考える。

消防隊は火災現場でマル4——死者が出たときは必ず花を手向《たむ》ける。これは消防規定ではなく、消防隊員たちが自腹を切った心づくしだ。その慣習があるのも、火災による死者は東京消防庁のすべての出場件数からみれば決して多くはない——ちなみに昨年は七十九人だ——と言うか、多くしないために活動をしているから少ないに越したことはない。

だが、救急隊にはその慣習はない。救急隊の年間搬送人員のうち半数以上が軽症で、中症と軽症を合わせると九十パーセントを超える。それらの搬送者は命に何の別状もない。合わせて七パーセントくらいの重傷者や重篤者に関しても、そもそも救急隊の仕事は病院に搬送するまでだ。死亡宣言は搬送先の院内で医師が行う。まして一パーセント未満の初診時——現着時に死亡が確認されている場合は、その死に何の責任もない。それでも昨年だけで死亡出場は五千八百十一件。そのすべてに自腹で花を贈るのはさすがに厳しい。

今回は救助で俺たち第二隊が出場した。敷島さんの死に立ち会ったのは俺たちだ。でも隣人の元医者の婆さんは車の下から出した時点で敷島さんは死亡していたと言っていた。だとすれば死亡出場になる。と言うか、そもそも火災出場ではない。つらつらと考えていると、「大山君」と森の声が聞こえた。それもかなり近くから。

「招待状の返事、まだ来てないんだけれど」

——あちゃー、見っかっちゃったー。

いつの間にやら俺の側に近づいていた森に非難めいた声で言われた。

顔を合わせる可能性があるだけに、言い訳は準備しておくべきだったが、それすら面倒臭くて考えていなかった。こうなったら正攻法だ。

「すみません。ちょっとまだその頃の予定が見えなくて」

「そうなんだ。分かったら早く返事をしてね」

すんなり引き下がった。正直は何より強しだな、なんて思っているところに森が言った。

「赤羽台の藤田《ふじた》隊長と富岡《とみおか》さんはご出席下さるってお返事いただいたのよ」

その名を出すとは。藤田隊長は俺が入庁して最初の職場の隊長、富岡は藤田隊長の呼び名が親父なら小姑の存在だ。どちらも苦手というのか、仕事以外ではあまりお目に掛かりたくはない。でもなんだかんだで良い上司だったというのか、俺にとってある種の恩人みたいな存在の二人なのは確かだ。

「二人とも、あのときのポンプ隊の仲間と会えるのを楽しみにしているって書き添えて下さっていて。会えなかったらがっかりされるだろうし、なんとか都合がついてくれると嬉しいのだけれど」

言い終えた森がにっこりと微笑んだ。きつめの顔立ちのなかなかの美人だから、知らない人が見れば素敵な笑顔だろう。だが俺には悪魔の笑みにしか見えない。

「分かり次第、返事します」

唇の両端をなんとか吊り上げて、引きつった笑顔でどうにか俺は応えた。

翌朝八時半の大交替を終えて、ようやく当番日が終わった。階段で解放感から大きく伸びをする俺に、第二係の同僚達が「お疲れ」と声を掛けて各自の帰路に着く。ここが俺にとって一つポイントだ。五代と中井の二人は独身寮に向かうが、残りの隊員は電車通勤なので、新小岩駅までだけではなく総武線でそれぞれが乗り換える駅まで一緒になってしまう。

当番明けは皆とにかく早く帰宅したい。仮眠時間はあるが、いつ出場指令が掛かるか分からないし、もとより連続して六時間なんて不可能だ。だから当番明けはどうしたって眠いので、よっぽどの事がない限りは、どこかに一緒に行こうと誘い合うことはない。無言で電車に揺られ、降りる駅が来たら挨拶して別れるだけだ。だとしても、俺にはそれすら鬱陶しい。だから他の隊員と一緒にならないように、所を出る前に裏の喫煙所でじっくりと喫煙タイムを満喫することにしている。

階段を下りて裏庭に回った。第三係の隊員達の第二次点検——隊ごとに車輛全体と資機材をすべて外に出しての点検——の声が響く中、ショートホープに火を点けてゆっくりと吸い込む。ふと何の気なしに空を見上げた。今日もまた、良く晴れている。夏とは違う薄く抜け感のある空を見ているうちに、頭の中に前日の森の声が甦った。

敷島芙巳子さんの通夜は昨日、ならば今日が告別式だろう。会場は源寿院会館セレモニーホールだ。場所は茶色い建物の壁にスペースシャトルのオブジェが貼り付けられているプラネタ—リアム銀河座の隣。あのあたりは管区ではないが、そんな特徴的な建物があるだけに、なんとなく把握はしている。

もちろん行きはしない。行く必要もない。と言うより、先方だって来て欲しくはないだろう。

——なんでもっと早く来てくれなかったのよ？

頭の中で敷島八重子さんの声が聞こえた。

——何してたの？

——どうして助けてくれなかったの？

眉を顰め唇をわなわなと震わせた、あの顔が甦る。

——答えなさいよ、何してたのよ！

声はどんどん大きくなっていく。

——どうしてもっと早く来なかったのよ！　なんで助けてくれなかったのよ！

怒りに満ちた顔と悲しい叫び声を振り払うように強く頭を振った。

至福の一服のはずが、口の中には苦みしか感じられない。まだ一センチは十分吸える長さを残して、灰皿に投げ込む。じゅっと音を立てて火が消えた。いつもならばもう一本は吸う。だがそんな気分ではなかった。車庫を抜けて正面に出る。そのまま直進すれば新小岩の駅だ。だが俺の足は右に向かった。敷島家に向かってだ。告別式会場に押しかける気には、どうしてもなれない。かといって、このまま帰るのも、上手く言えないが何だかすっきりしない。敷島家——芙巳子さんが亡くなった現場で冥福を祈りたい。自己満足でしかないが、せめてそれくらいはしたいと思ったのだ。

交差点で信号を待つ間、視線は感じていた。車庫で点検作業中の第三係員たちだ。そりゃそうだ。駅とは違う方向に向かおうとしているのだから。信号が青に変わったと同時に、早足で渡り、そのまま勢いを落とさずに突き進む。八百銀商店を右に曲がってようやくスピードを落とした。坂本薬局が近づいてきた。この辺りから冠水していた。あの日の光景が頭の中で甦って、急に足が重くなる。晴れ渡った朝の九時過ぎ、普通に歩けてはいる。けれど、気持ちは冠水をかき分けていた。

敷島家が見えてきた。あのときは外灯しか明かりのない暗い道に、開け放たれたドアから光が広がっていた。今はドアは閉まっている。そこで足を止めた。最初から家の前まで行く気はなかった。だがここで立ち止まったのは自分の意思ではない。それ以上、足を動かすことが出来なかったからだ。

太陽光の下で初めて見た敷島家は白い珪藻土《けいそうど》で仕上げられた家だった。朝日を浴びて白壁が綺麗に輝いている。その横には駐車場がある。車はなかった。光の届かない駐車場の奥は薄暗い。日を浴びて輝く外壁と対照的にうつろにぽっかりと大穴が開いているようだ。

頭の中にあのときの光景がまざまざと甦っていた。敷島芙巳子さんの濡れた白髪と目を閉じた青ざめた顔が、菊ちゃんの心臓マッサージに合わせて力なく揺れ動いている。

敷島芙巳子さんについて俺が知っているのは八十三歳という年齢と、あのときの姿だけだ。他は裕二からちょっとだけ話を聞いたのみ。それ以外は何も知らない。だとしても、人生の最期をこんな風に迎えたことは残念に思う。

——どうか、安らかに。

目を閉じ、心の中で手を合わせて祈る。黙禱《もくとう》を捧げているとスクーターのエンジン音が聞こえた。慌てて道路の端に身を寄せる。横を通り過ぎていったのは郵便局員だった。そろそろ帰るかと思ったそのとき、郵便局員が敷島家の前で止まった。呼び鈴を鳴らしているということは普通郵便ではない。

——こんなときに。

郵便局員は仕事をしているだけだ。だとしても、告別式の直前でばたばたしているだろうにと、遺族の気持ちになっていらっとする。

インターフォンに向かって話し掛けた郵便局員が斜めがけしたバッグから郵便物を取り出した。電報——弔電だ。いらついたことに申し訳ないと心の中で詫びる。

少ししてドアが開いた。中から出て来たのは喪服姿の女性だ。歳はけっこういっていそうだが、綺麗に整えられた栗色の髪に遠目でも分かる目鼻立ちのはっきりとした美人だった。喪服姿は女性の魅力をアップすると聞いたことがあるが、不謹慎だがその言葉は事実だと思う。そんな不埒《ふらち》なことを考えていた俺を神様は見逃さなかった。と言うより、俺の視線に気づいたようだ。喪服姿の女性とばちっと目が合った。次の瞬間、女性が眉を顰めた。不審な者を見て訝《いぶか》しがってではない。怒り、いや、敵意に満ちた眼差しを向けられた。

その眼差しに記憶があった。あれは長女の八重子さんだ。

——俺を覚えている？

あのときは面体を着けていなかった。顔は見えていたし、状況が状況だし、その場に居た俺たちの顔を覚えていてもおかしくはない。

いたたまれなさにどうしたものかと迷っていると、スマホの着信音が鳴った。守からのLINEだった。

「時間があったら、うちに寄ってね」

時間なんて腐るほどあるから、もちろん行く。歩くカメと「行きます」の文字のスタンプを返しながら、さあ、どうしようかと考える。来た道を戻るか、それとも進んで敷島家の前を通り過ぎるか。

戻ったら、わざわざ敷島家を見に来て、目が合ってばつが悪くて帰るように見える。いっそのこと、腹をくくって通り過ぎてみようか。たまたま通りかかっただけですよ、みたいな？　ここは公道、誰だって歩く権利はある。

——よし、後者だ。

決意の下に歩き出す。ただしスマホに目を落としたままだ。スクーターのエンジン音が聞こえた。見れば敷島家のドアはすでに閉まっていた。郵便局員の乗ったスクーターが加速して遠ざかっていく。八重子さんの姿がないことに、俺は心底ほっとした。

——そりゃそうだよな。

俺たち消防隊を恨んでいるにしても、今日はこれから告別式がある。かまけている時間の余裕などないだろう。

さて、帰るかと踵を返す。新小岩駅まではやはり元来た道を戻った方が早い。最後にもう一度、敷島家に向けて芙巳子さんに黙禱を捧げてから歩き出す。

表通りに出るために細い道を進んで行くと、正面から喪服姿の小柄な男がやってくるのが見えた。遠目でも白髪頭から老人なのは分かる。喪服姿。この先は敷島家。となると、敷島家の弔問客かもしれない。

そんなことを考えながら、何の気なしに老人の顔を見て、あれ？　っとなった。どこかで見たような気がしたのだ。

仕事柄、人と接する機会は多い。もちろんすべてを覚えてはいない。記憶に残るとしたら、インパクトの強い何かがあったか、最近会ったかのどちらかだ。最近の出場の記憶を遡っているうちに、老人は俺のすぐ近くまで近づいていた。

——ダメだ、思い出せない。

お声を掛けたくなるような、そしてその先の発展が期待出来そうな女性ならばともかく、相手は白髪頭の爺さんだ。綺麗さっぱり諦めた俺の目の前で爺さんが立ち止まる。

「もしかして、先日助けて下さった消防士さんですか？」

俺が覚えていなくても、相手が俺を覚えているパターンだ。

これは消防官の「あるある」だ。消防官にとって出場はあくまで仕事で回数も多い。だからよほど印象が強い出場で接した人以外は覚えていない。けれど救われた方からしたら、唯一の相手だ。いつまでも記憶の中に留めている人は多い。

「先日の台風で、風に飛ばされそうになっていたのを」

新小岩四丁目のマンションの出場だ。屋上から垂れたブルーシートが飛びそうで危ないからどうにかしてくれという便利屋依頼でしかなかったやつだ。そのとき、路上で風に吹き飛ばされそうになっていた爺さんがいて、風のこないところまで誘導した。そのときの爺さんだった。

そう言えば前回も喪服だった。歳を重ねれば人との別れの機会が増えるのは自然の摂理とはいえ、なんかもの悲しい。

「その節はありがとうございました」

喪服の爺さんはそう言って深く頭を下げた。

これもまた消防士「あるある」だ。消防士と接した、つまり、何かしら助けて貰ったケースが圧倒的に多い。そして助けられた方達は再会するとお礼を言ってくる。その際の模範解答は「いや、仕事ですから」だ。実際そうだし、それ以外言うべきこともない。

でも実は、このやりとりが俺は苦手だ。というより大嫌いだ。消防馬鹿が高じて勤務時間外でも人助けをしていた親父の口癖だったからだ。首の後ろに手を当て、どこか照れたように言う親父の姿が浮かんできた。慌てて頭を振ってかき消した。そして「仕事なんで」と、可能な限り早口で言う。

「お仕事だとしても、助かりました」

表情と声から爺さんが本気で感謝しているのが伝わってくる。それだけにどうにも面映ゆいし、何と応えていいのかも分からない。なんとか口角を上げて笑顔らしきものを作ってみた。これ以上、爺さんとやりとりすることはない。と言うよりしたくない。立ち去ろうと足を踏み出す。

「もしかして、お見送りにいらしたんですか？」

爺さんの声に足が止まった。

名前は出されていない。でも、敷島芙巳子さんのことなのは分かった。

「違います」と答えるべきだ。そしてとっととこの場から立ち去る。そもそも職務倫理として仕事の話は外に持ち出してはならない。無関係の見知らぬ都民と立ち話のネタにするなどもってのほかだ。それ以上に、とにかくこの話はしたくない。

だが何も言葉が出てこない。どころか身体も動かない。爺さんが俺を見つめる。俺も爺さんを見ていた。地肌が目立つ白髪頭で目尻には深い皺、肌の色つやこそ良いものの顔全体にもシミががっつり浮いている。目は小さい。黒目がちでビー玉のような目が真っ直ぐに俺を見つめている。

爺さんが目を細めた。

「――大変でしたね」

消防士をしていると、大変ですねと言われることがたまにある。そう言うのは、当然だが消防士以外の職に就く人達だ。

まぁ、火災や自然災害の中に飛び込んで人命を救ったり、燃えさかる炎を消したり、怪我や病気で一刻を争う状態の人を病院に運んだりするのだから、実際大変だ。

けれど、そもそもそういう仕事と熟知したうえで、けっこうな倍率をくぐり抜けて入庁し、さらに日々修羅場に対処しているのに辞めもせずに続けている。よく言えば人命を守りたい意識高い系のプロ集団——俺からしたらかなり頭の沸いたお幸せな皆さん、それが消防官だ。そうなると、大変ですねと言われて「そうですね」とはならない。それが仕事だし当然となるからだ。

でも、全員が全員、大変だと思っていないわけではない。少なくとも俺は思っている。だが間違ってもこの本音は都民の皆さんに向けては出せない。そんなことを言おうものなら、恩着せがましいとお怒りを買う恐れがあるからだ。

けれど今、爺さんの労《いたわ》るような表情と声で語られたその言葉が、すとんと俺の中に落ちてきた。

どれだけ懸命に活動しても、通報者の望み通りにならないこともある。もっと被害を少なく火を消して欲しかった。ボヤ程度だったのに、放水のせいで家電が濡れて壊れた。火災現場に隣接する家に延焼防止のための放水をした結果、延焼こそなかったものの、家が水浸しになったなどのクレームを受けることも珍しくない。通報に備えて所内にいるのを、暇そうだと文句を言われたこともある。勤務中にうっかり買い物に出たのを見られようものなら、仕事中に遊んでいるとお叱りを受けもする。

別に誉め讃えてくれと望んでいるわけではない。感謝の気持ちでありがたがれなんて思ってもいない。

ただ俺たちは出場指令には懸命に取り組んでいる。そりゃあ、その程度で通報するなと思うような内容のときは、死に物狂いとまではならないこともある。でも人の命や生活が掛かっているときは全力で取り組んでいる。

敷島芙巳子さんのときもそうだ。俺たちは必死に芙巳子さんを助けようとした。

頭の中にあの夜の光景が甦る。顔を赤くして懸命に心臓マッサージをする菊ちゃん、森栄利子から受け取ったAEDを一秒でも早く運びたいのに足下にまとわりつき阻む水——。

結局、芙巳子さんを助けることは出来なかった。

胸の中をなんだか分からない感情が渦巻きつつ満たしていく。あっという間に全身を埋め尽くした黒くて重い渦が外に溢れ出た。その冷たい濁流に呑み込まれていき、息苦しさすら感じる。

現実ではない。すべて妄想だ。それは分かっている。だがその妄想の中で俺は藻掻いていた。なんとか息をしようと、空気を求めてわずかに残された明るい部分に向かって俺は必死に叫ぶ。

——俺たちはやれるだけのことはした！

ほんとうにそうか？　現着するまで一秒を争うほど俺は必死だったか？　何かもっと出来たんじゃないのか？

濁流の勢いがさらに激しくなった。わずかに見えていた明るさが埋め尽くされて消える。周囲は真っ暗だ。でも、何かが動いている気配は感じる。目をこらして見る。枯れ葉？　吸い殻？　ペットボトル？

——ああ、そうか。これは冠水だ。俺は今、冠水に沈んでいる。

そのとき腕に何かが触れた。

「大丈夫ですか？」

爺さんの声に、一気に現実に引き戻される。見ると、爺さんが俺の二の腕にそっと手を当てていた。

「——すいません、ちょっとぼうっとしてました」

なんとかそれだけ言い返した俺を爺さんが見上げている。なんとなく目が合ってしまう。爺さんは俺から目を離さない。なぜそんなに俺を見つめる？　と思いつつも、俺もなぜか目を離せない。二メートル近い大男と薄い白髪の爺さんが朝の十時前に路上で見つめ合っているこの状況って何？

どうしたものかと考えていると、爺さんが再び口を開いた。

「あんたたちのせいじゃない」

それまでよりも砕けた口調だった。

肯定したい気持ちと、後悔からの反論がない混ぜになって言葉が出てこない。黙りこくる俺を見上げる爺さんが俯いた。再び顔を上げて目を合わせてきた。それまでの優しさ溢れる眼差しではなかった。ひやりとした冷たさを感じる目で俺を見つめている。

——どうした？

「何をどうしたって助けられなかったよ」

突き放すようにそれだけを言うと、爺さんは踵を返してその場から立ち去った。その豹変振りに困惑して立ち尽くす俺を残して小柄な後ろ姿が遠ざかっていく。

——今のは何だったんだ？

思い返しても、冷たい態度を取られるようなことはしていない。なのになぜ？　まったく訳が分からない。追いかけて理由を聞くことは出来る。走るまでもない。ちょいと大股で追えば十分に追いつく。だがそうはしなかった。敷島芙巳子さんは亡くなった。これ以上話したところで、何も変わりはしない。

そもそもなんで今、俺はここにいるんだ？　二十四時間の交替勤務終わりで疲れ果てているというのに。俺なりの誠意は尽くした。もう十分だ。

視界からようやく爺さんの姿が消えた。ただそれは道を曲がったからで、同じ方向に進めばいずれ追いつく可能性は高い。それは気まずい。何より、ずっと視野に爺さんが入っているのは苦痛だ。とはいえ、逆に進めば敷島家がある。かといって、このままずっとここにいるのも——。

覚悟を決めて爺さんが進んだ方に向かって歩き出す。でもできるだけゆっくりだ。十字路に差し掛かったときにはすでに爺さんはいなかった。敷島さんの告別式に行くとして、ここから徒歩ならば俺でもちょとダルい距離だ。爺さんならば平和橋通りに出てバスに乗るかタクシーでも捉まえるかだろう。ここならば左折してそのまま道なりに進み成竜《せいりゆう》ラーメンの横を抜ければ平和橋通りに合流する。俺は駅に向かうから右折だ。

そこではたと気づいた。あの爺さんは何をしに来たのだろう。喪服姿でやってきて、俺に敷島さんの話題を出した。だから弔問に訪れたのだと思った。なのに敷島家に立ち寄ることなく、去っていった。それも来た道を戻ってだ。用があるから来たのに、俺と話して先には進まず戻っていった。

——どういうこと？

全く訳が分からない。と言うより、いい加減考えるのを止めよう。そう思いながら頭の中には「？」がずっと浮かんでいる。自分でも、なんかもう面倒臭ぇなと腹が立つ。右折したが、前方に爺さんの姿はない。やはり左折して平和橋通りに向かったのだろう。歩きながら頭の中に、表情を一変させた爺さんの最後の一言がまた繰り返される。

——何をどうしたって助けられなかったよ

何をどうしても助けられないってなんだ？　もっと早く現着していたら助けられたはずだろう。それでも無理だったとでも言いたいのだろうか？

——だとしたら。

頭に浮かんだのは一つだけだった。すでに死んでいた、だ。でも警察が出張って、きちんと行政解剖して水死と判断され、事件性はないとなった。だからこそ今日の葬儀を迎えた。

なのに爺さんの冷たい目と突き放した言い方はなんだったのだろう。

——突き放した？　いや違う。そうじゃない。

あれは断定だ。あの爺さんはなにか知っている——。

あと少しで大通りというところで俺は立ち止まり、踵を返して逆方向に全速力で走り出す。爺さんを捉まえて話を訊く。単なる俺の思い違いならば、それはそれでいい。とにかくどういうつもりで言ったのかを訊かなくてはならない。

二股の分岐点まで戻り、そのまま右に折れて駆けていく。進行方向に爺さんの姿はなかった。だとしても三分くらいしか経っていない。爺さんのあの速度ならば、まだ余裕で追いつけるはずだ。成竜ラーメンの横を駆け抜け、平和橋通りに出る。歩道に爺さんの姿はない。代わりに走り去るバスが見えた。一足遅かった。爺さんはバスに乗ってしまったのだろう。行き先は分かっている。源寿院会館セレモニーホールだ。

――で、どうする？

そりゃ、行くしかねぇだろ。行くってどこに？　敷島芙巳子さんの告別式の場に？　娘の八重子さんや遺族の集《つど》う場に？　――さすがにそれはどうよ？

最後の「どうよ？」が頭の中に浮かんだときには既に走り出していた。

源寿院会館セレモニーホールは本田消防署よりさらに北にある。上平井消防出張所から本田消防署までが一・八キロメートル、お使いでちょいちょい本田消防署に行くが、自転車で行くので十分程度で着く。その前を走る奥戸街道から本田小学校前の交差点を斜めに入ってそのまま突き進んで京成押上《おしあげ》線の線路を越えて、そこからは五、六百メートルくらいだろう。だとすると、ここからだいたい二・五キロメートルってところか。――二・五キロメートル？　おいおい、けっこうな距離だぞ。さすがに走るのは厳しくないか？

ちらりと平和橋通りに目を向ける。タクシーが来たら拾いたい。だがこういうときに限ってタクシーは来ないし、通ったとしても乗車中だ。バス停が見えてきた。バスが来るのを待つというのはどうだ？　走るよりも楽なのはもちろん、タクシーよりも安上がりだし、ナイスアイディアだ。

——ん？　ちょっと待てよ？

首尾よくバスに乗り到着したとしても、爺さんを見つけるには会場内に入らないといけなくないか？　会場内にはとうぜん敷島八重子さんをはじめ、敷島家のご遺族がいる。そこに入って爺さんを捜す？

——それは無理だ。さすがに出来ない。

そうなると、爺さんが会場内に入る前か、出て来たところを狙うしかない。今からどう急いでも爺さんより先に現地に着けはしない。ならば会場から出て来るのを待つしかない。

告別式ってどれくらい時間が掛かるんだっけ？　と記憶をたどる。お坊さんが来てお経を唱えて、参列者がお焼香をあげて、なんだかんだで一時間以上は掛かったような気がする。だったらゆっくり行っても問題ない。バスに乗ってのんびり行こう。完全に歩きモードに速度を落とす。

バス停で次のバスの到着時間を見る。行ったばかりなので九分後だ。けっこう待つなと思ったそのとき、はたと気づいた。お焼香だけして帰るパターンだと早々に会場から出てしまう。だったら、急がないとダメじゃねぇか。

次のバスまで九分。そこからバスで五～六分、信号に捉まったとして十分。

——走った方が早い。と、思ったときには再び走り出していた。

中川に架かる平和橋を渡る頃にはランニングからジョギングくらいに速度は落ち、京成立石駅に近づいた頃には早足くらいになっていた。そりゃそうだ。二十四時間の交替勤務明けに二・五キロ走っているのだ。正直しんどい。

というより、マジで俺はなんでこんなことをしているのだろう。正面に京成立石駅の踏切が見えてきた。ここで捉まったら時間をロスする。疲れた身体にむち打って、また走り出す。でも思ったよりも速度は出ない。踏切まであと十メートルくらいのところで、カンカンカンと警報機が鳴り始めた。

——冗談じゃない。

本腰を入れてスピードを上げた。下がり始めた遮断機を駆け抜ける。渡り終えたところで完全に下りた。一安心して、スピードを落とす。ここからはあと真っ直ぐに五～六百メートルくらいのはずだ。上がった息と激しく脈打つ心臓に、あとちょっとだ頑張れと自分を叱咤して、踏切を越えた最初の角を右折する。そのまま一車線の道をひたすら道なりに進んで行けばいい。

気持ちに余裕が出て、周囲を見回す。集合住宅や一軒家、さらには会社や飲食店や衣料品店、薬局が混在する道の両側に既視感を覚える。なんだったかなー？　と考えるまでもない。管区内にはこういう道は数多くある。そのとき、反対側の歩道を走る男の姿が目に入った。蛍光ピンクのシューズに足首までのランニングタイツの上にはショートパンツ、上半身は長袖のランニングシャツの上にTシャツ、頭にはキャップと本格的な出立ちは伊達ではない。かなりの速度で近づいて来る。健脚っぷりから若い男だろうと思っていたが、すれ違うときに顔を見て相当歳のいっている老人だったので驚いた。

なんて元気な爺さんだ。——って、元気だから走れるのか。

卵が先か鶏が先かみたいだなと思っているうちに、頭の中にすれ違った健脚老人とは別のジャージ姿の男が浮かんだ。昨日、見かけた男だ。

現場周辺の住人がジョギングをしているのだとはじめは思った。けれど男は止まっていた白いバンに乗り込んだ。

——あれはなんだったんだろう？

一車線の道路を進みきり、交差点に差し掛かる。信号は黄色点滅をしていた。行けるか？と、足を速めかけたそのとき、赤に変わった。向かい側のひまわり歯科医院の横を喪服姿の女性が二人連れだって進んで行く。芙巳子さんの弔問客だろう。荒い息を整えながら、スマートフォンを出して時刻を確認する。九時五十二分——。告別式は十時スタートなのだろうか。

視線をわずかに上に向ける。前方に茶色い建物が見えた。あれがプラネターリアム銀河座で、ゴールはその隣のビルのはずだ。

じりじりしながら信号が変わるのを待つ。横切る車が止まったと同時に、歩行者用の信号はまだ赤だったが走り出した。前を行く喪服姿の女性二人組の歩みは遅く、あっという間に近づいていく。二人並んでいて、追い抜くのにはちょっと邪魔だ。ムッとしかけて、女性の一人が杖を突いているのに気づいた。髪は染められて黒いが、二人ともかなり高齢のようだ。杖を突く女性のサポートで並んで歩いていると分かって、反省する。まぁ、ここまでくれば、早々にお焼香を終えた爺さんが出て来たとしても、捉まえることは出来るだろうと、速度を落とす。

――本当か？　出口は一箇所か？

こういうときこそスマートフォンだ。グーグルの検索窓に施設名を打ち込みストリートビューにする。道路に面してさえいれば、建物の周辺がどうなっているのか、それこそ出入り口まで確実に分かる。

ありがたいことに出入り口は歩道に面した一箇所らしい。さらについていたのは、道を挟んだ向かい側には公園があった。爺さんが出て来るまで見張るにしても、道に突っ立っているわけにもいくまい。誰だろうと歩道に一時間以上居座ったら目立ってしまう。まして俺だ。自分で言うのも悲しいが、不審者がいると通報されたとしてもおかしくはない。

それにしても便利な世の中になったものだ。そう思う反面、住んでいる家の外観はもちろん、どんな車に乗っているかまで、簡単に世界中の人に知られてしまうことには抵抗を覚える。大本営に連絡すればぼかしは入れてくれるそうだが、自分が必要なときは便利な方が良い。でも、プライバシーは守りたい。俺も含めて人は本当に我儘《わがまま》だ。

道交法アウトな歩きスマホをしながらそんなことを考えていたら、前を行く二人組の真後ろまで来ていた。それにしても遅ぇな、やっぱり追い抜くかと思ったそのとき、会話が聞こえてきた。

「芙巳子ちゃん、しっかりした人だったのに、まさかこんな亡くなり方をするとはね」

――ビンゴ！

二人は敷島芙巳子さんの弔問客だ。

「なんで台風の中、外に出たりしたのかしら」

杖を突いていない老婦人の問いかけに、そっと息をこらす。

それは俺も気になっていた。あんな台風の夜に、しかもすでに水が出ていたのになぜ駐車場に行ったのかが分からない。

「キーホルダーを失くしちゃって捜しに出ちゃったんだろうって」

杖を突いた老婦人の答えに、思わず耳をそばだてる。

「キーホルダー？」

「次女の蓮華《れんか》ちゃんのところの男の子が誕生日に手作りしてくれた物よ」

次女の名前は蓮華。その旦那が3インチコイルアップジムニーのオーナーだ。

「夜になると光るから夜道もこれで安心だって何度も嬉しそうに見せられたわ」

杖を突いている婆さんは芙巳子さんとはかなり懇意だったらしい。

「まだ台風が強くなる前に失くしたって芙巳子ちゃんが大騒ぎして、八重子ちゃんと二人で家の中を捜しても見つからなかったんですって。外で落としたにしてもこんな状態では無理だから、明日になって天気が良くなってから捜そうって何度も説得したのだけれど、なかなか聞いてくれなくて。それでも最後にはどうにか了承してくれたから、安心してお風呂に入って出て来たら、芙巳子ちゃんがいなくて。まさかと思って外に出てみたら」

杖を突いた老婦人はそこで口を噤んだ。

孫の手作りのキーホルダーは芙巳子さんにとって特別な物だったのだとは思う。だとしてもたかだかキーホルダー一つのために、あんな天気の夜に外に行くか？　百歩譲って捜しに出たとしても、なんで車の下になんか。

「八重子ちゃん、すごく後悔していたわ。こんなことなら、面倒臭がらずに自分が捜しに行けば良かったたって」

気の毒そうに沈んだ声で杖を突いた老婦人が言う。

「可哀相にね。八重子さんも蓮華さんも」

隣の老婦人も痛ましそうに呟いた。

その通りだ。あの天候の中、外に失くしたキーホルダーを捜しに行きたいと言われて、同意する人の方が少ないだろう。だから八重子さんは悪くない。でも芙巳子さんは捜しに出た。そして亡くなってしまった。八重子さんからしたら、自分が行けばと後悔してもしきれないだろう。

「なんでもっと早く来てくれなかったの？」と、激しく俺たちを詰ったのも、自分への憤懣やるかたない思いをぶつけたのかもしれない。次女もその子どもも不幸だ。孫から貰ったキーホルダーを捜しに出て、その親の車の下から出られなくなって亡くなったのだ。キーホルダーをあげていなかったら、車がなかったら、あってもインチアップしたジムニーではなく、もっと車高の低い車だったら。そう思わないはずがない。――長女も次女夫婦も孫も、みんな地獄じゃねぇか。

「芙巳子ちゃん、一度言い出したら聞かない人だったものね」

しみじみと隣の老婦人が言った。

「そうそう、三年生の合唱コンクールのときもすごかったわよね、こんな歌じゃ勝てませんって、担任の佐野《さの》先生に嚙みついて」

「それは二年のときよ。三年のときは、二年で同じ曲を歌うクラスがあるって知って、乗り込んでって変えさせたのよ」

「あー、そうだったわね」

二人は芙巳子さんと中学か高校で同級生だったらしく、思い出話に花が咲き出した。

話を聞く限り、芙巳子さんは自分の思ったことは絶対に実行に移す行動派というのか、正直、俺からすると近くにいたらかなり面倒臭い人だったようだ。

そんな人だったからこそ、芙巳子さんは娘の八重子さんが止めたのも無視して悪天候の中、外にキーホルダーを捜しに出た。

——だけど、なんであんなことになる？

そのときはまださほど水は出ていなかったのだろう。周囲を見回した芙巳子さんは車の下にキーホルダーがあるのに気づいた。それも手を伸ばしてすんなり取れるところではなく、真ん中当たりで浮くか沈むかしているのに。このまま水が増えても、あるいは引いても、どちらにしても流されてしまうと思った。今ならばまだ取れる。そして車の下に身体を入れて手を伸ばした。そのときに何かが起こった。道の前を車が通って波が起きて、急に押し寄せた水を飲み込んでしまったとか、シンプルに車の底に頭をぶつけてパニックになったとか。——外傷はないって言っていたから、頭を打ったはないか。

なんにしろ、すぐさま逃げ出せば良かったのに、それが出来なかった。そして一気に水が増えてそのまま――。

すべては憶測でしかない。だが解剖で事件性がないとなった今、芙巳子さんが水死した理由はこれくらいしか俺には思い浮かばない。

老婦人二人の笑い声が聞こえる。懐かしい話題に楽しくなったのだろう。人の死は悲しい。だから笑うのは不謹慎とされている。けれど故人の思い出話が温かい笑いを誘うのなら、決して悪いことではないと俺は思う。故人だって喜ぶかどうかは分からないが、よっぽどケツの穴の小さい奴じゃない限り、怒りゃしないだろうし。

二人の老婦人は過去を懐かしみながらゆっくりした足取りで進む。俺もそのうしろをつかず離れずあえてゆっくりとついていく。以前は何かの商売をしていたらしい全面ガラス戸の家を通り過ぎ、グレーの壁の奥に金色のタマネギみたいな飾りが載った緑色の屋根が見えてきた。

「ここかしら？」

「違うわよ、プラネタリウムの奥だからもっと先よ」

前を進むのは二人の老婦人だ。一人は杖を突いているし、よく見ると二人とも染めた頭髪の伸びた根元は真っ白だし、若干薄くもなっている。だが聞こえてくるのは楽しい学生時代の話だ。当たり前の話だが、彼女たちにも女子学生のときがあった。芙巳子さんにもだ。きっと三人でこんな風に話しながら学内や登下校の道を歩いていたのだろう。セーラー服かブレザーか。――ん、待てよ？　その頃ブレザーの制服ってあったのか？　ま、どっちでもいいか。とにかく楽しそうに笑いながらおしゃべりに花を咲かせる三人の女子学生の姿が頭に浮かんだ。

「本当に芙巳子ちゃんは気が強くて。リフォーム詐欺のときだって」

「私も本人から直接電話で聞いたわ。頼んでもないのに、工務店の人が家に来て、換気扇をつけて床下を乾かさないと家が駄目になるって言ってきて、これは怪しいって気づいて断ったって話でしょ？」

裕二から聞いた話となんか違うんですけど……。詐欺犯の感じの良さに依頼しかけていたところを、たまたまスーパーにいた裕二が聞きつけて、詐欺だと教えてやったのでは？　なのに自分で気づいたと、手柄は独り占めになっている。なかなかどうして、芙巳子さんはちゃっかりした人だったようだ。

「そのあとの話も知っている？」

そのあとの話？　何か後日談があったのだろうか？

「いいえ」と答えた老婦人とともに、俺も話の続きを待つ。

「芙巳子ちゃん、警察に電話したのよ」

裕二のことをなかったことにしたのはさておき、その行動は素晴らしい。これは裕二に教えてやらないと。

「警察は巡回しますって言って、何度か周辺を見回りに来てはくれたけれど、結局それだけで終わっちゃったんですって」

警察が詐欺をしている連中を逮捕する。そう芙巳子さんは望んだはずだ。だが警察の逮捕は事件ありきだ。被害者が被害届を出すか、現行犯でないと逮捕は出来ない。

芙巳子さんは裕二のお陰で騙されずに済んだ。だから事件は未遂で被害者はいない。そうなると警察は、近隣住人に注意喚起の巡回をするくらいしかない。巡回をする、イコール、警察がうろうろしているところには馬鹿でない限り詐欺犯は寄りつかない。被害者が出ないことが何より大事だから、これにて一件落着だ。けれど、二人の話を聞く限り、芙巳子さんは納得出来なかったんだろう。

「警察がそれ以上何もしてくれないものだから、自分で詐欺の犯人が残した見積もりのコピーと、事の顚末や犯人の外見を書いた文章もつけて、回覧板にはさんで回したんですって。それも自分の町内だけでなくて、区役所に持っていって、水の出たエリアで回して下さいって頼んできたんですって」

「芙巳子ちゃんらしいわね」

――そりゃすげぇ。

やるな、芙巳子さん、と感心する。

「でもね、そのあとちょっと怖いことがあったんですって」

「怖いことって?」

俺も全く同じことを胸の中で思っていた。

「見て、鯨の絵が描いてあるわよ」

とつぜん話が変わった。茶色いビルの二階の半円形のバルコニーの壁一面が青く塗られ、そこに巨大な鯨が二頭泳いでいた。同じビルの反対側の壁にはスペースシャトルみたいな模型が張り付いている。このなんとも微妙なセンスの證願寺《じようがんじ》の敷地内に併設された建物がプラネタリウム銀河座だ。

早く話が戻らないかなとじりじりしていると、とつぜん杖を突いた老婦人が立ち止まって振り向いた。予想していなかっただけにびびる。もしや、ずっとあとをつけてくる大男――俺に注意をしようとかだろうか？

「ねぇ、猫ちゃんよ」

なんだ猫を見つけたのか。どれどれと視線を追って、思い違いだったと知る。生きた猫ではなかった。茶色い外壁に六匹の猫の絵が描かれていた。宝船みたいなのを中心に、三毛に茶虎に白黒三匹、最後の一匹はベージュの長毛種でさらにピンクと水色の鼠が一匹ずつ。寺の入り口でもある壁なのにこの絵って。

「あら、この白黒の子、前にうちで飼っていた猫そっくり」

再び歩き出したものの、今度は飼っていた猫の話になった。

――もしかして、このまま話はそれきりとか？

あの～、さっきの話、続きはどうなったんですか？　と思わず声を掛けたくなる。だがさすがにそれはどうかと思うので我慢して、話が戻りますようにと心の中でひたすら願う。

「ねぇ、さっきの怖い話って何？」

――よっしゃ、願いが叶った。神様、ありがとう！

歓喜しながら、二人の話に聞き耳を立てる。

「その詐欺の犯人らしき男が家に来たらしいのよ」

これは聞き捨てならない。二人の背後にさらに半歩近づく。

「昼間にチャイムが鳴って、インターフォンのカメラで見たら、まったく知らない背広姿の男の人がいて。なんだろうと思って応答しようとして気づいたんですって。服装は違うけれど詐欺の犯人だって」

「え？　怖いじゃない」

「居留守を使ったまま警察に通報したのだけれど、男はいなくなっちゃって」

「それって本当に詐欺の犯人だったの？」

「芙巳子ちゃんは絶対にそうだって言っていたけれど、どうかしら？」

苦笑するように杖を突いた老婦人は言う。

「ちょっとのことでも、大げさに捉える人だもの。覚えている？　掃除の時間のとき、焼却炉の近くの大きな石の隙間に骨みたいなのがあるって、大騒ぎになったの」

「あ～、あれね。芙巳子ちゃんが、『勝手に触っちゃだめよ。先生を呼んで来て』って、その場を取り仕切って。結局、木の枝だったのよね」

「そうそう、先生が『いちいちこんなことで呼ぶな』って、芙巳子ちゃんに注意したら、『骨かどうか分からないから先生を呼びました。今回は違いましたけれど、本当に骨だったらどうするんですか？　私は間違っていません！』って」

二人が声を上げて笑った。ひとしきり笑うと、杖をついた老婦人がまた話し始める。

「とつぜん家にやってきた知らない男の人は、みんなその詐欺の犯人に見えちゃったのかもね」

「でも、用心に越したことはないわよ。私も、家に独りで居るときは、事前に約束してない来客は出ないようにしているもの」

「私も！　そうだ、この前ね」

二人は、もしかしたら何かの犯罪だったかもしれない話に花を咲かせ始めた。

その後ろを俺はゆっくりと進む。

敷島家を訪れたのは二人の言うように、詐欺犯ではなく何かの営業の全く別人だったのかもしれない。

盗み聞きからの推測でしかないが、芙巳子さんはなかなかのドラマクイーンだったようだ。詐欺に引っかかりかけたが、裕二の助言で間一髪騙されずに終わったなどという特別な体験をした。それだけに、そのあと自宅に訪れる営業の男は片っ端から詐欺犯に見えたとしても不思議ではない。

——でも。

詐欺犯からしたら、騙しそこねただけでも腹立たしいのに、警察に通報されたとなったら逆恨みするだろう。これを偏見とは言わせない。被災して困っている人を騙すクズなのだ。とことんクズだと思って何が悪い。

——だとしたら。

仕返ししてやろうと思って、本当に見てくれを変えて敷島家を訪れたのかもしれない。けれど、用心深い芙巳子さんは簡単にはドアを開けない。ならば外に出た時を狙うしかない。昼間は人目がある。だがあの日は違った。台風で周辺の住人は皆、家の中にいた。水が出て、道を行く人もほとんどいなかっただろう。芙巳子さんは独りで家を出て駐車場に入った。そこで……。

頭に浮かんだのは恐ろしい光景だった。暗い駐車場の中で濁った水が激しく音を立てて撥ねる。だが豪雨にかき消されて、その音は誰にも聞こえない。

ざわりと背筋が寒くなった。

「ここね」

老婦人の声に我に返る。目的地の源寿院会館セレモニーホールに到着していた。建物の一階はガラス張りで喪服姿の弔問客の姿が見える。ゆっくりとした足取りで敷地内に入る二人を見送ってから、俺はいったん建物の前を通り過ぎる。ここから爺さんが出て来るまで見張り続けなくてはならない。そのまま斜め向かいの立石七丁目公園へ向かう。車が来ないのを見計らって、信号無視をして道路を渡る。公園と言っても、入り口付近にトイレと、奥に滑り台とブランコ、あとは外周に点々と数個ベンチがあるだけだ。ベンチはすべて空いていたが、歩道からはちょっと離れた場所だし何より歩道を向いていない。そうなると、入り口の低いコンクリート塀に居座るしかない。

腰掛けようとして、異様に喉が渇いているのに気づく。少し戻ったところ、源寿院会館セレモニーホールの正面に自販機があったのを思い出した。向かうと、緑色の建物には田沼《たぬま》商店と大きく屋号が書かれていた。コカコーラの自販機しか覚えていなかったが、どうやら酒店のようだ。店こそまだ開いていないが、アルコールの、それも瓶の日本酒の入った自販機もある。

仕事上がりだし、朝から無駄に二・五キロを走ったし、ここはビールといきたいところだ。だが、爺さんを捉まえて話すことを考えると、酒臭い息というわけにもいくまい。

未練がましく自販機のビールを横目に、水のペットボトルを買った。セレモニーホールの人の出入りを見ながら、また公園へと戻る。

公園の入り口脇の低いコンクリート塀に腰を下ろす。冷たい水が喉から胃へと流れ込んでいく。朝食を食べてかれこれ三時間以上経った。すっかり胃の中の物は消化されてしまったらしく、流れ込んだ水で胃の位置と形を感じる。

一息吐いて、落ち着くと、さきほどまでの妄想が甦ってきた。もしかして詐欺犯が芙巳子さんを、という恐ろしい推測だ。

——ないない。

さすがにそれはないと、すぐさま打ち消す。これだと詐欺犯が芙巳子さんを恨んで、嵐の中をずっと見張ってたことになる。もちろん、たまたま通りかかって出くわした可能性はある。だとしても、自分たちの外見の情報が知れ渡っている場所で、通報される恐れもあるのにいつまでもうろうろしているはずがない。とっとと場所を移動して次のカモを探して、詐欺行為に勤しんでいるはずだ。

――次のカモ。

自分で自分の考えたことに引っかかる。

奴らは冠水で被災した家を狙って床下リフォーム詐欺をしている。だとしたら次のカモは？

冠水で被災したエリアだ。だが区内のそういうエリアには芙巳子さんによる詐欺に注意という警告文が回っている。つまり葛飾区内での仕事は難しくなる。

――強く恨んでいてもおかしくはない。

――何をどうしたって助けられなかったよ
頭の中で爺さんの声が聞こえた。

何を意味するのか、そしてなぜそんなことを言ったのかを聞かなくてはならない。そのためには爺さんを絶対に逃すわけにはいかない。会館の出入り口を睨むように俺は見つめ続けた。

7

緑と黄緑のストライプ柄の首をぴんと伸ばしてカメが俺を見上げている。

「でかくなったなぁ」

このカメとの出会いは赤羽台消防出張所時代に遡る。火災現場で唯一の生存者となったカメを俺が引き取り――仁藤に押しつけられ――一緒に暮らすはずだったのが、飯倉出張所への異動に伴いペット不可の寮生活となって、守の地下室の水の仲間達の一員となってかれこれ数年たつ。

三センチくらいだったカメも今では十センチになろうとしている。

「もっとデカイ水槽にしてやろうかな」

預けっぱなしで面倒も完全に見て貰っているとはいえ、こういう大事なところはやはり飼い主の俺が担うべきだろう。

「だよね！　僕もずっとそう思っていたんだ」

興奮した声で守が話に乗ってきた。

「せっかくだから、良い感じのアクアテラリウムにしてみたいのだけれど」

今だって底は砂利敷きで常に循環する綺麗な水に緑の水草、裕二が薄い石とレンガで作った隠れ家兼甲羅干し場と、至れり尽くせりな住環境だと思う。水槽を大きい物に替えるくらいならさておき、守の「せっかくだから」は正直怖い。けっこうなお値段になるのでは？　と、ちょっとビビりだす。どうしたものかと悩んでいるところに、「任せてくれる？　費用は全部出すから」と告げられた。

アクアなんとかがどんなものかは俺には分からないが、間違いなくとんでもなくグレードアップされた水槽になるのだろう。可愛い俺のカメがより良い環境で、しかも経済的に俺には何の負担もなく暮らせるのだ。拒む理由はどこにもない。

「任せる」の一言で同意する。

「じゃあ、水槽は九十センチ、うーん、この際だからもっと大きいのにしようかな。今度は流木も入れたいな。地上部分に土を入れて苔も良いかも」

言いながらｉＰａｄを片手にすごい勢いで指を滑らせていく。

「イメージとしてはこんな感じかな。どう?」

差し出された画面には、森の中を流れる川の一部を縦に切り取った状態の水槽が映し出されていた。なんか、すげぇなと思いつつ、「いいんじゃね」と、今度もあっさり同意する。

「じゃぁ、さっそく発注して」

トントンと画面をタップする音が聞こえる。出会った頃から守は通販を利用して館からほぼ出ることなく生活していた。当時はそんな生活様式に驚きもした。だがネット通販と物流システムが進化した今、多くの人にとって当たり前になった。時代の先取りというのか、時代が守に追いついたというのか、なんだか感慨深い。

「水槽をデカくするのは良いけれど、置き場所はどうする?」

かつてこの地下室は白と黒の二色しかなかった。光の射さない部屋にあったのは大量の電気機器と壁一面の水母《くらげ》が暮らす水槽だけだった。水の中を泳ぐ水母は薄ぼんやりとした白色のものばかりで、その体は九十五%の水分と三〜四%の塩分と一〜二%のタンパク質で成り立っている。だから水中で死ぬと体のほとんどは残らず、水に戻ったように跡形もなくなる。守はそんな水母に、というより水母の死に方に憧れていた。白と黒の電脳の城の中でいずれは水母のように跡形もなくこの世から消え失せたいと切望していた。

だが今水槽に水母はいない。いるのは本当に自然の作り出したものなのか? と、驚くばかりの色鮮やかなウミウシたちで、カメの水槽と同じく、海の一部を縦に切り取ったような水槽に、それぞれ一匹ずつ収まっていて、壁を埋めつくしている。

「大丈夫、一つ空いているから」

視線の先には、他のと同じく珊瑚《さんご》や石や海藻が配置された水槽があった。

守が飼っているウミウシは、すべて俺と裕二が伊豆や千葉、遠出して沖縄で採ってきたものだ。小さい物は一センチ、大きくなっても五センチ程度の大きさなので、珊瑚や岩の隙間に入り込んでいたら、よく捜さないと見つけられない。

だが今はその水槽に近寄る必要はなかった。守の寂しそうな目が、その水槽の住人はもういないのだと語っていた。

「ここにいたのって」

「メレンゲウミウシ」

名前を聞いたところで俺がぴんとこないだろうと察した守が「乳白色で縁だけ黄色の」と付け加えた。沖縄で採ってきた頭のところの触角と背中に花びらのような鰓《えら》が綺麗な白いヤツだったと思い出す。

「せっかく採ってきてくれたのにごめんね」

「仕方ねぇよ」

そもそもウミウシの生態自体がまだ解明されきっていない。種類だって三千以上が確認されているが、連日のように新種が発見されている謎の生物だ。それだけに飼育はかなり難しい。自然界では水の綺麗な場所にしかウミウシは生息していない。だから水質と水温が適正でないと、変形したり縮小したり、形が損なわれたりして衰弱死してしまう。さらにエサやりも難しい。ウミウシのエサとしては自然界に存在するスポンジ状の生物である海綿が有名だが、ウミウシによって好む海綿の種類が異なる。一番良いのはウミウシを採った場所付近の海綿を採取してくることだ。でもそこは守のこと、潤沢な資金に物を言わせて現地の漁師やダイバーに頼んで定期的に入手している。それなら問題ないかと言えばそうでもなく、エサを受け付けずに死んでしまうことも珍しくなかった。

ちっぽけなウミウシは死後二日もすれば水中のバクテリアに分解され、跡形もなく消えてしまう。珊瑚や岩の隙間で死んだ場合、気づかないうちに水槽の中から完全に姿を消してしまうこともある。

守は口を閉ざしたままだ。瞼がどんどん下がっていく。このまま悲しみに暮れられると、励まさなければならない。それは面倒臭い。

ウミウシの寿命は多くは一年か一年未満で、中には数週間という短いものもあると守が教えてくれたのを思い出す。

「シンプルに寿命だったのかもしれねぇし」

我ながらナイスフォロー。

「七月だよ」

そうだった。沖縄に行ったのは数カ月前だった。

「採ったときにもう年寄りだったんだ。年寄りで動きが鈍いから簡単に捕まったんだろ」

「――かもね」

ようやく返事が返ってきたそのとき、チャイムの音が鳴った。裕二の到着だ。これでこの話は終わりだ。ナイスタイミングと感謝しつつ、念のために隣の水槽を覗き込む。岩の上に黄色い姿を見つけて安堵する。正式名称ウデフリツノザヤウミウシ、通称ピカチュウウミウシだ。名の如く、黄色と黒の模様がポケモンのピカチュウに似ている。隣の水槽には、ポケモンのカラナクシのモデルと言われているアオウミウシがいる。どちらも六月に伊豆で俺と裕二、というより、ナメクジが苦手な裕二はウミウシに触れることは頑として拒絶するので、実際は俺一人で採ってきたものだけに、それなりの愛着はある。長生きしてくれよとの思いを込めてウミウシたちを見つめていると、ドアが開いた。

「ふーん、一匹死んだんだ。それで凹んでる。つーかさ、生き物は必ず死ぬ。しかも本来の自然の海で自由に生きていたのを無理矢理連れ出して、人工的な環境に押し込んでいるんだから、そりゃストレスもあるだろうし、短命でも仕方ないだろう」

部屋に入りながらの裕二の身も蓋もない言葉にぎょっとする。

おいおい、何で追い詰めるようなことを言う?

裕二の後ろから入ってきた守の様子を窺うと、また目を伏せていた。

「飼ってくれと頼まれたわけじゃない」

そりゃそうだ。水生生物のウミウシが遠路はるばる沖縄や伊豆や千葉から東京都豊島《としま》区の楠目邸を訊ねて「すみません、飼って下さい」と言いにくるはずもない。

「飼っているのは守の欲だよな？　だったら死は受け止めないと」

がつんとストレートパンチ。俺のダチの裕二はリアリスト。ことに命への意見は不幸な経験から、出て来る言葉は重い。

とはいえ、これは効いただろう。見ると、守が今度は首をがっくりと落としている。これは浮上させるのに時間が掛かる。

裕二の言っていることは正論だ。けれど正論は常に正解ではないということをいい加減、覚えて欲しい。

「世話で手抜きした？」

裕二が訊ねた。返事はない。胸に顎が付いているんじゃないかと思うほど頭を落としている。落ち込んで自分の世界にどっぷり浸かった守には人の声は届いていないことが多い。近づいて、肩の辺りをちょんと指で突いて「訊かれてんぞ」と声を掛ける。

案の定「え？」と聞き返される。

「世話で手抜きしたかって訊いたんだ」

「ううん、そんなことは」

どうにか小さい声で守が答えた。

「だったら、仕方ないだろう。ウミウシだろうがなんだろうが、飼いたいのなら死ぬのは受け容れろ。死なれるのが嫌なら飼うな」

ぴしゃりと裕二が言い切った。ド正論、ここに極まれり。これには俺も言葉もない。ちらりと裕二が俺を見た。目が合うと、水槽へと視線を移して鼻に皺を寄せる。――そういうことか。

「お前、ウミウシが怖いんだろ」

わざとらしく裕二がそっぽを向く。

「水母の時は、ノリノリで採りに行ってただろうが。あれか？　ナメクジがダメだから、似ているウミウシも怖いんだろ」

「怖いんじゃねーよ。好きじゃないってだけだ」

ふて腐れたように裕二が返す。

「水槽から出て来もしない、こんなちっぽけなのが怖いって、どんだけビビりだよ」

わざとはやし立てる俺に、裕二がずいっと一歩近づいた。俺のダチの足癖の悪さはよく知っている。蹴られるかと一歩後ずさったが、残した足にどんっと重さが加わった。

「怖いんじゃない、好きじゃないんだ」

さらに体重を乗せて、裕二は左右にぐりぐりと動かして俺の足を踏みにじる。

「絶滅しろなんて望まない。俺以外の人類に俺と同じく嫌いになれとも思わない。ただ俺は、好きか嫌いかで言えば、あまり好きじゃないってだけだ」

さすがに長いし痛い。軽く押し除けて水槽に近よると、右手でちょっとだけ水をすくって、「うぇーいっ！」と声を上げながら裕二の顔面に向けて掛ける。

「きゃーっ！」

いつもからは想像も出来ない甲高い声をあげて、裕二が飛び上がった。わざとらしいが、ちょっとだけ守が笑ったので成功だろう。

裕二は正論を言う。でもそれは、決して相手を凹ませたいからではない。だから今回は自分がちっぽけなウミウシが怖いヘタレとなってこの場を笑いで収めた。こういうところが憎めない。なんだかんだで良い奴だ。

「裕二が怖いのなら、ウミウシは今いる子たちで終わりにしようかな」

守が呟いた。これはガチのトーンだ。狙いはそこではないだけに、どうしたものかと考えて閃《ひらめ》いた。

「守は優しいなー。ビビりの裕二のために気を遣ってやって」

「だって、この部屋にいるのも好きではないってことになるし」

守もまた気遣いの人だ――と、思う。思う止まりなのは、俺と裕二以外の人と接しているのはほとんど見たことがないからだ。

「そういうのマジで止めろ。俺が云々とかいらねぇから」

突き放されたと思ったらしい。守の目がまた伏せられる。しおれた花のように頭も垂れていく。

こりゃ、マズいと思っていると裕二が続けて話し出した。

「好きなことをすれば良いんだよ。ガチで駄目なときは止めるけど、そうじゃないなら人の顔色なんて窺うな。好きとかしたいことがあっても、時間とか金とか色んな制約があって出来ない奴はいくらでもいる。気兼ねなく出来るのは特権だ。その特権を持っているんだから、遠慮なんかしないでしっかり味わって楽しめ」

要約しよう。守の存在自体をほぼ全肯定だ。こういうことをさらっと言えるから裕二はすごい。

守がゆっくりと頭を上げた。その表情は明るい。さながら水を吸い光を浴びて力を取り戻して咲こうとする花のようだ。その表情を確認して裕二が「はい、この話はこれで終了」と宣言した。これにてウミウシの話は終わりとなった。

では次は何の話題になるか、だ。消防絡みのなにかしらの事件があったあとは、守が話を聞きたがる。俺は仕事の話はしたくないので、のらりくらりとはぐらかし、それでも食いさがられたらシャットアウトする。その手のトピックがない場合は、裕二が職場や日常であったちょっとした話をする。それもないときは、ネットで話題になったニュースとか動画とか芸能ゴシップとか、なんとなくだらだら話す。これがいつものパターンだ。

だが今日は決まっていた。提供者は俺で、内容は爺さんの謎の一言だ。明らかに仕事の話になる。何度でも言うが、俺は仕事の話はしたくない。けれど何度考えても俺には爺さんが告げた言葉の意味が分からない。ではどうするか？　市井の賢者・裕二と、呼吸と同等に情報を必要として実際に収集している守に相談するに限る。二人に話せば、ほとんどのことが解決する。いざ、と口を開き掛けたそのとき、「晩飯、何？」と裕二が訊ねた。

「いい自然薯《じねんしょ》が届いたからとろろ丼にしようと思うんだけれど。それにいくらと海胆《うに》と漬けマグロを好きにトッピングして食べて貰えたらなって」

何それ、超美味そうなんですけどー。

「それでいい？　お肉の方がよければ」

文句などないので「それでいい」と速答する。ゴージャスなとろろ丼は美味しくいただきたい。とうぜん嫌な話は後回しだ。

リッチなとろろ丼で腹一杯になって、テーブルの上も片付けて一息吐いたところで、「なんか話があんだろ？　とっとと話せ」と、ノールックで裕二が訊ねてきた。

とろろ丼は至福の味だった。ほかほかの魚沼産コシヒカリに出汁で味付けしたとろろだけでも十分美味しいのに、さらにいくらと海胆とマグロを載せたい放題の丼《どんぶり》だ。生まれてこの方食べたことはなかったし、自腹だとしたら今後もないと思うだけに貴重かつ最高の夕食だった。食べている間、俺は食事に専念していたはずだ。美味しい物は美味しく食べたい。だから、そのあとに話す内容は頭の片隅に押しやって、目の前の美味しいご飯に集中していた。でも実際はそうでもなかったらしい。さすがは裕二、よくぞ気づいた。と言うより、そんなに顔に出てましたか？

――まぁ、きっかけを作って貰って話しやすくなったたってことで。

「なんか、意味分かんねぇこと言われたり、起こったりしてさ」

裕二のお陰で話の口火を切る変な気負いはなくなり、楽な気持ちで俺は語り始めた。もちろん、話し終わるまで守には口を挟まないように約束させてからだ。

当直明けで敷島さんの家になぜか行ってしまって、そこで喪服姿の爺さんに会い、謎の言葉を告げられた。その意味を詳しく聞くために爺さんを追って源寿院会館セレモニーホールに向かう道中、弔問客の婆さん二人の話を盗み聞きした。そしてどれだけ待っても爺さんと再会できなかった。——そうなのだ。俺は会館の出入り口を見張り続けた。出棺する霊柩車が火葬場に向けて出発したときは、特に目をこらした。だが同行する親族、見送る弔問客、どちらにも爺さんはいなかった。実はホールの裏の墓地を抜けた側にもう一箇所出入り口はあったのだ。完全に見落としていた。そちらから出たとしたら、もうどうしようもない。とはいえ、それじゃぁ帰りましょう、とはさすがに出来ない。遺族はすでにいない。ならばセレモニーホールの中に入るのに後ろめたさはない。爺さんの迎えを装って、ホールの職員に爺さんの外見を伝えて訊ねてみた。だが同年代の男性弔問客が多く、よく分からないと言われてしまった。——まぁ、仕方ない。だが救いの手が差し伸べられた。老人性痴呆症の気があるから迎えに来たという俺の嘘を信じてくれた職員が、芳名帳を見せてくれたのだ。

爺さんの名前も住所も俺は知らない。ただ二度の出会いから推測して、個人で来た男性で住所が管区内の奴がいれば、そいつの可能性は高いはずだ。

けれど該当する弔問客はいなかった。二名は条件が揃っていた。敷島さんの住む町内会の会長と副会長だ。残念ながらその二人でないのは分かっていた。九月の防災週間のときに表敬訪問され、一緒に写真を撮っていたからだ。

誤解のないように言っておくが、よっぽどの若くて美人な女性でもない限り、人の顔も名前も記憶に残そうなんて思わないし、実際覚えていない。まして爺さんなんてまず記憶に留まることはない。ではなぜ町内会長と副会長を覚えていたかというと、一人がでっぷりと太った禿《はげ》で、もう一人は禿だけれど鼻と顎の下に白い髭《ひげ》を蓄えていて、七福神の大黒天と福禄寿にそっくりだったからだ。こんなインパクトのある爺さんと一緒に写真を撮ろうものなら、誰だって記憶の片隅に残っているはずだ。

結局、爺さん捜しは空振りに終わったところまで、時系列どおりに話した。

俺が口を閉じると、裕二が口を開いた。

「そもそもその爺さん、本当に敷島さんの告別式に行ったのか？」

朝っぱらから喪服で、敷島家の近くで出会って、さらに俺に告げた言葉を考えたら、敷島さんとは接点があったはず。それで告別式に行っていないはずがない。そう言い返す前に裕二が続ける。

「その年齢層なら、他に葬式があってもおかしくない。別の人の告別式に行ったんじゃないのか？」

告別式被り？　そんなこと……なくはないか。

「芳名帳で爺さんを捜したと言ったときに話してただろうが。管区内在住だろうって。その近くに住んでんじゃねぇの？」

その可能性は確かにある。けれどやはり同意は出来ない。爺さんと出会ったときのことを頭の中で再現する。俺が来た方向から来て、それで——面倒臭い。

「守、地図出して」

ディスプレイに上平井消防出張所付近のマップの出ているｉＰａｄが机の上に置かれるまで十秒は掛かっていない。

マップを拡大して爺さんと出会った場所を指しながら説明する。敷島家はクランクみたいに折れ曲がった道の先にある。爺さんが付近の住人だとして、大通りに出るのなら敷島家の方向へ進んだら遠回りになる。

「出くわしたのはここだ。大通りに出るとしたら、そもそもこっちへは来ない」

これなら言い返せまい。姿勢を戻してイスの背もたれにどっかりと身体を預ける。代わりに守が身を乗り出した。

「このあたりの住人で」

白くて長い指をディスプレイの上で小さな円を描くように動かす。

「雄大に気づいて近づいたんじゃないの？　お礼を言いたいと思って」

そんなこと……ないとは言い切れないか？　どうなんだ？　頭の中で爺さんと出くわした時のことを思い出そうと記憶を辿る。俺が帰ろうと歩いていたら正面から爺さんがやってきたはずだ。最初から俺に気づいていた？　いや、そんな感じではなかったと思う。

思い出そうとして頭の中がごちゃごちゃになってきたところに、裕二の声が降ってくる。

「問題は、爺さんの言ったことだろ」

そうだ、最大の謎はそれだった。

「『何をどうしたって助けられなかったよ』か」

俺がずっと引っかかっている言葉を口にしてから「けど警察は事件性はないってしたんだろ?」と、裕二が続ける。

そうなのだ。警察は敷島芙巳子さんの死には事件性はないと判断した。けれど、それならなんで爺さんはあんなことを俺に言った？

「やっぱりその爺さんは近所に住んでんじゃねぇの？」

テーブルに突いた腕に顎を乗せて裕二が言う。騒ぎが起きてから俺たちが到着するまで見守っていた、だから間に合わなかったのを知っている、それは俺も考えた。それでも「何をどうしたって」は違わないか？　早く到着していたら助けられていたはずだ。

「その言い方だと、どれだけ早く着いたとしても無理だった、つまり既に死んでいたって聞こえるよね」

なかなかのパワーワードをさらりと守が口に出した。

「でも事件性はないってなったんだろ？　解剖の信憑性ってかなりのものだよな？」

「日本の解剖の技術は高いよ。でも、どれだけの名医でも、事件性があるかないかの判断が難しい死はあるよ」

マスター、今日の限定ランチってまだありますか？　――あるよ。みたいな軽い感じで守に言われて、自然と眉間に皺が寄る。

傷口から死に至った状況が分かったり、薬物摂取の有無だって検査で判明すると聞く。なのに、判断の難しい死などあるのだろうか？

「それって、外傷がなくて毒物とかも使われていない場合ってことだよな。だとしたら事件性はないんじゃね？」

俺が考えていたことのさらに先まで進んでいた裕二が言う。そして守が口を開く前に答えを口にする。

「――あ、そうか。骨だけになってたらアリか」

「そう！　骨に傷をつけずに刺殺したり、折らずに絞殺して、白骨死体になっていたら判断は難しくなるんだよ。――あ、でもね。最近、舌骨や頸椎が折れてない白骨遺体でも絞殺死かどうか分かるようになったんだって。ピンクシって知ってる？」

ピンクシ？　聞いたことのない言葉に首を捻る。話の流れからすると、ピンクシのシは死亡の死？　だとしたらエロい死に方ってことか？

「いや」

裕二は一言で、俺は首を横に振って否定する。

「ピンクシっていうのはピンク色の歯のことなのだけれど」

なんだ歯かと、拍子抜けする。

「指とか手首でもそうだけれど、ぎゅっと締めつけると血流が止まって、その先の部分が鬱血するよね？」

右手の人差し指の第二関節を左手で締めつけながら守が言う。ものの数秒で指先が真っ赤になる。

「これと一緒で、首を絞めたら頭に血が上って顔が真っ赤になる」

指を解放してさらに守は続ける。

「首を絞められると毛細血管が切れて出血するんだけれど、歯の中の歯髄にも毛細血管があって血が循環しているからとうぜんそこでも出血するんだよね。出血は徐々に象牙質やエナメル質にまで染み出してきて、白い歯が内側からピンク色に染まる。それをピンク歯って言うんだって」

「それって、窒息死オンリー？」

「ううん、殴打とかでも起こるみたい。だからボクサーも試合の後になったりするみたい。でも殴られるのは一部の歯に限られるでしょう？　絞殺白骨死体のピンク歯は全部の歯がそうなるんだって」

「ボクサーは出血が止まれば、痣《あざ》が治るのと同じように白く戻る。けど死んでたらピンクのままってことか」

　裕二と守の会話は時に俺をおいてけぼりにして二人だけでどんどん話が進んでいく。さながら地上から空中戦を見ているようだ。

　死因が分からないような殺人の話や、白骨絞殺死体の死因解明だとしてもこれだけは分かる。死因が分からないような殺人の話や、白骨絞殺死体の死因解明の鍵となるピンクの歯の話は、嬉しそうな「そう！」から始まるものではない。

「でも今回は、亡くなった直後だ」

　守の脱線を裕二が正す。

「解剖した結果、事件性はないって判断されたのなら、そういうことだろ」

　疑問形ではなく断言するように言った。

　これには守も反論できまい。そもそも芙巳子さんが絞殺死でないのは俺が現場で確認している。

部屋の中は静かになった。つまりこの話はこれにてお終いということだ。だとすると爺さんのあの言葉はなんだったのだろう？

また振りだしに戻ってしまった。でも、こうなると大した意味はなかったと片付けるしかないだろう。頭の中のもやもやは消えはしないが、いつまでも考えていたところでしかたない。

はい、切り替え切り替え。とっとと忘れよう、そうしようと思ったそのとき「うーん」と守の悩ましげな声が聞こえた。

「なんかあるんなら言――教えてくれ」

「言え」と言い放ちかけて、慌てて言い換える。出来るだけソフトに。守の扱いは生卵と同じくらいデリケートにしないとならない。

「解剖の診断書を見ないとなんとも言えないのだけれど」

断りを入れてから守が続ける。

「今回事件性がないのなら、敷島芙巳子さんの死因は車の下での冠水による溺死とされたんだよね。ならば、溺死の条件に該当することはすべてクリアしていた」

「すべてって何？」

「まず、横隔膜が下がっている。肺が膨らんだり萎んだりするのは横隔膜の上下動だから」

それは初耳。

「肺って自力で動いてんじゃねぇの？」と、思わず訊ねる。

「ううん、違うよ」

「肺に筋肉ねぇだろが」

守の優しい訂正をかき消す勢いで裕二が言う。

「息を吸い込むときは肺を広げているから横隔膜は下がっていて、逆に吐き出すときは肺を小さくするから上がっている」

言いながら守は深呼吸してみせる。つられて俺もしてみる。大きく息を吸い込めば胸が膨らみ、吐き出せば萎む。そのスペースを作り出しているのが横隔膜。だから息を吸えば下がるし、吐けば上がる。納得。

「窒息死だと、息を吸い込もうとした状態で死んでいる。だとすると横隔膜は？」

そこで言葉を止めて、首を傾けて守が俺を見る。

「下がってる」

「正解」

にこりと守が微笑んだ。さすがに分かるわ。――って言うより、なんだこのクイズ。

「あとは肺の中に」

死んでから水の中に入れられたのなら呼吸はしていないから肺の中に水は入らない。それくらいは俺も知っているので「水があった」と先に言う。だね、と守が同意してくれると思いきや、

「正確には、泡立った水だね」と補足された。

「呼吸するときに呼気と吸気で水が攪拌《かくはん》されて泡が出来る。肺の内部からそういう泡が確認されれば呼吸しながら水を吸い込んだ、つまり水を吸い込む直前まで生きていたとなる」

理論として納得は出来る。ただ横隔膜の位置にしろ、肺の中の泡にしろ、死の直前どれだけ苦しんだかがイメージ出来てしまうだけにエグい。

「逆に泡が確認されない場合は、溺れる前から既に死んでいて呼吸が止まっていると思われる状態で、あとから呼吸器内に水が浸入したってことになる」

「あとから浸入した場合って？」

「長時間水没していたとか、無理矢理流し込んだりとか？」

首を傾けてにこっと守が微笑んだ。

前のはさておき、あとのは首を傾けてにこっと微笑んで言う内容ではない。絶対にない。

「それと、その泡立った水は冠水した水と同じものだった」

芙巳子さんは冠水した水が溜まった車の下で亡くなった。肺の中にあるのはとうぜん同じ水だ。それ以外の水だったら、それは事件――殺人だ。

浸水時の水かさ上昇速度は十分で十～二十センチメートル。だから三十分ぐらいで家屋の床の高さまで水位が上がり、床下浸水になってしまう。下水道の氾濫速度も同じくらいなので、三十分もすれば路上は完全に水没する。それこそ凹地になっているアンダーパスでまだ十センチ程度の水しかない状態だとしても、そこで車の運転手が前に進もうかどうかともたもたしていたら、あっという間にエンジンが水に浸かって動けなくなる。この前の鬼キャンアルファードのように。

だが浸水は出足も早いが引くのも早い。もちろん浸水原因が河川の氾濫などの大災害ならば時間は掛かるだろう。だがあの日のあのエリアならば雨さえ止めば、一時間も掛からずに冠水は完全に引く。

俺たちが引き上げたとき、まだ雨は降っていた。そのあとに本田消防署の救急隊が芙巳子さんを病院に搬送し、そこで死亡宣告された。本田の救急隊がどのタイミングで警察に連絡したかは知らないが、とにかく警察は引く前の水を入手出来たのだろう。そして比較して、事件性はない不幸な事故死となった。これで終わりのはずだった。爺さんが俺にあんなことを言うまでは——。

「でも、あくまで冠水した水に浸かる直前まで生きていたってだけじゃない？」

俺の物思いを守が吹っ飛ばした。

「確かにな」

裕二もさらっと同意する。

「刑事ドラマで観たわ。川とか沼の水を汲んでおいて、そこにつっこんで殺して、死んだあとに投げ込んだってトリック」

「直接浸けるシンプルなパターンもあるよね」

二人が勝手に話を進める。

冠水した水を汲んで、それで殺してから遺体を放置した？　直接浸けるシンプルなパターンって、料理の下ごしらえみたいに言うな。と言うより、勝手に二人で殺人説を強化するな。

「外傷はなかった。体内から薬物も出なかった」

ぼそりと告げる。

殺人ならば抵抗するから、何かしらの痕があるはずだ。抵抗できないように薬物を盛られたのなら、検査で分かる。そのどちらもなかった。だから事件性はないとされた。

「あの場で――していたなら、悲鳴や水音も上がっていたはずだ。娘や近所だってさすがに気づくだろうが」

殺したとは言いたくなくて言葉を濁したが、すぐさま二人に言い返される。

「台風による豪雨であの時間だ、よっぽどの大声や物音でなければ気づかなくてもおかしくない」

「長女の八重子さんはお風呂に入っていたって言っていたよね？」

それは俺も考えた。ならばと言い返す。

「車にぶつけて体のあちこちに痣や傷が出来ていたはずだ」

俺だって二人と同じ推測はした。爺さんの言葉に加えて、告別式会場に向かう弔問客の婆さん二人の会話を聞いたのだからとうぜんだろう。

冠水している中、芙巳子さんが一人で家から駐車場に失くしたキーホルダーを捜しに出て来たときに、たまたま近くにいたリフォーム詐欺犯が襲撃して――。

だが、さすがにたまたまはないだろうと打ち消した。そうなるとずっと見張っていたことになる。車に乗っていようが徒歩だろうが、見知らぬ男があの近辺をずっとうろうろしていたら目立つことこのうえない。それこそしっかり者の芙巳子さんが気づいて警察に通報していただろう。

ぐうの音《ね》も出まいと、鼻から大きくふん、と息をもらす。だが、その直後に「外傷をつけないって、そんなに難しいことじゃないと思うんだよね」と守が申し訳なさそうに言った。

「痣は内出血で出来る。だから」

「出来ないくらいの力で拘束すればいいってか？　実際、どうするって？」

「毛布とか布団で簀巻《すま》き」

おいおい裕二、即答すんな。その答えの早さはやったことがある奴の早さだ。って、実際やってるし。されたのは俺。それも三度だ。理由はなんだったかな、もはや忘れた。何かしら気に入らないことを俺がしたか、それともただの悪戯《いたずら》かは忘れたが、されたことは覚えている。息が出来ないくらい強く巻かれてはいなかったが、蓑虫状態で抜け出すのにかなり苦労したことは忘れていない。とはいえ、その殺害方法はどう考えても無理がある。

「犯人がたまたま布団を持っていて芙巳子さんが出て来たのに出くわした？　そんなミラクルあるか？」

「準備していたら？」

さらりというよりふわりと軽く守が言い返す。

「準備って」

「今年、すでに水が出ていたから、どのくらいの雨量で冠水するかは分かっていたわけでしょう？　数日前から天気予報で大雨警報は出ていたし」

確かにそうだが、だからってと反論する前に「さすがに現実味ねぇな」と裕二が吐き出した。

「犯人が車に布団を積んで外で見張っていたとして、芙巳子さんが出て来るとは限らない。このあたりで車がずっと止まっていたら近所の連中だって気づくはずだろう」

ディスプレイを指して裕二が続ける。

「呼び出したのならインターフォンに記録が残る。とうぜん警察が調べたはずだ。問題なしなら、記録はなかった。そうなると、残るは犯人が家の中に侵入して芙巳子さんを襲ったってことになる。芙巳子さんは小柄で高齢だった。だとしても風呂に入っている娘に気づかれずに芙巳子さんを襲って簀巻きにして担ぐか引きずって駐車場まで運んで、最後に布団を外して立ち去った。――どえらい手際の良さだ。ことに最後の水浸しになった布団を外して運ぶなんて、大きな音も立てずに短時間でするって、何の訓練したプロだよ?」

お見事。さすが裕二と感心しつつ、「そもそも八重子さんが風呂に入っていたのだって、分からねぇしな」と尻馬に乗る。だが、ちっという舌打ちに続けて、「人ひとり事故死に見せかけて殺そうとしてる奴なら、相手や家族の生活習慣くらい調べ上げてるだろ」と、ぴしゃりと却下された。うん、まぁ、そうだろうな。

「残るは事前に水を汲んだ説だな」

「それも現実味ねぇだろ」

今度こそとばかりに「水を汲むこと自体は出来なかない。けど、けっこうな量が必要だろ?」と、裕二に言う。

「洗面器一杯分くらいで十分いけるよ」

言いづらそうな顔で守が答えた。

「気管に餅が詰まって死ぬのと一緒。気管に入った物の量じゃない。呼吸が止まれば人は死ぬ」

裕二の補足に、だよなと納得せざるを得ない。返す言葉がなくなって黙りこんでいると、洗面器に張った水の中に人の頭をつっこんで手で押さえつけている映像が浮かんだ。そのおぞましさにぶるりと身震いしてかき消した。

「まぁ、だとしても、どのみち芙巳子さんを車の下まで運ばないとならないし」

裕二の言う通りだ。どこで実行しようとも、最終的に車の下に芙巳子さんを入れなければならない。

「それに、娘が風呂に入る前は芙巳子さんは家の中にいたんだろ?」

現場と弔問客の婆さん二人から聞いた話を思い出す。八重子さんが風呂から上がって芙巳子さんが家の中にいないと気づき、捜しに出て駐車場で見つけた——はずだ。

「ああ」と、同意する。

「だとすると、よっぽどの長風呂でない限り一時間以内だろう。どのみち時間的にはかなりタイトで難しい」

そうなるとやはり結論は不幸な事故死だ。爺さんの言葉の謎は解けなかったが、もうそれでいいと俺は思う。

「それ以前に犯人像だよな」

灯台もと暗しとはこのことだ。俺たちはずっと、芙巳子さんの殺人が時間と物理的に可能かどうかばかりを考えていた。犯人、つまり芙巳子さんがいなくなればいいと強く思っていた——まどろっこしい、殺したいと思っていた奴については考えていなかった。

「今のところ、お前が聞いたリフォーム詐欺犯だけか」

頷いて同意する。

芙巳子さんはリフォーム詐欺を見抜いた裕二の手柄を自分の物にするちゃっかりしたところはあったが、でも殺したいほど憎まれていたとも思えない。

「けど、殺人でまず疑うのは家族だよな」

さすがは現実主義の権化。家庭内で殺人が起きたら、まず家族を疑うのは仕方ない。近年、日本で摘発された未遂も含む殺人事件のうち半分以上の五十五％が親族間だという。俺だってニュースくらいは見る。ただし社会情勢を知ろうと積極的に見ているのではなく、勤務時間内に点いているテレビがほぼニュースだからだが。

だとしても、あの悲嘆に暮れた様子の八重子さんが犯人だとは思えない。残るは次女の家族、あるいは他の親族となる。ただ八重子さんにしてもその他の親族にしても、さきほどの物理と時間の問題に該当するから無理だ。となると、やはりあれは不幸な事故というのが結論となる。

爺さんの言葉は、もう惚けていたってことにして終わりにしよう。それならこれでこの話は終わりだ。このあとはもっと陽気な話題に変えて、美味しいデザートでも守に出して貰おう。

「その可能性はあるかもね」

デザートをお願いしようと開き掛けた口が、守の言葉にそのまま止まった。

「夫の照幸《てるゆき》さんは三年前に他界、享年八十九。四年前から同居している長女の八重子さんは独身で五十三歳。次女の蓮華さんは四十七歳で夫の健斗《けんと》さんも同じ歳。その長男が十二歳の隼人《はやと》君で次男が十歳の勇斗《ゆうと》君」

すらすらと守が敷島家の家族構成を口にする。長女の八重子さんって五十三歳だったのか。出会ったときはあんな状況だったけれど、昨日は化粧も髪形もばっちりでなかなかお綺麗だった。一昔前の言い方をすれば美魔女ってヤツだろう。

「芙巳子さんには兄弟や姉妹、その家族もいるけれど、経済状況にも問題ないようだし、財産分与には絡んでこないから今回は割愛するね」

芙巳子さんの家族の情報ならまだしも、兄弟姉妹とその家族の経済状態までなんで分かる？と訊くだけ野暮なのは分かっているので、黙っていると、「ネットの発達のお陰で、以前よりも情報収集は楽になったから」と、守が微笑んだ。

そりゃそうだ。世はネット社会だ。住所、氏名、電話番号、お金の流れなど個人情報はすべてネットにある。となったら、守にかかれば無制限のビュッフェバイキング状態だ。その恩恵にこうして与《あずか》っている身ではあるが、冷静に考えたらマジで怖ぇ。

「次女の住まいは葛飾区東新小岩△丁目のヴィラカトレア三〇一号室」

流れるような守の説明を聞きながら、敷島家から徒歩だと十分くらいの場所にある三階建てのマンションだと気づいた。思いだして訊ねてみる。

「芙巳子さんチの駐車場の車って、次女のところのだよな？」

「シンガポールの転勤から帰国して最初は大田区の社宅住まいだったんだけど、もっと近くに住んでくれって芙巳子さんが頼み続けたんだってさ。それで越してきてくれることになったんだけど、駐車場代がけっこうな額になるって分かって。亡くなった旦那が車の免許を返納したときに車を処分して以来、駐車場はずっと空きっぱなしだったし、だったらここに置けばいい。ウチなら無料よって言ってあげたんだってさ」

守ではなく裕二が答えた。

ＪＲ新小岩駅周辺の月極駐車場代は二万五千円から三万円くらいが相場で、港区や中央区などと較べたら安い。でも月三万円だとして一年だと掛ける十二、つまり年間三十六万円を安いと思える人は多くないだろう。歩いて十分程度のところにある実家に無料で置かせて貰えるのなら、そりゃぁ厚意に甘えてとうぜんだ。

「蓮華さんは都内のＵ女子大学卒業後に大手家電メーカーＧに就職して六年後に健斗さんと結婚」

大学は名前を言われても俺にはピンと来なかった。でも就職先は世界でも名の知れた大企業なだけに、それなりの大学だと察しはついた。

「蓮華さん一家は転勤が多くてね。最初は結婚の五年後で中国、そのときに蓮華さんは退職。中国駐在期間中に長男を出産して、その翌年にシンガポールに転勤。二年後に次男を出産。六年前に帰国して最初の住まいは大田区で、二年前に現住所へ。蓮華さんが系列会社に契約社員として働き始めたのもそのときだね」

実家の近くに越したのと同時に仕事に復帰。子どもの面倒はいざとなったら近くに住む母親と姉にという算段がなかったとは思えない。母親譲りというのか、蓮華さんもなかなかちゃっかりしてらっしゃる。

「孫二人の通っている学校は、明治からやってる由緒正しいところだって言ってたわ」

「Q小学校だね。創立が明治二十一年で小学校から高校まで一貫教育の男子校。著名人も何人も輩出している名門校だよ」

明治二十一年からあるというのもびっくりだが、それよりも小学校から高校まで男子校？　男だけで気楽でいいっちゃいいような気もする。けれど、義務教育と多感なお年頃の高校時代までのすべてに女子が皆無というのはそれはそれで、さすがになんか寂しい気がする。

「すっげぇ自慢げだった」

思い出しているらしく遠い目をしていた裕二が我に返って「ごめん、続けて」と先を促す。

「裕二も聞いたように、次女の蓮華さん一家は芙巳子さんにとって自慢だったみたいでね」

夫婦共に大手企業勤務で社内結婚。その後は旦那の仕事で海外勤務。長男次男は由緒正しい学校に進学。まさに絵に描いたような家族だ。そりゃぁ、芙巳子さんからしたら自慢に思って当然だ。さぞかし鼻高々だったろう。

「順番が逆になっちゃったけれど、長女の八重子さんの話をするね」

そういえば、長女の話がまだだった。なんで逆に？　って、俺が駐車場の車の話をしたからだ。

「長女の八重子さんは、都内のF大学に進学」

そこなら俺でも知っている。千代田区にある大学で敷地周辺の通りは大学名にちなんだ愛称を付けられている。

「二年の夏にフランスに語学留学に行っていて、たまたま取材で来ていた日本のテレビスタッフに声を掛けられて現地レポーターを始めた」

差し出されたiPadには、前髪を立ててうしろは背中まで伸ばした女性が、エッフェル塔の前でポーズを取る写真が映し出されていた。けっこう化粧が濃いし、歳も若いが、確かに顔は八重子さんだ。

「なんか、時代感じんなー」

覗き込んで裕二が言った。年長の守ならともかく、俺と同じ歳の裕二にこの時代の記憶があるとは思えない。

「時代って、知らねぇだろ」

「最近、今の十代に八〇年代レトロがブームとかでさ、テレビでもその頃のアイドルや流行していたものの映像を流してんだよ。それを観たんだ。バブルの頃だろ？」

「一九八八年だから、まさにバブル期だね」

俺が生まれたのはバブルが崩壊した何年もあとだから景気が良かったバブル期の話を聞いても、だからなんだ？　としか思わない。それに景気の良い奴は時代に関係なくいる。前の勤務先の飯倉消防出張所の管区内にはお金持ちの多い六本木と麻布という繁華街があった。一台で二千万円を超える車すら、当たり前に走っていた。消火や救急救命活動で入った高層マンションの中には、すごい調度品や家具が置かれた高級ホテルか美術館みたいな部屋があって、そこで暮らしている人がいるのも知っている。

「当時は女子大生ブームでね、女子大生がテレビや雑誌にたくさん取りあげられていたんだよ」

「フランスで出会った留学中の美人女子大生ときたら、そのときのテレビマンはやった、ラッキー！　ってもんで、すぐさま飛びついたんだろうな」

机に頬杖をついて裕二が言う。

テレビ業界が流行《はや》りものに飛びつくのは今も昔も同じだろうから想像はつく。驚いたのは、八重子さんにそういう誘いをほいほい引き受けるノリの良さがあったことだ。そんなライトな印象はまったくなかった。とは言っても、出会いも再会も情況が情況なだけに、そういう一面があったとしても、こちらが感じ取れるはずもない。

「これがきっかけで帰国してから卒業するまでタレント業もしていたようだね。本も一冊出してる」

映し出されたのは、粗い画像の本らしき写真だった。オープンカフェで、顔くらいある大きなカップに両手を添えて口元に運んでいる八重子さんの写真だ。タイトルは『シャンゼリゼ通信』。タイトルも、表紙の写真の構図も、すべてベタというのか、当時はこういうのが良いとされたのかも知れないが、俺の感覚からするとダサい。

「実物を探してみたんだけれど、版元自体が倒産しちゃっていて。中古市場でも流通していなくてね。だからいくつかの古本の取り扱いサイトに、これを探しているって依頼を出したのだけれど、まだ反応がなくて。まぁ、最悪、人に頼んで直接本人にアプローチをかければいいのだけれど」

「本人が黒歴史として葬ってない限りは、記念として取っておいてるだろうしな」

「うん。手に入ったら見てね」

前の「うん」は裕二に向けて大きく首を縦に振りながら。あとの「ね」は、俺に向かって可愛らしく首を傾けて。上品という言葉を具現化したような守だから、気持ち悪いとか腹が立つとかにはならない。だとしても、なんかぞわぞわする。

「大学卒業後はL商社に一般職として就職。L商社は財閥系で総合商社では国内トップの企業だから、倍率は五十とか六十倍の狭き門だよ」

名門大学卒で大手商社就職。蓮華さんと同じく八重子さんもエリート街道まっしぐらだ。

「六年後に二期先輩の飯田泰典《いいだやすのり》さんと結婚。四年後に離婚。そのあとは、語学力を活かして外資系企業の秘書業を派遣の契約で渡り歩いていたみたい。ただ――」

守がそこで語尾を濁した。絶対に話が続くのは分かっていたが、一応「何?」と訊ねる。

「派遣社員は、基本的に契約時期満了まで勤めることになっているのだけれど、八重子さんは途中で辞めている数が多くて」

「それって」

喉まで持ち上げた手をすっと横に引いて裕二が言う。クビを表すジェスチャアだ。

「五件のうち二件はそう。残り三件は八重子さんから申し出て辞めている」

五分の二とは、なかなかの確率だと思う。そうなると、雇用主からクビを言い渡されるような問題が八重子さんにはあることになる。

「雇用を考えている会社を装って、エージェント会社とクビにした会社に問い合わせをしたんだ」

何かを調べるとなったら、守は平然と嘘を吐く。そして確実に欲しい情報を手に入れる。知的な外見と乙女チックな話し方や仕草に騙されてはならない。悪知恵が回るという意味では裕二よりも守は遥かにたちが悪い。

「回答で共通していたのをまとめると、期待していた語学力や事務能力がない、コミュニケーション能力に難がある」

実務、人間関係ともに能力が足りていないのなら、契約打ち切りもやむなしだ。

「八重子さんが自分から申し出た三件にも問い合わせをしてみた。契約打ち切りの理由は、契約外の仕事を回されたから」

これは八重子さんに正当性ありだ。

「ただ、契約外と言っても、人手が足りないときにコピーを取ったり、来客のお茶出しを手伝って欲しいくらいのことで」

それくらいのことならとも思うが、契約は契約だ。やはり八重子さんに一票だ。

「あとは、効率の悪い仕事をしていると指摘しても無視されたとか、正社員に明らかに見下された対応をされたとか、仕事面や人間関係も含めて職場の環境の悪さ」

これらは――、どうだろう？　二件でクビになった理由を知った今、すんなりと八重子さんの肩は持てない。

「念のために契約満了までいたところにも問い合わせてみたんだ。どこも延長は申し出ていない。中には同時期に契約した派遣社員が正社員登用されたケースもあったのだけれど」

最後まで言わずに守が口を噤んだ。その先は分かる。八重子さんは雇うに値しなかった。今迄の話をざっくりまとめると、八重子さんは実務能力が低く、人としても難ありとなる。

「すべての職場で共通して出て来た問題点が、とにかく自分の非を認めない」

――これは、かなりアレな人なのかもしれない。

頭の中に、あの日の八重子さんの姿が浮かびかけて、そこで考えるのを止めた。彼女の人となりを憶測でどうこう言える立場に俺はない。

「雄大の話を聞いて思ったんだけれど、芙巳子さんとちょっと似ているのかも」

軽く首を傾げて言う守に「とは?」と、抜群の間合いで裕二が訊ねる。

「二人とも、自分の思い通りに物事を動かしたい人みたいな」

「自己中で我が強い」

守のマイルドな表現を、裕二が身も蓋もなく言い換えた。

「そんな勤務状態だったから、新規の派遣先もなかなかなかったみたい。五年前が最後で、翌年の四年前に同居してからは仕事はしていないね」

家庭の事情はそれぞれだ。我が家は自立推進派だが、子どもの面倒は見るといううらやましい家庭もある。それに芙巳子さんも高齢だ。介護が必要ではなくても、何かと人手はあるに越したことはない。

改めて考える。芙巳子さんはリフォーム詐欺未遂の件で、裕二の存在を消し去ってでもすべて自分の手柄にする自慢屋だった。八重子さんは自己評価は高いけれど中身はまったく伴っていず、しかも自分の非を認めない。この二人って最悪の組み合わせなんじゃねぇか？　などとつらつら考えていたら、「怪しいのは長女だな」と、裕二が爆弾を投下した。

おい、待てよと、口に出す前に守も「残念だけれどね」と同意した。

頭の中にあの夜が甦る。

菊ちゃんの心臓マッサージのカウント、押されるままに揺れる芙巳子さん。その横で必死に呼びかける八重子さんの声。

「俺が芙巳子さんと話したときに話題に上がったのは次女とその家族の話だけだ」

裕二が俺を見つめて話す。

「ただの一度も長女の話は出てこなかった」

その言葉に「どうしてもっと早く来なかったのよ！　なんで助けてくれなかったのよ！」という八重子さんの慟哭《どうこく》が重なった。

八重子さんは母親に生きていて欲しいと願っていた。助けてくれと望んでいた。でも母親は逝ってしまった。哀しかったし、悔しかった。だからこそ、俺たちを許せなかった。

その八重子さんが容疑者だと裕二は言った。理由は芙巳子さんが長女の話題を出さなかったからだ。それだけで怪しいとする根拠が俺には分からない。二人の読みが間違っているとするにはどうすれば？　——話題に出さなかったもっともな理由があればいい。

「そりゃ、床下の作業をしたのが次女の旦那だったからだろ?」

裕二が芙巳子さんから次女家族の話を聞いたのは、裕二が教えた方法でリフォームをした後に届いたお礼の品への返礼の電話でだ。

ホームセンターに必要な物を買いに行き、床下に入って作業をしたのが次女の旦那ならば、話題に上るのは言わずもがな。その流れで二人の孫の話になるのは、順番としておかしくない。

――そうだ、順番だ。

「面倒臭くなって切り上げたって言ったよな? もっと話を聞いてりゃ、出てきただろ」

芙巳子さんがおしゃべり好きだったのは、俺よりも直接話した裕二の方が知っている。電話を切らずに付き合っていたら、次女家族の次に長女の話もしたに違いない。

「話題に出てこないから怪しいって、そもそもどういう理屈だよ」

なぜこんなにムキになっているのか自分でも謎だ。でも裕二と守の二人が八重子さんを容疑者=犯人と思っていることには同意できない。――と言うより、警察が事故死としたのだ。容疑者も犯人もない。

「隼斗君と勇斗君が通っている英会話スクールの月謝は芙巳子さんが払っていた。スキー教室や短期スイミングスクールのもね」

それまで黙っていた守が話し始めた。

「次女一家と一緒に今迄に海外旅行に何度も行っている。オーストリア、カナダ、ハワイ、ニュージーランド、グアムの五回」

小学生の頃から海外旅行とはゴージャスだ。

「旅行代は全額、芙巳子さんが振り込んでいる」

守はそこで口を噤んだ。そこで黙ったということは、八重子さんは一緒に行ってはいない。それくらいは俺にも分かる。

「同居して生活の面倒を見ているのは長女」

呟くように裕二が言う。

二人が言いたいことの予想はつく。同居して日々の面倒を見ている八重子さんに較べて、近くに住んではいても、共働きの次女夫婦が母親の面倒を見る比率は圧倒的に少ないだろう。なのに駐車場代、孫二人の習い事代、さらには自分は連れていって貰えない家族旅行のお金も母親が払っている。

殺人の動機の大部分は金か恨みというセオリー通りならば、母親に粗末に扱われた八重子さんの堪忍袋の緒が切れて、だ。――ベタ中のベタな推測。

黙っていたら納得したと思われる。なんとか言い返さなくてはと考えて閃いた。

「予定が合わなかったのかもしれないだろうが」

「五回も？」

守にツッコまれた。

ぐっと詰まったが、「誘われたのに断ったのかもしれねぇだろ？」と言い返した。

母親とは同居していて四六時中一緒なのだ。いくら全額無料の海外旅行だとしても、たまには一人で羽を伸ばしたいからと断ったとしてもおかしくない。

「――まぁ、それはあるかもな」

しぶしぶ認める裕二に、勝った！　と心の中でガッツポーズを作る。あとは経済面だ。

「同居してから、八重子さんは無職なんだよな？」

守が頷くのを確認してから「なら、八重子さんの生活費は全部出して貰ってんだろ？」

「携帯料金は自分の口座から引き落とされているけど、公共料金は芙巳子さんの口座からだね」

家賃に公共料金や生活費を全部合わせたら結構な額になるのは、一人暮らしをしているから身にしみている。

「長女の生活費を出している分、次女にもってことかもしれねぇだろ」

我ながらナイスな見解だと満足して、イスの背もたれに身体を預ける。

ふと視線を感じた。守が不思議そうな顔で俺を見ている。

「何？」

「なんで合算して考えないのかな、と思って」

逆に、なぜ足す？　そう聞き返す前に守が説明しだした。

「総出費額で考えたら、八重子さんよりも蓮華さんの世帯の方が高額だよ」

「次女んチは四人で八重子さんは一人なんだから、次女んチに掛かる金額が高いのはとうぜんだろ？」

理解出来ないらしく、困惑顔をした守が救いを求めるように裕二を見る。俺の言っていることが分からない時、守はいつもこうする。そして裕二の補足とか解説を聞いて、ようやく納得する。いや、そんなに俺の言っていることって分かんねぇかな？

「芙巳子さんからしたら、家族は五人だろ？」

これで分かるだろうと思ったが、守の眉間の皺がまったく消えない。なんで分かんないかな？と思う俺の眉間にも皺が寄る。

「認識の相違。こいつは」

俺を指して裕二が続ける。

「芙巳子さんと長女の認識が一緒だと思っている」

なんだそれ？　説明のはずなのに、全く意味が分からない。

「芙巳子さんの家族は五人。芙巳子さんはその五人に平等にお金を使っている」

それと同じ事をちょっと前に言ったばかりですけど。

「長女も同じ考えだ。だから不満はないってことだろ？」

確認を取るように裕二が訊ねる。

「不満？　なんで？　結婚するとか子どもを持つとか、それは個人の自由だろ？」

守が一度瞬きをした。

「八重子さんも一度は結婚している。離婚後、またしたければしているだろうが。芙巳子さんに阻止されて出来なかったとかなら、――もしかして、そうなのか？」

その可能性があったと気づいて慌てて訊ねた。守が首を横に振るのを見て、安堵して続ける。

「だったら、独りなのは自分で選んだことだろうが。妹は結婚して家族四人になった。芙巳子さんからしたら五人ともが家族だ。五人平等に扱ってとうぜんだろ？　それが不満って、妹の方が三人分多いからズルいってことか？　そっちの方がよっぽど意味分かんねぇよ」

理解不能なことを考えたせいか、頭がむずがゆくなってきた。髪に手をつっこんで頭皮をばりばり掻く。

「俺も基本はこいつと同意見。結婚するもしないも子どもを持つも持たないも、それは個人の自由。ちゃんと納税する。法は破らない。可能な限り人に迷惑を掛けない。この三つが出来ていればいい」

おお、さすがは竹馬の友。俺も全く同じ考えだ。

「けど、妹の方が三人分多い、ズルいって思うのも分かる」

続いた言葉に手が止まる。

「はーい、ここでクイズです。芙巳子さんが亡くなったら遺産はどうなる？」

突然問われて詰まった。裕二は唇を尖らせて「チッチッチッ」とカウントしながら、それにあわせて突き出した指を左右に振る。

「長女と次女で二等分」

「正解。では次の質問です。——芙巳子さんが長生きすればするほど財産は？」

途中から、さきほどまでの冗談めかした言い方ではなくなった。

答えは、減るだ。

芙巳子さんが長生きすればするだけ遺産は減る。次女の家族に多くのお金が流れるからだ。八重子さんがより多くの遺産を得るために芙巳子さんを殺した、裕二と守はそう考えている。

――いやいや、それはない。

あの日の悲嘆に暮れていた八重子さんを思いだして否定する。だが、「事故死でなかったら、外部の人間が実行するのは難しいって話になったよね？」と、柔らかい声で守が追い打ちを掛けた。

外部の人間の仕業だとするには、物理的にも時間的にも難しい。では八重子さんが犯人だったら？　キーホルダーを捜して車の下を覗き込む芙巳子さんの背後から――。

だとしたら抵抗した痕が何かしら体に残っていたはずだ。やはり八重子さんではないと思ったすぐあとに、すでに死んでいたら？　という考えが頭を過った。それなら身体に痕は残らない――。

外部の人間犯行説よりも実現性はかなり高い。八重子さん犯人説の信憑性が増していく。認めたくない俺、大ピンチ。

「まぁ、長女だとしても無理はあるよな。捜し物に出た母親を襲ったのなら、抵抗した痕が身体に残る。痕がないのならすでに死んでた。だとすると、汲んだ水で家の中で殺したことになるけど、誰にも見られずに車の下まで運べるかは分からないしな」

大ピンチの俺に救いの手を差し伸べてくれたのは、長女犯人説推しの裕二だった。

「そうなんだよね」

守も同意した。よし、これで満票だ。なんだなんだ？　さんざん二人で俺を八重子さん犯人説に引き込もうとしていたくせに、と憤慨していると、「計画的な殺人としては、あまりに運任せですさんなんだよね」と守が続けた。

計画的な殺人。言葉のインパクトに一瞬たじろぐ。

「それに今となっては証明のしようもないし」

また可愛らしく首を倒して守が言う。

犯罪を証明するためには証拠が必要だ。殺人の場合は殺害に使用した凶器が最も重要な証拠だろう。今回の凶器は冠水の水。捨ててしまえば完全に証拠隠滅は可能だ——。

乙女チックな仕草で吐かれた言葉の背景に気づいて背筋がぞくぞくする。

「警察が事故死って判断した以上、物証がない限りはひっくり返せねぇしな」

少し不満そうに裕二が言った。

原点回帰。そもそも警察が事故死としたのだ。それをなぜ他殺として犯人捜しをしているんだ。——って、俺か。俺が聞いた爺さんの謎の発言の真意を二人に相談したからか。なんかもう、俺の馬鹿。

「一つだけ確実なのは、車がリフトアップされてなければな、ってことだけだ」

「事故だとしても、ノーマルだったら車の下を捜そうとはしなかっただろうしね」

自己嫌悪に陥りだした俺の耳に裕二と守の会話が入ってくる。

その通りだ。駐車場にあったのが人が簡単に入れないくらい車高が低い車だったら、それこそ新小岩アンダーパスで立ち往生した鬼キャンアルファードくらい、猫ですら入るのに躊躇するほど車高が低かったら、こんなことは絶対に起こらなかった。——ま、だからと言って鬼キャン仕様の支持はしないが。所有する車を改造するもしないも、所有者の自由だ。ただ車高を低くしたいのなら、大雨の日は運転するな。間違ってもアンダーパスなどの低くて水が溜まる場所には来るなってだけだ。

「後悔してんだろうな」

ぽつりと裕二が呟いた。

車については裕二の話を聞いた限りだが、ほぼタウンユースなのに見た目重視でリフトアップをしていた。ノーマルな状態だったらと考えたら、後悔してもしきれないだろう。

孫が芙巳子さんにあげたキーホルダーだ。捜しに出なかったら、車の車高が低かったら——。

次女一家の心中は察するに余りある。

——まさか。

嫌な憶測が頭の中に広がっていく。

殺害方法は他にいくらである。でも、あえてあの方法を選んだとしたら？　車を駐車場に止めていなければと、次女一家に後悔を与えられる。それも終わりのない深い後悔をだ。

背筋がぞわりとする。そのとき、頭の中に芙巳子さんの告別式に向かう二人の老女の会話が甦った。芙巳子さんは孫から貰ったキーホルダーを捜していた。そう八重子さんから聞いたと言っていた。

――事故死でなく、すべてが作り話だとしたら？

捜していたのがキーホルダーでなくてもよかったのでは？　と言うより、甥や次女の家族に与えるダメージを考えたら、違う物にするのでは？

――あえて？

我ながらおぞましい考えに、全身の毛が逆立っていく。

――いやいや、それはない。それだけはないと思いたい。

嫌な想像を振り払って、ちらりと腕時計を見る。時刻は午後九時四十分を過ぎていた。明日は三週間に一度の日勤日。その翌日と翌々日は週休日だから、もう少し遅くまで遊んでいても大丈夫だ。けれど、なんかそんな気分ではなくなってしまった。

そろそろ帰るかと思いながら、他に何か話すことはなかったっけ？　と考えて思いだした。

「そういえば、おかしな話がもう一個あったわ」

とたんに守が表情を明るくする。裕二は俺と守の顔を交互に見て、やれやれと言いたそうに溜め息を吐いた。

8

最寄りの新板橋駅から職場までは乗換も含めてほぼ一時間。朝六時五十三分には家を出ないと遅刻する。昨日は日付の変わる前に帰宅した。雑事に時間を取られても六時間は眠れる算段だった。俺は六時間も寝ればすっきり翌日は元気いっぱいのはずだ。だが、朝の十時にしてすでに眠い。守の家でした話のせいで、色々と考え込んでしまって、なかなか寝つけなかったからだ。今日が当番日なら、午前中は訓練なので、眠いなどと言ってはいられない。だが今日は日勤日だ。席で溜まった事務仕事を処理していると、油断すれば瞼が閉じそうになる。

そもそもこの日勤日というのが俺からしたら謎というのか納得しかねる出勤だ。

消防官は地方公務員だ。だから東京都の職員に準拠して週休日数は百四日で、年間勤務時間数は二千十五時間と定められている。そして俺は、三交替制で二十四時間勤務の交替勤務、非番、週休日の三パターンが二十一日で一サイクルだ。出勤日数だけで言えば二十一日中、七日になる。

だがここで問題が浮上する。当番日の労働時間は二十四時間とされていないのだ。東京都の職員の一日の労働時間の上限は十五時間三十分と決められているからだ。ちなみに、残りの八時間三十分は「拘束される休憩時間」で無給だ。

これについては都民の皆さんにもお考えいただきたい。当番勤務の消防官は、確かに二十四時間フルに働いているわけではない。三食食事もするし、仮眠もしている。すべては健康で元気な状態を保って、火災や救急救命出場に備えるためだ。それに食事中だろうが仮眠中だろうが、指令が下れば出場する。出場時間と前後の備品の点検や手入れや事務仕事等の作業を全部合わせたら、都が定めた一日の労働時間の上限十五時間三十分を越える日もざらだ。でも残業代はつかない。なぜなら「拘束される休憩時間」は無給だからだ。

さらに、一日の労働時間が上限の十五時間三十分で換算されるから、年間の労働時間は千八百七十五時間三十分となる。東京都職員の年間勤務時間の二千十五時間には百三十九時間三十分足りない。この不足分を補うための出勤日、それが日勤日だ。とうぜん当番日以外にするしかないので、交替勤務明けの非番日にそのまま残るとか、週休日に出勤するしかない。

この際だから言わせて貰うが、消防や警察やその他一部の交替勤務の地方公務員は土曜か日曜でも当番ならば休めない。さらに、役所ともなると祭日や年末年始は休みだが、消防官は休みにはならない。実質的に交替勤務の消防官の年間労働時間は、役所勤務よりも多い。これでも東京都の職員だからという理由で一律にされるのはいかがなものかと俺は思う。

心の中でぶちぶち不満を漏らしていると、「大山、時間の余裕はあるか?」と、住田隊長に声を掛けられた。事務作業と言っても、前回の出場時の報告書の修正だけで、全然余裕はある。「はい」と答えると、本署までのお使いを頼まれた。必要書類の予備と本庁が配布したポスターを取りにいくという簡単な用事だ。

本田本署へは自転車で移動する。真冬や真夏や雨の日ならばおっくうだが、今日はよく晴れているのでさほど苦ではない。作業服姿だから、店に寄っての飲食や、どこかで昼寝するなどは出来ない。そんなことをしているのを都民の皆様に目撃されたが最後、どえらいことになる。

以前は目撃者が、電話や直接所に訪れて進言――クレーム――していた。でも今はネット社会。スマホで撮影した写真や動画をネットにアップする。さらに自宅警備員と呼ばれている皆さんが、あっという間に個人を特定する。そいつがSNS活動をしてようものなら、ネットにあげた情報のすべてを探し出して世に曝《さら》す。そうなったらもう取り返しがつかない。そんなシビアな情況下で出来ることといえば、最短距離のルートではなく、管区内を遠回りしてサイクリングを楽しむくらいだ。これなら見とがめられたとしても、巡回してますで済む。それでずっと狭い所内で机に張りつく時間が減るのなら万々歳だ。

自転車置き場は車庫にある。狭い空間に四台のママチャリがぎっしり詰められているから、出すときは要注意だ。注意しないと他の三台がドミノ状に倒れる。隣の自転車の前籠にハンドルが引っかかりでもしようものなら、もとの状態に戻すのはえらく難儀だ。一台ずつ順番に出し、空間を作るのがコツだ。

訓練する当番の第三係の邪魔をしないように気をつけながら自転車を車庫から出す。ひらりと跨がって、颯爽《さっそう》と漕ぎ出した。

本田消防本署までは自転車ならば十分と掛からない。平和橋通りを直進して、川端《かわばた》小学校前を過ぎ、しばらく行ったところで右折する。言うまでもないが、昨日、ほぼ同じルートを通った。謎の発言をした老人を追うためにに走ってだ。けっきょく空振りで老人と再会することは出来ず、くたびれ儲けに終わった。それに較べたら、今日はママチャリだから快適だ。疲れを感じることもなく、出発して七分後には本署に到着した。二階の事務室に行って書類やポスターを受け取ったあとに、事務の女子職員とちょっとおしゃべりをして、あとは帰るだけとなった。時間の余裕はまだあったし、俺としてはもう少し時間を潰したかったが、付き合ってくれるほど暇な職員はいない。しかたない、さあ帰るかとママチャリに乗って帰路につく。

ゆっくりめに漕いで、信号は次を待つなど、できる限りのんびり進んできたものの、あっという間に平和橋まで来てしまった。橋を越えたら管区内だ。当初の予定通り、巡回と称して細い路地でも回ってから帰ることにする。ペダルを漕ぎながら、どこに行こうかと考える。反対側の歩道にあるドミノピザを通り過ぎると、その先のジョリーパスタが見えてきた。そろそろ平和橋通りを外れて路地に入ろう。そう思ったところで、ジョリーパスタの前の横断歩道の信号が赤から青に変わったのを捉えた。渡った先の路地を進めばそこにあるのは敷島家だ。

気づいたらペダルを踏む足に体重を掛けていた。加速したママチャリが交差点に差し掛かるが、曲がって横断歩道を渡ることなく直進する。昨日の今日で、敷島家に行くなど、さすがにそこまで馬鹿ではない。あっという間に上品寺《じょうほんじ》の前を通り過ぎる。この先のセブンイレブンの前を左折することにする。

このあたりも折れ曲がった一方通行の道しかない住宅街で、宅配泣かせと言われている。平日の昼前というのもあるだろう、道に人気《ひとけ》はない。誰もいない細い道を独り自転車で進んでいて気づいた。この調子で漕いでいたら、あっという間に上平井消防出張所に到着してしまう。あわてて速度を落とす。

古い家が多く敷地いっぱいに建物が建っているところが多い。更地にして建て替えようとしたら、建ぺい率が変わった今なら、同じ大きさの家はまず建てられないだろう。老朽化した家を建て替えたい。でも狭くはしたくない。解決策はリフォームだ。土台と柱さえ残していれば、屋根や壁などその他すべて取り壊してもリフォームと認められるのだ。そのお役に立つのが工務店だ。

ふと、裕二の手がけた家はこの近くだったのを思い出す。

どれどれ、どんな仕上がりになったのか見物してやろうと、記憶を頼りにママチャリを進める。確か、まどか幼稚園の近くの五叉路で、白いマンションの向かい側だったはずだ。道なりに進みながら、周囲の家々に目をやっていく。進行方向の先に緑が見えた。隙間なく立ち並ぶ家の多くは庭もなく、木も植えていない。そんな中、その家だけちょっと庭があり木が植えられている。

やっぱり緑っていいもんだな、なんて思いながら、自転車でゆっくりと近づいていく。

家の前で足を着いて止まる。小さいながら手間暇かけて手入れした庭ではなかった。植木はみな、伸ばしたい放題、枝を伸ばしている。家も相当古い。だとすると家の主も高齢の可能性は高い。若い頃はマメに手入れをしていたのだろう。けれど歳を重ねてままならなくなった。あくまで俺の想像だが、当たらずとも遠からずだろう。これもまた高齢化問題の一つなのかもな、と考えてアンニュイな気持ちになる。

人様の家の前でいつまでも自転車を停めて眺めているのもなと我に返って、また漕ぎ出そうとしたとき、隣の家との境に植えられた木が揺れた。

風はない。だが木が揺れている。猫でもいるのだろうか？　と、立ち上がって覗く。一段階段を上れば二メートルに達する俺の背の高さは両親譲りだ。背が高くて得をすることはあまりない。スポーツに有利だとか、低いよりも異性からモテると言う人もいるだろうが、そんなのはせいぜい三十歳くらいまでの話だ。よっぽどのことがない限り、人生はその先の方が長い。衣服や靴の選択肢は少ないし、場所によっては頭もぶつける。何より介護が必要になってみろ。面倒を見る方は、馬鹿デカい爺なんて、たまったものではないだろう。

唯一の利点と言えば、視点が人より高いことくらいだ。立ってちょっと背伸びするだけで、かなりの広さを見渡せる。

だが親譲りの利点を活かすまでもなかった。揺れた木の陰から人が出て来たのだ。腰を屈めた低い姿勢で、玄関前に向かって進んでいく。

――なんでこんなところから人が？　しかもなぜそんな低い姿勢？

出て来た奥に目をやる。木の奥の地面に何かが落ちている。目をこらすと、何かが反射して光った。――ガラスだ。その上に目を向ける。勝手口らしきドアの上半分は磨りガラスだ。磨りガラスの一部が割れて落ちている？　だとしたら――泥棒だ。

家の正面まで辿り着いた人物が姿勢を正した。全身黒ずくめの小柄な男で、髪は白く薄い。かなり歳を食った泥棒だ。

よしよし、話を聞こうじゃないかと自転車のスタンドを立てて、そっと玄関に向かう。男は今家から出て来ましたよとばかりに堂々とした態度で敷地から道路に出てきた。ようやく男の顔が見えた。なんと、それは俺に謎の発言をして消えた喪服を着ていた爺さんだった。

俺に気づいた爺さんと目が合った。わずかに片眉を上げたが、すぐに戻った。そして穏やかな表情で会釈してくると、そのまま歩き続ける。

――おいおい、すげぇな。

普通、ヤバいバレた！　と、もっとびっくりしたり焦ったりしないか？

爺さんのあまりに堂々とした態度に驚いてしまって、そのまま見送りそうになる。慌てて「ジジイ、待てよ」と声を掛ける。

爺さんが立ち止まって振り向いた。ズボンの右ポケットが少し膨らんで下がっている。ポケットに入るサイズでそこそこ重い物となると、腕時計とかだろうか。膨らんだポケットを指して言ってやる。

「ここの住人じゃねぇな」

眉間に皺が寄った。でもわずかだ。言い逃れされないように追い打ちを掛ける。

「勝手口から出て来たところから見てる。ガラスも割れてんな」

目撃談と物証を示したのだから、さすがに焦るだろうと思いきや、爺さんの表情は変わらない。この状況で平静を装い続けられるなんて、コイツはベテランのプロフェッショナルな泥棒に違いない。――って、ベテランのプロフェッショナルな泥棒って何？　思わず自分にツッコミを入れてしまう。

泥棒は犯罪だ。見かけたからには警察に引き渡すのが市民の義務だ。なんなら電話で上平井交番の五十嵐に知らせて、あいつの手柄にしてやることも出来る。だが、警察に引き渡したらそれっきりになって、あの謎の言葉についての話は聞けなくなるのでは？　五十嵐を呼んで、その到着を待つ間に話す？　いや、爺さんの感じからすると、だんまりを決め込んで何一つ話さない可能性は高い。口を割らせるには交換条件が必要だ。今の状況で最強の切り札と言ったら、そりゃぁ、警察に突き出さないことだろう。

頭の中に、左右に揺れる天秤が浮かぶ。

右に器物損壊と窃盗、左に殺人。普通に考えたら殺人の方が重要案件だ。とはいえ、勝手口のガラスを割られて、何かを盗まれた被害者宅の前にいるだけに、さすがにすんなりとは左に傾かない。なにより今は勤務中。本署にお使いに行ったにしては、すでにけっこうな時間が経っている。いい加減、所に戻らないとマズい。

四の五の考えているだけでも時間は過ぎていく。爺さんは言い訳を考えているのか、こちらの出方を窺っているのか、口を開かずただ立っている。

そのとき、頭の中に、机に両肘を突き、両手で顔を覆った菊ちゃんの姿が甦った。

——窃盗の被害に遭った津村《つむら》さん、ゴメン！

心の中で深々と頭を下げてから、「見逃してやるから、この前、俺に言ったことを説明しろ」と言う。

さすがに驚いたようだ。爺さんが目を見開いた。視線を捉えたまま、自転車を押して爺さんに近づき、真横で一度止まる。

「所に帰るから、歩きながら喋れ」

爺さんは小さく頷いて、俺と横並びに歩き出した。

老人と自転車を押す作業服の消防士が細い道を並んでゆっくり進む。誰が見ても、親切な消防士が老人を労って案内していると思うだろう。

「もう分かっているだろうが、俺の生業《なりわい》は泥棒だ」

さらっと人に言うことじゃねぇだろうよとツッコミたくなる導入で、爺さんが話を切り出す。

「前科も片手じゃ足りない。三度目までは更生しようと思った。でも、出来ない」

「出来ないって、世間が冷たいとかか？」

刑期を終えた、イコール、罪を償ったのだから、過去のことはなしとしてフラットに扱いましょうとなるかと言えば、そうではない。世界のどこの国でも前科者には優しくないだろうが、我が日本はことさら冷たい。職に就くのも大変だろう。

「それもあるが、やめられないんだ」

——クレプトマニア。

守から聞いた言葉が頭の中に甦った。

刑法を破れば犯罪で、警察に捕まれば法の下に裁かれる。その後、社会に戻っても再犯率が高い犯罪がある。メジャーなのは違法薬物使用だ。ある芸能人が何度目かの覚醒剤使用で逮捕されたというニュースを守の邸宅で見ていたときに、「ホント、懲《こ》りねぇな」と鼻で嗤《わら》った俺に、「雄大の気持ちは分かるけど、でもね」と、哀しげな声で守が食いさがってきたことがある。

プロの犯罪者は違うけれど、何度も同じ犯罪を繰り返す人の中には、ある種の精神疾患の人も少なからずいるんだよ。性依存症や薬物依存症や窃盗症——クレプトマニアとか、そういう人は刑期を終えて反省したから、もう二度と同じ過ちは繰り返さないとは残念だけれどならない。薬物に手を出さない、盗みもしないのが普通で、手を染めてしまう人の方が少ないのだから、道を踏み外してしまう人はただ意思が弱いだけって斬り捨てたくなる気持ちは分かる。でも、そういう人たちは専門の医療機関で治療しないと、再犯の防止は難しいんだよ。

守も情報に依存している。法的にはアウトな情報だとしても得ずにはいられない。自分もある種のクレプトマニアだと自覚している。だからこそ理解して貰いたいのだと気づいた俺は、「そっか、病気か。じゃあ治療しねぇとな」と言った。それを聞いたときの守のほっとした表情は、はっきり覚えている。

「俺だって最初からこの仕事で暮らしているわけじゃない。会社勤めもしていた。でも人の物が欲しいんだ。店にある物ではなく、人の物が」

──おお、それは難儀な。

店の物を盗むのも簡単ではなかろうが、人の物となったら、さらにもう一段階難しくなるだろうに……じゃねぇよ。店の物だろうが人の物だろうが、盗みは犯罪だ。

「前科がついて、ますます真っ当な暮らしが出来なくなって、気がついたらこれで暮らすしかなくなってた」

今だって窃盗を続けてしまう理由の一つに精神疾患があるという認知度は低い。そして収監と治療はセットになっていない。爺さんの歳の頃なら、世の中にそんな発想なんてまったくなかったはずだ。その結果が泥棒人生。なかなかシビアな人生だ。──って、それはどうでもいいわ。

早く本筋に戻せと言おうとしたら、「ただ、これで暮らすのも難しくなってきた」と爺さんが続ける。

「昔は入るのは今ほど大変じゃなかった。一軒家も多かったし、鍵も甘かった」

それには消防士という職に就く俺も共感する。防犯、ことに鍵や窓に取り付けるサッシや割れにくい窓ガラス等の進歩は外からの侵入を阻み、所有者の財産を守るのに大いに貢献している。だが、いざ火事になった、中で人が倒れているとなったとき、消防も救急もまた、外部からの侵入者であるだけに、簡単に中に入ることが出来ずに苦労させられるのだ。

建物自体に電子キーのあるオートロック付きのマンションは、泥棒もしづらいだろうが、消火や救急活動も同様にやりづらい。

「地方に行けばまだそういう家も多いが、見慣れない人間は目立つし」

爺さんの声に我に返った。泥棒と消防の意外な共通点に、しみじみとしている場合ではない。

「最近では、テレビ番組のディレクターの振りをしてハンディカメラを手に地方を狙う連中も増えている」

「それって、昼飯見せてくれとか、人里離れた一軒家のヤツか？」

爺さんが前を向いたまま頷いた。

——うげ、マジか。

当番日の食事時にそうした番組を観たことが何度かある。取材先が老人の一人暮らしだと、「こんなのに出て大丈夫か？」とか、「マネして地方の家に盗みに入るヤツとかいるんじゃないか？」とか、誰かしらが雑談の話題に上げていただけに驚く。

「けれど、俺の歳じゃ無理だ」

うん。七十歳を越えたテレビディレクターとか、さすがに無理がある。

「けど、このエリアのように古い一軒家があるところは狙い目だ。それに住人の年齢が高ければ家の中に現金や貴金属がある可能性も高い」

若い世代は電子マネー化しているから現金がない。——おお、納得だ。

だとすると、若い泥棒は電子マネーの窃盗にシフトしているのかもしれない。

詐欺に限らず、犯罪の手口は時代に合わせて常に更新される。新しい犯罪を考えて実行する知恵と能力があるのなら、何かもっとましなことをすれば良いのにと願ってしまう。

「成功させるためには、家をよく見る。家族構成や生活習慣を把握する」

「下見ってやつか」

爺さんがまた頷いた。

家に侵入するためには、家人の不在の時間が一番だ。だからその家のことを調べ上げる。理にかなっている。

「番組ディレクターは無理だが、逆に年寄りだから出来ることもある。ことに年寄りの葬式が出た家は狙いやすい」

「それで喪服か」

香典泥棒は古くからある手口だ。弔問に訪れるのは遺族と旧知の仲の者とは限らない。喪服姿ならば弔問客として成立する。ことに亡くなった方が高齢であれば、同年代の弔問客を、誰も疑いはしないだろう。

俺が会った過去二回とも爺さんは喪服姿だった。葬儀や告別式の機会が多くても不思議はない年齢だしなと、俺もスルーしていた。まさか仕事の最中だったとは。

「敷島家は、ターゲットに出来るか見極めていたうちの一軒だった」

いよいよ話が本題に入った。

「けれど、婆さんと長女がずっと家に居ると分かって諦めた」

日がな一日、二人の人間が家に居るのだから、そりゃぁ諦めるしかないだろう。でも、調べたのだから敷島家について詳しいということか、と考えていると、「正しくは、母親の葬式まで保留にした、だけれどな」と言われた。

――人の死を待つって。なかなか酷いなと思ったすぐあとに、疑問が湧いた。

――だとしたら、あのとき会ったのは。

足を止める。爺さんも遅れて足を止めた。振り向いて俺を見上げてから「あんたと出くわして機を逸した」と言って、不満げに口をへの字にした。

やはりそうか。図らずも犯罪を未然に防いだ俺ってスゴい。って言うより、犯罪を阻止された不満をぶつけてくるってどうよ？　やっぱり五十嵐に突き出してやろうか？

俺を見上げる爺さんのへの字口が動いた。

「機を逸したのもあったが、正直、気がそがれた」

どういうことだろうと考えながら再び歩き始める。細い路地はそろそろ終わりに差し掛かっていた。十字路を右折したら上平井消防出張所は目と鼻の先だ。なのにまだまったく話は進んでいない。

「あんた俺に言ったよな、『何をどうしたって助けられなかったよ』って。なんでそう言った？　時間稼ぎするのなら通報する。いや、もうそこの交番に連れてって引き渡す」

「あの親子は仲が悪かった」

ようやく口を開いたと思ったらそれかよ。「それは知っている」と、吐き捨てた。敷島家の事情を俺が知っていたことには爺さんも驚いたようだ。一度大きく目を見開いたが、すぐさま目を元のように細めてから続ける。

「母親が長女に、家の内外を構わずに何かにつけて頭ごなしにダメ出ししていたことも？」

それは知らない。

「長女が不動産会社に土地家屋の査定をさせていたのは？」

それも知らない。知らないことが二つ続いて何も言い返せない。

「お盆の二日前の夕方に宅配業者がデカいスーツケースを引き取りに来たのを見た。長期で旅行に行くならいけると期待して、翌日行った。そうしたら出掛けたのは母親だけで長女は家にいた」

芙巳子さん全額負担の次女一家との海外旅行のときだろう。

「がっかりして引き上げようとしたときに、家の中から見たことのない男が出て来た。あとをつけたら近くの駐車場に入っていった。男の乗り込んだ白い軽自動車はテレビに広告も出している有名な不動産会社のものだった」

爺さんが見たのは、敷島家の来客が不動産会社の営業だったというだけだ。だったら可能性はいくらでもある。

道を右折する。歩道は左側にしかなく、しかもガードレールがついている。さすがに爺さんと自転車を押した俺が横並びで歩くわけにはいかないだろう。仕方なく、爺さんには歩道を歩かせて、俺は車道で自転車に跨がる。爺さんと速度を合わせなくてはならないから、ペダルは漕がずに、両足を地に着けて地面を蹴るようにして進む。端から見たら補助輪をとったばかりの子どもと一緒だ。自分でもどうかと思うが、他にやりようがない。ぺたぺたたちたち進みながら「家の査定とは限らねぇだろうが」と言う。

「その車が出て行った直後、もう一台別な不動産会社の営業マンが入って来た」

そんなことはいくらでもあるだろうと、言い返したかったが言わなかった。この流れだと、そいつの向かった先は予想がつく。

「そいつも敷島家に行ったんだな」

「そうだ。話し掛けて情報を引き出そうと思って、敷島家の近くでそいつが出て来るまで待った。そうしたら、そいつが去り際に玄関先で『戻り次第、すぐに査定書類をメールに添付して送ります』って言った」

——すげぇ地獄耳。

盗みに入るためにするべきことをしただけなのだろうが、もはや映画やテレビドラマに出て来る刑事の執念の張り込みと同じなんですけれど。

「母親不在のときに二社の不動産会社に家の査定をさせたとなると、これは穏やかじゃない。だからすぐにはターゲットにはならないけれど、あの家には注意を払っていた」

同居中の母娘の折り合いが悪い。母の不在時に娘が土地家屋の査定をした。それも二社だ。こうなると、母親が亡くなったら、何かあった可能性を考えたくなるのは分かる。だがあくまで憶測、いや、邪推の域だ。爺さんが俺に言ったのは「何をどうしたって助けられなかったよ」だ。俺たちが何をしようが無理だった、つまりはすでに芙巳子さんは亡くなっていたと決め打ちしたのだ。

「疑ってるのは分かった。でもあんたが俺に言ったのは――」

「見たんだよ。娘がバケツに水を汲んで家の中に運び入れているのを」

爺さんの言葉が重い塊《かたまり》になって落ちてきた。

「いつもなら、あんな天気の日は仕事にならないから外には出ない。なのに、なんでなのかあの日は出ていた。しかもなぜかあの家の近くにいた。今から思えば、虫の知らせだったのかもな」

遠い目をして言う爺さんを横目に、俺は息が出来なくなっていた。

「最初は、家の中に入った水を汲み出しているんだと思った。でも逆だった。何に使うんだろうと思った。けれど天候がどんどん悪化して、さすがに道にずっとはいられなくて帰っちまった。翌日、母親が亡くなったって知った。それも車の下で水死したって。だとしたら」

爺さんはそこで口を噤んだ。続きの想像はつく。娘が水で母親を殺したのだろう、だ。そう考えたくなるのは分かる。

「見たのは、それだけか?」

なんとか声を絞り出す。

「ああ」とだけ爺さんが返した。

「それ以外は何も見てないんだな？」

「そうだ」

八重子さんが手を下した現場を見たわけではない。芙巳子さんを運んで車の下に押しこんだところを見たわけでもない。爺さんが見たのは八重子さんが冠水した水を汲んでいた、それだけだ。ならば本当に八重子さんが芙巳子さんを手に掛けたかは分からない。

――だったら、八重子さんは何で水を汲んで家の中に持ち込んだんだ？

何かに使ったのかもしれない。たとえば風呂や洗濯とか。――ありえない。わざわざ汚い水を使うはずがない。だったら風呂場の掃除とか？　可能性としてはまったくないとは言えない、いやあのとき八重子さんは風呂に入っていた。入浴前の掃除に、わざわざ汚い水を使うとは思えない。そうなると、トイレが詰まったはどうだ？　それならいけるんじゃないか？　いやでも、わざわざ外の水を汲んで運ぶよりも、家の中で水道水を汲んだ方が手間がない。でもトイレに流すのなら節約意識でありえるかもしれない。

頭の中で冠水した水の使用法をぐるぐる考えていると、爺さんの声が降ってくる。

「見たんだよ。娘がバケツに水を汲んで家の中に運び入れているのを」

爺さんを見下ろした。ぴたりと目が合う。

「何度も何度も繰り返して、まだ浅い水を洗面器ですくってバケツに溜めていた」

得意げな目ではない。でもその目は何かを語っていた。

「でもまぁ、俺がそう思っているってだけの話だ。何しろ、もう証明は出来ない」

俺が思うに、葛飾警察署はそこそこ優秀だし誠実に仕事をしている。頭の中にスーツ姿の男が二人浮かんだ。西川刑事と吉竹刑事だ。

二人は我が上平井消防出張所にやってきて、現場した俺たち第二係の全員から丁寧に話を聞いた。俺たちだけでなく、あのときにあの場にいた近隣住民全員にも同様にしただろう。さらに敷島家に残された物証、亡くなった芙巳子さんのご遺体の解剖結果、それらすべてをくまなく捜査し検証した結果、殺人ではなく事故死と判断した。だから捜査は終了したのだし、芙巳子さんの遺体は家族の元に戻されて、荼毘に付された。

今更、爺さんの目撃談だけをもとに殺人の疑いがあると言ったところで、どうしようもない。汲んで運んだ水なんてとうぜんもうない。何より芙巳子さん自体がもう火葬済みだ。爺さんの説を立証するのに必要な証拠は何一つ残っていない。

——どうすれば真実が分かる?

その答えを知っているのは八重子さんだけだ。ならば八重子さんに聞けばいい。——って、「お母さんを殺しましたか?」と聞いたとしよう。犯人だとして、「はい、そうです」と、答えてくれるわけがない。そもそも疑っている理由は、爺さんの目撃談だけだ。実際には殺人現場も、遺体を車の下に運んでいるところも見ていない。

もう一つ、肝心なことを忘れていたのに俺は気づいた。唯一の目撃者の爺さんは泥棒だ。だからこそ、警察に名乗り出ていないのだし、今後もすることはないだろう。

——打つ手なしだ。

そもそも警察が事故死としたのだから事故死だろうがよ。警察が気づけないほど、八重子さんが特殊な訓練を積んだ殺人の達人とかなら話は別だが、昨今のテレビドラマや映画ですら、そんな無理な設定にはなかなかお目にかからない。

一つ目のT字路を通り過ぎる。次の車一台しか通れない細い左折道路を曲がってさらに右折した先が上平井消防出張所だ。

延々話して分かったことは、目撃談から爺さんがあれは殺人だったと思っているということだけだ。

——こんなことなら警察に突き出しても良かったかも。

頭の中に後悔が過る。五十嵐に手柄をたてさせてやればよかった。いや、今からでも遅くはない。話したら突き出さないとは言ったが、相手は泥棒の現行犯だ。約束を破ったところで良心はさして痛まないだろう。

ただ、このまま交番に連れていったら、五十嵐一人の手柄にはならない。ラインの着信確認のふりをしてあいつを呼び出そう。よしよし、これで一件落着だ。スマホを取り出すために作業服のズボンのポケットに手を伸ばそうとしたそのとき、爺さんが口を開いた。

「あのとき、目が合っていたら」

手が止まった。

「あの日から何度も考えている。あのとき、目が合っていたら」

目が合う、イコール、爺さんの存在に八重子さんが気づく、だ。

「――俺が何かして気づかせていたら」

絞り出すような声だった。少し前に目を合わせたときには分からなかった爺さんの目の奥の感情にようやく気づいた。後悔だ。

爺さんは八重子さんが水を汲むのを見ていた。そのときに八重子さんが見られていると気づいていたら、結果は変わっていた――芙巳子さんは今も生きていたかもしれない。そう思っているのだ。

爺さんは泥棒だ。ターゲットとして敷島家を調べ上げ、今の状態では盗みに入るのは無理だと分かってからは、香典泥棒狙いで芙巳子さんの死を待っていた。実際に、告別式の当日、実行しようとしていた。なのにその死に自分が手を貸したかもしれないと後悔している。

ツッコミどころが満載だ。だとしても、爺さんは百パーセント悪い奴ではないのだろう。爺さんが心底から悪辣な犯罪者だったら、告別式の日に敷島家の近くで出くわしたときだって、挨拶程度で終わらせて立ち去っていたはずだ。なのにそうはしなかった。

爺さんが俺に言ったのは「何をどうしたって助けられなかったよ」だけではない。その前に「あんたたちのせいじゃない」とも言った。あれは、その場に立ち会った俺に対しての気遣いだ。

ポケットに伸ばし掛けた手を自転車のハンドルに戻した。やはり約束は守らないと。あとは優秀な葛飾署の刑事に任せるとしよう。

「見逃してくれるのか？」

思わず足が止まった。立ち止まった爺さんが俺のポケットを見ている。なんだ、気づいていたのか。——そうなると、今のは気づいた上での芝居か？　いや、だったら、上手くいったのだから、わざわざ指摘はしないのでは？

果たしてどっちだと考えながら爺さんを見る。黒目がちのビー玉みたいな目で俺を見上げている。表情は穏やかだ。けれど、本心では何を考えているのかはまったく分からない。

まぁ、これくらいでないとこの歳まで泥棒稼業でやっていけないのだろうなとは思うが。

それにしても、主導権は俺にあったはずなのに、いつの間にか俺の方が爺さんの掌の上で転がされている今の状態って何？　なんか腹が立つ。

こうなると、爺さんの読みが外れたことにしたいという気持ちが湧き上がる。何かスマホを取り出す以外でポケットに手を入れようとした理由がないか考える。ポケットの中にスマホ以外にもう一つ入れていた物を思い出す。同時に閃いた。

「スマホに当たってたから大丈夫かなと思って確認しようとしただけだ」

黒い小型の箱状の物を取り出して爺さんに見せる。これが何かを説明する前に、「ＧＰＳか」と言い当てられてしまった。——うん、まぁ、犯罪者だもんな。

「けっこうデカいな」

横三十八ミリ、縦四十八ミリ、高さ十二ミリ、重さ二十五グラムはデカい部類には入らないと思う。だが取り付け型のＧＰＳにはボタン電池くらいの物もあるだけに、それに較べたら確かにデカい。──って、それも知ってるってすげえよ、爺さん。

「このサイズだと車用だな」

爺さんが首を傾げて俺を見る。

声に出しこそしないが、何に使う？　と聞いているのは分かる。

「リフォーム詐欺をしている奴らを捜している」

爺さんが目を少しだけ大きく見開いた。

「水が出たこのあたりは狙い目だ。奴らは」

「事前に下調べをしたうえで、その家に主婦、それも年寄りが一人でいる時間帯を狙ってしかけてくる」

爺さんが俺が言おうとしたことを先に言った。驚きはしない。家を見て家族構成と生活習慣を調べてターゲットになるかを見定める。リフォーム詐欺も泥棒もすることは一緒だ。ならば爺さんはリフォーム詐欺犯と出くわしているに違いない、そう俺は考えたのだ。

「捜しているのは白いバンの二人組だ。一人はランナーの振りをしてこのあたりを回っている。あんたなら見かけているだろ？」

爺さんの唇の右端が三ミリくらいくっと横に引かれた。──当たりだな。

「取り付けろって？」

さすが察しが早い。

昨日、楠目邸で俺はもう一つのおかしな話――エアコンの室外機火災出場中に見かけた謎のランナーの話をした。正確には、話し終える前に「それがリフォーム詐欺なんじゃねぇの」と、裕二に不機嫌そうに遮られた。

「水が出たあと室外機から出火した家の近くで見かけたんだろ？　だったらその周辺は同じ事が起こるかもっていうもっともらしい理由で詐欺れる。その下見に来たんじゃねぇのか？」

さすがにそれはないだろう。エアコンは電器屋で買う物だ。飛び込みのリフォーム業者から買いはしない。

「本体ごとじゃねぇよ」

ぴしゃりと裕二は言うと、一つ溜め息を吐いてから続ける。

「エアコンは室内機と室外機がセットで販売されている。でも水没して駄目になっているのは室外機だけだ。だとしたら室外機だけ換えればいい」

理論としてはそうだ。けれど室内機と室外機をバラで売っているという記憶がない。

「セット売りだろう」

「大手の家電量販店ではそうだね」

守がｉＰａｄを差し出した。通販サイトにはいくつかの業者がそれぞれ単体で販売していた。セット買いと較べたらかなり安い。

「独自のルートがあるから室内機とセットの室外機が手に入る。明日にでも出来る。作業費込みでさらに値引きする。この三つで押されたら？」

——うん。頼んでしまう人がいてもおかしくはない。

「けど、どのみち室外機はどこかで手に入れないとならないだろ？　保証書と取扱説明書がなきゃおかしいし、取り付けたら動作確認もするはずだ。写真だけ見せて実は取り付けすらしていない床下詐欺と較べたら労力のわりに儲けにならねぇのに、そんなことするか？」

裕二がまた溜め息を吐いた。今度はあからさまにわざとらしく。

「中古品や廃棄品ならただ同然だし、取り扱い説明書はメーカーのホームページにデータがある物も多い。詐欺が本職の連中なら保証書の偽造くらい楽勝だろうが。お前の言う通り労力はこっちの方が掛かる。でも床下乾燥機よりも室外機の方が単価が高い」

「高いってどれくらい？」

「物にもよるけど、一万から二万円くらいは高いみたい」

間を空けずに守が答えた。

「どっちだろうが作業するんだから顔は割れる」

詐欺だと気づいた被害者が警察に被害届を出す際、人相は必ず伝わる。だとしたら少しでも儲けは多い方がいいに決まっている。そのとき、ふーんと悩ましげな息の漏れる音が聞こえた。見ると守が首を傾げてすごい勢いでｉＰａｄの上で指を滑らせていた。

「エアコンの取り付けや取り外しの、正しいか正しくないかの見分け方ってあるのかなって思って」

そんなこと気になるかね？　とは思うが、これぞ守だ。止めどなく湧く好奇心とその答えを知るのは、守にとって呼吸に等しい。

「エアコンを取り付けるための資格、これはどうかな？」

「二種電気工事士とフロンガスの取り扱い、この二つはないと出来ない」

守が表示された文言を読み上げる前に裕二が答えた。工務店勤務だから建築に関わる電気関係の知識があるのはとうぜんのことだ。

「特徴的なのはフロンガスの方だ。エアコンは内部のフロンガスで冷媒の威力を発揮する。だから設置後はマニホールドゲージでフロンガスが漏れていないか、補充が必要か、圧力が規定値かを確認するし、取り外しのときは室外機内にフロンガスが完全に閉じ込められたか確認する。使ってなかったら確実にアウト」

「マニ――何？」

聞き慣れない名称に聞き返そうとするが、頭二文字しか覚えられない。ダジャレを言うつもりはなかったが、結果としてそうなってしまった。裕二の視線が突き刺さるのは感じているが、ここは無視して守が出すであろう補足情報を待つ。

「これだね」

差し出されたｉＰａｄを覗く。アナログとデジタルの二種類があって、デジタルは黒いプラスチックの箱状だが、アナログは二つの丸い高圧用と低圧用の圧力計の間にハンガーのフックみたいなのが付いていて、機械仕掛けのフクロウみたいに見えてちょっと可愛い。

「そういや、五〜六年前にフロンガスが二〇二〇年から使用禁止になるから、環境省がエアコン内のフロンガスをノンフロンガスに交換するよう推奨しているって詐欺が山のようにあったな」

「モントリオール議定書に基づくオゾン層破壊物質削減スケジュールが出たときだね」

目の前から下げられたiＰａｄが三秒後には戻される。画面の左端上に国民生活センターとある頁のトップには、『エアコンの「フロンガスが二〇二〇年から使用できなくなる」という勧誘にご注意‼ 「環境省の指示」「フロンガスが使用できなくなる」というのはウソです！』と書かれていた。

お上の発表記事に堂々と「ウソです！」って。それ以前に、こんな詐欺が横行していたこと自体、知らなかったんですけど。

今更ながらだが、詐欺を成功させるには常に最先端の情報、それも人がより信じるような公的な発布をネタにする必要がある。その一例がまさにこれだ。本当に、詐欺犯にはその能力を何かもっと良いことに使って、正しく儲けて貰いたい。――まぁ、楽して儲けたいから詐欺に手を染めている連中なのだろうから言うだけ無駄だが。

「お前のエリアにとうぶん居座るぞ」

裕二の声が、やくたいもない考えに浸っていた俺を現実に引き戻した。奴らが狙うのは冠水の被災地、すなわち俺の管区だ。裕二が言ったように、室外機の出火は奴らにとって良いネタになる。

「――ざっけんじゃねぇぞ」

低い声で裕二が唸る。仕事柄、服装や装備が似ているから迷惑を被っているだけに、裕二のリフォーム詐欺犯への怒りが根深いのも仕方ないよな、と同情していると、脛に痛みが走った。

「――痛っ！　おまえ、八つ当たりもいい加減にしろ」

「他人事面してんじゃねぇ。こういう連中の適当な仕事から火事になるかもしれねぇだろが」

裕二への怒りが瞬時に消え失せた。普通に通電させて使用しただけで出火する恐れは十分にありえる。――冗談じゃねぇ。

「ちょっと、待っててね」

席を立った守が部屋から出て行く。あの方向は地下室だ。すぐさま戻って来ると「これ使って」と机の上に小さな黒い箱状の物を三つ置いた。

「マグネット式で車に取り付け可能なＧＰＳ。電池容量は一万アンペアアワーだから一度取り付けたら三十日は交換なしで大丈夫」

守の地下室は俺にとってはドラえもんの四次元ポケットだ。困ったときに頼めば、必要な情報や物をすぐに出してくれる。そうなると、守がドラえもんで俺がのび太か。そりゃねぇな。俺がのび太はありえないし、ドラえもんと言うには守はあまりに優雅だ。

リフォーム詐欺犯は獲物を求めて管区内を回っている。俺だって仕事で管区内を回っている。出くわす可能性は十分にある。怪しい白いバンを見かけたらＧＰＳを取り付ければ、奴らの行動は守のもとにすべて送られる。パターンが分かれば根城も判明するに違いない。その情報を警察に流してやるもよし。いや、その前に芙巳子さんの事件に関わっていないかしっかり話を訊かなくては。だとしたら、怒りに満ちた裕二と乗り込んで、最後は警察にお任せするパターンだな。

——しかし家からほとんど出ないのに、守はなんでGPSなんて持っている？　それも三つも。

そう訝しく思いつつも、「ありがとな」と貰って帰った。


今、爺さんに見せているのはそのうちの一つだ。残りの二つは職場の個人用ロッカーの中にある。


「俺だと目立つ」

勤務中は制服姿だし、私服でも俺の図体では記憶に残りやすい。対して爺さんは目立たない。蛇の道は蛇で、奴らを見分ける眼力もあるはずだ。

「なんでこんなことを？」

「奴らの適当な仕事で火事が出たらたまったもんじゃねぇからだ」

昨日の夜にGPSを貰ったときは、リフォーム詐欺犯が芙巳子さんの死に関係があると俺は疑っていた。けれど爺さんの話を聞いて、その線は消えてしまった。残っているのはダチの裕二の怒りと、火事の原因を生む可能性有りのクズ野郎への俺の怒りの二つだけだ。

「——そうか」

それまでとは違う爺さんの感心したような表情に、嫌な予感が走る。

「消防士だから火事を防ぎたいみたいな正義の気持ちからじゃねぇぞ。熱くて危険な火事現場になんか出たくない。早く事務職に異動して定年まで楽な公務員人生を送りたい。俺が消防士になった理由はそれだけだ」

爺さんが過去最大級に目を丸くした。

やはり、人のために我が身の危険も顧みずに働く熱血消防士だ、感心したとか思ってやがったな。ざまぁみろとばかりにさらに続ける。

「その邪魔になるものは排除する、そのためだ」

決まった！　とばかりに爺さんを見下ろす。

爺さんが一度瞬きした。唇がわずかに動いた。両端がちょっとだけ上がったように見えたが、すぐさま元に戻る。唇の両端が上がるって、笑ったのか？　笑うところが何かあったか？

「あいつらは俺にも目の上の瘤《こぶ》だしな。預かろう」

そう言って、爺さんが手を差し出した。

考えが中断してしまった。――でも、ま、いっか。爺さんが了承したのだから。

けれど、「では、よろしく」とGPSをただ渡すわけにはいかない。スマホを取り出して、まずは爺さんの顔写真を断りを入れずに撮る。それも連写で何枚もだ。これで何かあったら警察に持ち込むぞという脅しの材料、――じゃなかった、消防士の仕事のお手伝いをして貰うためのお約束に必要なものができた。

今回ばかりは、さすがの爺さんも不意打ちを食らって顔を顰める。

「じゃぁ、連絡先を交換しようか。スマホ持ってんなら出せ」

爺さんが取り出したのは二つ折りのガラケーだった。爺さんの番号を聞いて、すぐさま掛けて着信を確認する。

「取り付けたら連絡する」

受け取ったGPSを上着のポケットに入れた爺さんは、そう言い残すと来た道を戻っていった。

俺も目と鼻の先の上平井消防出張所に戻るべく、自転車のペダルに体重をかけた。

9

二日間の週休日明けの当番日。英気を養ったので職場に向かう足取りは軽く、やる気満々という消防官もいるかもしれないが、俺は違う。これから二十四時間勤務かと思うと足取りなんてひたすら重い。時刻は八時九分。職場の上平井消防出張所まで二百メートルを切っているから、八時半の大交替までは十分余裕だ。

近づいていくうちに、車庫の前に四本の太い筋があるのに気づく。タイヤの跡だ。今日は晴天。昨日も雨は降っていない。ならば路上に濡れたタイヤの跡が出来る理由は一つ。火災出場があったのだ。二台の消防車のタイヤが濡れるほど放水をしたのなら、かなりの火災だったに違いない。

――第一係の皆さん、お疲れ様でした。そう労りつつも、今日は火災が起こりませんように、と祈る。

車庫に入ると空気が湿った独特の匂いがした。消防車の車体はすでに乾いていた。ならば壁に掛けられた防火衣が濡れているということだ。防火衣まで濡れたのなら、かなりの規模だったはずだ。出勤前にニュースを見る習慣が俺にはない。スマホで検索しようかとも思ったが、数分後に出場した本人達から話を聞かされるのだから止めておく。

車庫を突っ切って裏庭にある個人用のロッカーに向かう。異動前の飯倉消防出張所は首都高速の都心環状線の高架下というとんでもない場所にあった。でもロッカーは建物内にあり、つまり屋根があった。今の職場は二階建ての建物で、前の職場と較べればかなり広い。異動が決まったときは、環境が改善されることに喜んだものだ。だがいざ着任して仰天した。ロッカーが裏庭、すなわち外にあるのだ。グレーの事務用ロッカーは建物の裏の外壁にぴたりと寄せて並べられている。屋根はある。ただし、木の骨組みに波状のプラスチック製の板を載せたお手製感満載のたよりないものだ。しかも庇《ひさし》の長さが足りず、ロッカー前の通路は傘を差せるほど広くないので雨の日にまったく濡れずに辿り着くことは出来ない。いやもう、そんな職場ってどうよ？

自分のロッカーに着いて執務服に着替える。誰が既に出勤しているかは一目瞭然だ。ロッカー内に通勤に履いてきた靴を入れると臭いが籠もるので、皆、ロッカーとプラスチックの波板屋根の隙間に靴を置いているからだ。まぁ、見るまでもなく、俺が最後なのは分かっていた。俺より年下で後輩の五代や中井はもちろんのこと、第二係の俺以外の皆さんは、第一隊の遠藤隊長の薫陶により、やる気に満ちあふれている。なので出勤も大交替ギリギリではなく、余裕の十分前行動を実践している。定時に間に合えばそれでいいだろうよ派の俺からすると、見上げるばかりだ。

執務服に着替えてから外付けの階段を上って事務室に向かう。遅刻してませんよ、ちゃんと来ていますよアピールで室内の第一係、第二係の同僚達に挨拶をしてから、その足でまた車庫へと下りる。

室内の席は第一係が占めている。そうなると第二係は食堂に行くしかない。八時半から二十四時間第二係の隊員達とは一緒に過ごさざるを得ないだけに、勤務開始直前とはいえ全員揃って食堂にすし詰め状態で過ごすのは避けたいからだ。

五代と中井の第二係の最年少コンビが赤い三角コーンを消防車の前の路上にちょうど並べ終えた。もう少し早かったら手伝わないといけなかっただけに、我ながらナイスタイミング。

二つの係が並んで大交替をする広さがないから路上を活用せざるを得ない。前の飯倉消防出張所の前は広めの歩道だった。けれど上平井消防出張所の前は白いラインがあるだけですぐに車道だ。しかもけっこう交通量は多い。故に大交替の際には歩行者や車への注意喚起のために赤い三角コーンを置かなくてはならない。所の前を使う度に、三角コーンの出し入れをする。無駄な労力としか俺には思えない。自分の防火靴、防火衣、ヘルメットを揃えて水槽付ポンプ車の横に置く。

そうこうしているうちに階段を下りてくる複数の足音が聞こえてきた。大交替の開始、イコール、二十四時間と十分の当番日の始まりだ。

二つの係が平行に並び、各小隊全員、一人ずつ点呼する。消防車二台、各五名ずつなのであっという間に終わる。つづけて申し送りだ。

「午後九時十六分、西新小岩五丁目×の○、住宅火災一件！　午後四時三十二分、東新小岩七丁目◇の○、救助一件！　その他異状なし！」

火災に救助が一件ずつ、つまり一日の勤務で出場は二件。だったら大して働いていないと思われる都民の皆さんが残念ながらいらっしゃる。けれど考えてみて欲しい。その火災の一件が自分の家だったら絶対に嫌だろう？　救急出場もまたしかりだ。家族や友人や知人が救急車で病院に担ぎ込まれるようなことはないにこしたことはない。つまり火災、救助のどれもゼロが都民と消防隊員の幸せ。目指せゼロ。みんなで幸せになろう。

そんなことより、住宅火災で防火衣まで濡れるほどの放水ならば、ボヤ程度の規模ではなかったはずだ。ならばその家に今迄どおりに暮らすのは難しい状態だろう。年末に向けて住まいを失うような被害に遭われた家族がいると思うとなんともお気の毒だ。

これにて全体の申し送りは終了。ここから各隊ごとの申し送りとなる。車輛本体のブレーキやハンドル、エンジンの状態に続いて搭載されている装備一式について出場での損傷やその他、特記事項をすべて伝達される。これが終われば大交替は終了となり、第一係は解散となる。

ここからが俺たち第二係の当番日の開始だ。まずは各自、防火衣を着用する。防火靴、防火衣はもとより、面体やヘルメット、さらには空気ボンベや救助用のロープなどフル装備にして不備がないか細かくチェックする。活動への不具合以前に自分の命に関わることだから、ここはしっかりやる。自分の装備の点検が終わったら、防火衣と防火靴以外の装備を外して隊ごとに車輛の通称一次点検を行う。申し送りで伝えられた箇所を中心に、実際に消防車や資機材を動かして確認する。車輛のライトがつくか、備品庫のドアがスムーズに開くかどうか、すべて実際に行って確認する。ちなみに水槽付ポンプ車のドアは右側だけで乗車用が二つ、物入れ七つ、給水管置き場のある左側には乗車用が二つ、物入れ六つ、後部にはホースカー等を収納しているシャッター一つで、総数十八ある。そのすべてを一つ一つ開け閉めして「ドア良し！」と声に出して確認するから、けっこうな手間も時間も掛かる。さらに搭載品で足りない物がないか確認して、ない場合は補充する。すべてにおいて異状なしとなったら、出場演習に入る。

出場演習は実際の出場を想定して防火衣、防火靴、面体、空気ボンベのフル装備で行う。なので面体や空気ボンベを再度装着し直さなければならない。フル装備の隊員全員で消防車に乗り込み、サイレンを鳴らし、車輌をちょっとだけ前進させるところまでやって、ようやく一次点検は終了となる。

一次があるということはもちろん二次がある。ここからは二次点検に入る。空気ボンベと面体を外して、各隊ごとの二番員と三番員、俺の隊なら俺と五代が車体に搭載されたすべての資機材を一度車体から下ろして問題がないかを確認する。ハシゴにいたっては、地面に置いて緩みやきしみがないかを確認したのちに、伸ばして建物に立てかけて動作確認するし、発動電源機やホースカッターや移動式ライトは電源を入れて異状なく稼働するかを確かめる。その際には、資機材の部位の名称を一つずつ声に出して言う。その数ざっと四十。よくぞ覚えた俺と自分を誉めたい。

各隊がそれぞれのポンプ車の点検を終えたら、残る資機材の申し送りや点検をする。終わったらいったん防火衣を脱いで全員でのストレッチだ。当番が前に出て、その号令に従って全員で行う。終わったら、再び全員フル装備になり、各隊の隊長から装備チェックを受ける。ここでの最重要ポイントは携帯警報器の動作確認だ。

警報器のクリアカバー部分は顔写真入りの隊員カードになっていて、現場に突入する際に取り外すことで起動する。不測の事態で隊員が行動できなくなった場合、二十秒の静止状態を感知してアラームを鳴動させる。要は隊員の命綱の一つなだけに、実際に各人がアラームを鳴らして確認する。つまりカードを外して二十秒間静止しないとアラームは鳴らない。たかだか二十秒だけれど、動いてはいけないとなるとけっこう長い。さらに隊長が機関員の運転免許証携帯を確認し終えて、ようやく点検のすべてが終わる。前日に火災出場があったものの、ポンプ車には異状はなかった。それでも時刻は九時を過ぎている。点検に要した時間は三十分強。都民と自分の命のための手間と時間だと思えば苦でもないし長くはないと思うべきなのだろうが、やはり毎回だとダルい。

これにて点検は終了、では事務室で一息吐きましょう、とはならない。すぐさま訓練に向けての準備を行うからだ。中でも面倒臭いのはホースを使った訓練だ。頼むから他の訓練であれ！と願う。だがその願いは住田隊長の「二階の火災からの救助訓練」の声に、空《むな》しく消えた。心の中で大きな溜め息を吐いて、ホースに手を伸ばした。

ホースにはそれぞれ漢字と番号が書かれている。火災出場時には十台以上の消防車が出場することも珍しくない。鎮火後の帰所時にはポンプ車から外したホースが大量にある状態になる。全部が東京消防庁のもので性能も同じだし、確実に必要な本数をそれぞれが持ち帰ればよいのだから、どのホースでもよいだろうとはならない。ホースにも新しい古いはある。間違って自分の所の新しいホースを他の隊に持っていかれたりしたら、何かしらの遺恨が残る。なのでしっかりとどの隊のホースか記名している。

五代と二人で訓練の準備に勤しんでいると、原島所長の声が聞こえる。

「昨日の火災だが、出火原因は床下換気扇だった」

その瞬間、手が止まったが、すぐさま作業に戻る。頭を使わなくても出来る単純作業でよかった。もちろん最大限に聞き耳を立てながらだ。

「拡散型だったから、部屋の中央から火が上がって」

床下換気扇は排気型と拡散型の二種類ある。排気型は家の土台のコンクリート部分にある排気口に直接埋め込む形で取りつける物で、拡散型は床下の各部屋の中心部に設置する物だ。

建築基準法では建物に防火性能を求める決まりがある。建物のタイプによって細かく違うが、おおざっぱにまとめると、近隣への延焼を防ぐために屋根と外壁と床は不燃材料や防火構造にしなければならない。では外壁と床の防火構造が同じかというと、実は違う。延焼を防ぐには自分の所からの出火を延焼させないというのと、他からの延焼を防ぐというのの二重の意味がある。だから外壁は防火剤との二重構造になっている。対して床は安普請だと不燃材の床板にならしモルタルを塗って、その上に直貼りフロアで終わりだ。今でこそ、制震パッドや高比重遮音マットや緩衝材のパーティクルボードを重ねて最終的にフローリングなどの床板で仕上げる所も多いが、とはいえ外壁のように防火剤は入っていない。

排気型ならば設置場所は排気口――建物の外周で外壁の真下になる。火が出た場合、火は建物の外側に下から上に向けて延びる。よっぽど古いか、あるいは違法建築でもない限り、外壁自体は燃えづらい。大きな火災になるとしたら室内へ延焼しているはずだが、それには若干の時間を要する。では拡散型はと言うと、真上の床には防火剤はない。だから火の回りは早い。

火が出るというと、多くの人は炎の色を目にした状態を思っているだろう。だが木造住宅火災の場合は違う。家の構造を担う木材がじっくりと加熱されることで水分が蒸発して乾燥状態になり、百八十℃を超えると木材の熱分解が始まり、可燃性のガスを放出し始める。さらに温度が二百五十℃程度に達した状態ならば火源を近づけると引火する。火源がなくても四百五十℃に達すると発火する。

床下の換気扇から出た炎がじわじわと柱や板に広がったところで、すぐさま気づくことは出来ない。あれ？　なんか足下が暖かいなと気づく頃には火が出てから五分以上は経っている。熱に気づいてからの温度の上昇はそれまでよりも右肩上がりに早い。あっという間に炎となって、床の上に置かれた絨毯《じゅうたん》や家具などを助燃剤にしてさらなる力を得て、家を焼き尽くす。そんな現場の消火戦術は、とにかく建物の床全体に放水するしかない。完全鎮火させる頃には、床全体びしょびしょだろう。

なるほど、だから防火衣が濡れていたのかと納得する。と同時に、出火原因が床下換気扇なのがやはり引っかかる。

「老朽化とか、この前の台風の浸水でショートしたとかですか？」

住田隊長の問いに、原島所長が「いや、それが取りつけたのは一昨日だそうだ」と、即答した。

また手が止まった。一昨日取りつけて火事になる？　それって――。

「リコール対象品ではないし、そうなると取りつけ自体に問題があったか、あるいは不良品をつかまされたか、どっちにしてもリフォーム詐欺っぽいな」

住田隊長が出した予想は、俺の推測と同じだった。

ありがたいことに午前中に出場指令は掛からなかった。決して楽ではない二階建て住宅火災・要救助者一名の想定訓練を終えたあとは、訓練で使用して減った分の空気ボンベの補充をし、再度装備のチェックを終えたら、アンダーシャツとその下の肌着を着替える。訓練でかいた汗をそのままにすると、そこから冷えて風邪を引く可能性と、所を訪れる来訪者や丸一日狭い空間で共に過ごす同僚に向けてのエチケットから、当番日の消防官は出場がない日でも一日の間に三〜四回は着替えている。

ようやく事務室に戻った。これで少しは席でのんびり一息——とはならない。交替勤務の消防官の仕事は、消火や救助活動以外も申請や防火予防関連の受付などもしている。俺は予防担当なので、防火管理者講習を受ける都民が来訪したら対応しなければならない。

申請書を受け取るだけだから、大した手間ではないだろうって？　誰でも一度くらいは役所に様々な届け出をしたことがあると思う。そのときに誰にも尋ねることなく必要書類を手に入れて、すべて間違わずに記入して、一発で受理して貰えた人がいたら挙手して欲しい。もちろんそういう優秀な方もいらっしゃるだろうが、そうじゃない人もたくさんいるはずだ。そして俺もその一人だ。

申請書は東京消防庁のホームページからダウンロードして印刷すれば自宅で手に入るが、提出は都内の各消防署・分所・出張所に持参しないとならない。まず、誰しもがプリンターを持ってはいない。それに、どうせ持って行くのなら提出先に設置されている申請書にその場で記入する方が手間が省けると考える人が多いのはとうぜんだと思う。結果、所に来て申請書に記入して提出する人は多い。

そして防火管理者講習はたまに再講習者もいるが、圧倒的に初めて受ける人が多い。だから記入方法が分からない方も多い。なので対面して記入し終えるまでじっくりとサポートをしなくてはならない。

地球の環境を考えてペーパーレスが、加えて働き方改革から脱ハンコも注目されているが、申請書は未だに紙で、受付用のハンコも押す。消防関係の申請書は多岐に亘る。そのためハンコも用途に応じて各種あって、その数は机の引き出し一つ分にもなる。中には丸に囲まれた秘、マル秘なんてものもある。残念ながら、まだ俺は使ったことがない。それでも所員全員が使うハンコ箱の中にこうしてあるのだから、いずれは押す日が来るのかも知れない。タイムマシーンがあるのなら、高校時代の自分に「公文書にマル秘のハンコを押す可能性のある人生になるぞ」と、教えてやりたい。——絶対に信じないとは思うが。

二十八歳、四十二歳、三十六歳と立て続けに三人の男性の申請書を無事に受理し終えてようやく昼食となった。持参した冷凍炒飯とセブンイレブンの揚げ物というここ最近の俺のお気にいりランチを食べ終える。

午後は、一時十五分からのミーティングで始まり、二時になったら水利調査だ。水利調査とは、消火活動の要となる水を供給する消火栓や消火水槽がきちんと稼働できるかを確かめに行くことを指す。火災出場して消火栓に給水管を繋いだものの、水が出ませんでは話にならないから、月に二〜三度は調査する。ただし隊全員ではしない。機関員と下っ端——五代と俺のどちらかで行う。今日は五代が食事当番だから必然的に俺だ。そしてこの水利調査が正直かなり面倒臭い。

消火栓というと、地上の赤か白地に赤文字で消火栓と記載されたボックス型や、昔懐かしいムーミンのニョロニョロみたいな赤い柱状のものをイメージされる方も多いだろうが、実際は地下の水道管や貯水槽に直結しているマンホール状の地下式の方が多い。だから常に車や人に踏みつけられているため、マンホールの蓋が開かなくなることもあるのだ。

調査の方法は、重い金属製のマンホールの蓋を専用工具——フックの付いている金属製の棒を使って外し、地下にある放水口をこれまた専用工具——消火栓を開ける金具が先に付いているやはり金属製の棒を使って水を実際に出してみる。きちんと水が出れば、その消火栓は大丈夫だとなる。それをひたすら繰り返す。

ところで皆さんは自分の住まいの周辺に消火栓がどれくらいあるかご存じだろうか？　集合住宅在住の方は、フロアごとや建物の外にも見かけているとは思う。では町中には？

消火栓や消火水槽——消防水利施設の配置にはちゃんと決まりがある。市街地や準市街地、商業地域、工業地域、工業専用地域と地域ごとに差はあるが、防火対象を中心に下は半径百メートルから上は百二十メートルまでの広さに一つ設置されている。

半径百メートルの円と言うとけっこうな広さだと思う。ただ、葛飾区の総面積は三十四・八キロ平方メートル。それを百メートルの円の面積の〇・〇三一四キロ平方メートルで割ると約一一〇八。ただし荒川沿い等、住宅やその他建物のない場所もあるけれど、その分、集合住宅は各階にあるので、それらを合わせるとだいたい千五百箇所になる。我が上平井消防出張所の管区内にはそのうちの二百箇所があり、その七割の百四十箇所が地下式——マンホール式なのだ。もちろん、一度で百四十箇所のすべての調査はしない。一回ごとにエリアを決めて、三度に分けて行っているのだが、それでも四十六とか四十七箇所、重いマンホールの蓋を開け、水が出るか確認したらまた閉じるという作業を、専用工具を使いこそするが完全に人力で行う労力を想像していただきたい。——いや、マジでハンパなく疲れるから。

それにしてもだ。化学工場の火災などの消火に水を使えない特殊例を除けば、水は消火活動の要だ。だからこうして水利調査を行い、いざというときに確実に水が使えるための確認作業は怠らない。けれど水害時は——。消火活動では喉から手が出るくらい欲しい水が周囲に溢れかえっているのに、そのときばかりは引くのをひたすら願って待つしかない。なんとも皮肉なものだ。

昼食を終えて喫煙所に向かう。時刻は十二時四十七分。仕事の開始までの貴重な時間、めいっぱい肺に煙を吸い込もうと、ショートホープを取り出した。一服しながらスマホを出す。爺さんからの連絡は入っていない。爺さんと別れてからあと少しで丸三日が経つ。リフォーム詐欺犯人の活動の場は被災地周辺が激アツのはずだ。なのに何を手間取っているのだろう。とは言え、詐欺犯だって被災地周辺のみでしか仕事をしていないとは限らない。被災とは関係ないエアコンの室外機詐欺や、水回りの詐欺等、手広く犯行を重ねているかもしれない。だとすると都内全域、なんなら近隣の県でも活動している可能性がある。そうなると奴らの居場所を突き止めるのに三日間では難しいのかもしれない。

だとしても、そろそろこちらから「どうなっている？（何もしないのなら、警察に話すぞ）」と、連絡を入れても良い頃だ。

半分くらい灰にするほど一気に吸い込み、「あ〜っ！」と満足の声を上げると、「雄大さん」と、壁越しに五十嵐の声が聞こえた。

「昨日の火事なんですけど」

昨日の火災現場は西新小岩五丁目×の〇、五十嵐の所属する葛飾警察署の管区内だから、今朝の申し送りで話題に出ても不思議ではない。ちゃんと話を聞いていると伝えるために「あー」とだけ返す。

「警察案件で調べてくれって、消防から本署に連絡が入ったそうです」

続いた五十嵐の言葉に俺は盛大にむせた。

「大丈夫ですか？」

壁の向こうから五十嵐の案じる声が聞こえる。

——なんか、既視感ハンパねぇんですけど。

しばらくげほげほと苦しみながら考える。昨日の火災の床下換気扇が火点だった。ただし経年劣化や被災による事故的な出火ではない。理由は取りつけられたのが一昨日だからだ。そして製品リコール対象品ではないとも言っていた。これらすべてを加味した結果、出火原因はリフォーム詐欺だと原島所長と住田隊長は思っている。俺も同意見だ。

消防官は起こってしまった火災を消火するのはもちろんだが、火災が起こらないように予防するのも重要な仕事だ。今回の場合だと、火災を起こさないためにリフォーム詐欺に引っかからないで下さいとなるが、これは詐欺罪だから警察案件でもある。だから警察に動いてくれと意見を述べるのは正しい。けれど、都民の皆さんはご存じないだろうが、警察と消防はそういう犯人逮捕に向けて実はほとんど連携を取っていない。

例えば連続不審火があったとして、消防は火事を起こさないことが主軸で活動するので、放火されそうな場所に、「怪しい人に注意」のポスターをがんがん貼る。ポスターには注意喚起の文字だけでなく、現場で得た証言から似顔絵も載せたり、以前には周辺住民が取った写真まで載せたこともある。消防にとって優先順位は火事を起こさないことがトップだからだ。

では警察が同じかというとちょっと違う。火事——警察の場合は事件は起こらないに越したことはないが、犯人逮捕の方が実は順位が上だ。

まぁ確かに犯人が逮捕されたら、そのあと事件は起こらない。だから犯人逮捕を優先するべきだという考え方も一理ある。けれど逮捕を優先するために、囮《おとり》？　泳がせ？　つまりは犯人に油断させるためにわざと注意喚起をしないようにしたりもする。ちなみにすぐに逮捕できずに火災になった場合、警察は火を消してはくれないし、被害が出ても何の責任も負ってはくれない。

ここで都民の皆さんにお伺いしたい。この件に関して消防と警察のどちらが正しいと思われるだろうか？　俺なら消防の一択だ。

今回の火災を警察に調べてくれと頼んだのが火災の被害者ならば話は分かる。だが五十嵐は頼んだのは消防だと言った。消防官なら警察と消防の考え方の違いを知っているはずだ。なのになぜそんなご注進を？　一体全体、どこのどいつだ？　上平井の第一係とは思えない。そうなると本田本署の誰かか？

むせながら、頭の中で考えていると、五十嵐が「雄大さん、大丈夫ですか？」と、再度案じてきた。どうにか落ち着いて「大丈夫だ」と答えて、続けて「本田本署が？」と訊ねる。

「いえ、本庁からだそうです」

本庁と言ったら東京消防庁、大本営だ。

「本庁？」

「予防部のなんとか係長から電話があったそうで」

本庁の予防部は火災予防を担当する部で、予防・危険物・査察・調査・防火管理の五つの課があり、各課にはさらに細かく係がある。今回のケース――放火の担当となると防火管理課の防火管理係だろう。

「午後一番に葛飾署に来るとか」

――うっわ、なんだその無駄にやる気がある奴。

本庁勤務は方面本部の現場職と違って現場の実務はなく、それこそ入庁以来、俺の願ってやまない事務職だ。二十四時間勤務ではない通常勤務を粛々と満喫すればよかろうものを。なんて思うのは俺も含めた少数派だ。十四倍の倍率をくぐり抜けて入庁した消防官の多くは現場に立ちたい。だから本庁への異動が決まるとがっかりする。――いや、いつでも替わるから！

「出火原因が床下換気扇で、取りつけたのがリフォーム詐欺だろうからってことだそうです」

――うん、まぁ、そうだろう。

「でもなんか」

五十嵐が口ごもって語尾を濁した。

「何？」

「いや、なんかすごく早いなって思って。いえ、あの、決して消防が仕事が遅いってことじゃないんです。警察だと、例えば僕がひったくりを捕まえたとすると、犯人を本署の留置場に送って、交番に戻ってから書類のたたき台を作成して上司の許可を貰ってから入力することになるから、けっこう時間が掛かっちゃうはずなんです」

「例えば」「はずなんです」。つまり、まだ逮捕したことはない。――頑張れ、五十嵐。

でもまぁ、言いたいことは分かる。実際、なんでそんなに早い？　とは俺も思った。

火事は昨晩の夜九時。火災原因究明のための現場検証は本田消防署の火災調査班が今日の午前中に行ったはずだ。火災調査はけっこう時間が掛かる。現場検証から調書完成まで三時間くらいでは終わらない。調書が完成したのちにようやくコンピューターに入力される帳票となって本庁に届くのだから、おそらく今の時点ではまだ本庁には届いていないはずだ。

そこで間違いに気づいた。速報だ。災害救急情報センターが受けた出場指令と上平井消防出張所第一係の帰所通信だけで、都内二十三区のどこでどれくらいの規模の火災が起こったのか、それをどう鎮火したのかは分かる。けれど、なんか納得がいかない。そのなんかが分からなくてももやもやする。

「そのデータが本庁に今朝までに届いていたとして、本庁で新しいデータが更新されるたびに内容をチェックし、いちいちデータを見ている人がいるんですかね？」

——それだ。

五十嵐がもやもやの正体を言ってくれた。

昨日中に速報は入っていただろうが、本庁勤務の係長なら出勤は今朝の八時半。それで午前中に葛飾署に電話を入れて来訪する約束を取りつけたというのが謎だ。

「——あっ、そうか。同じような火事に注目していたのなら、データが更新されたところで気づくか。うっわ、その係長すごいな。刑事みたいだ」

すごいことに気づいちゃったみたいに感心した五十嵐の声が半オクターブ上がった。

警察官のお前が「刑事みたいだ」ってはしゃぐのってどうよ？　とは思ったが、これまた言う通りだ。その係長は都内で似たような火事があるのに気づいていて、火災の速報が入るごとに原因に留意していたのだろう。

「なんか、消防っていいですね」

溜め息混じりに五十嵐が言った。

生命の危険度や、日々の運動量で全職員の平均値を出したら、絶対に警察よりも消防の方がハードだ。苛立ちから「あ?」と一音だけで訊ねる。

「すみません、日々の仕事は消防の方が大変なのは分かっています」

すぐさま謝罪した。よしよし、よく分かっているじゃないか。こういうところが五十嵐は可愛い。

「リフォーム詐欺グループは都内全域で犯行を重ねている。でも、それに気づいたのは消防で、警察じゃなかった。警視庁にも都内全部の犯罪のデータは届いているのに」

確かに。そう考えると、その係長はなかなか大した奴だと思う。でもやはり警察に連絡を入れたことはいかがなものだろうか? 警察が逮捕に向けて動き出したら、消防の防災注意の妨げになる可能性はある。

ただ消防官の仕事は火災や災害現場に出場して火を消し人命救助をしたり、防火防災の指導をすることであり、たとえその火の原因が放火、つまり犯人がいたとしても、その逮捕は仕事ではない。そもそも現行犯でない限り、消防には捜査権も逮捕権もない。

今回の出火原因はリフォーム詐欺犯が取りつけた床下換気扇だ。でも取りつけたときには出火していないのだから、消防の管轄ではない。詐欺犯の捜査や逮捕は警察の仕事だ。

そうなるとその係長の警察への提言は順当だろう。より早い犯人の逮捕は火災防止に繋がるのだから。

──そっか、無駄にやる気があるとか思って悪かった。

なんて考えているうちに、違う考えが頭に浮かんだ。その係長が火災速報が入るたびにリフォーム詐欺による火災でないかと注意していたというのなら、同じ原因の火災は都内全域で何件も起きているということだ。そして詐欺犯はまだ捕まっていない。一つ詐欺が成功するごとに火事が起こる——。

ぞわっと全身の毛が逆立った。

——冗談じゃねぇ。

リフォーム詐欺犯の連中をのさばらせていたら火事が起こる。

火災や災害から人の命を救いたい、街を守りたい。俺はそんな熱い気持ちで消防官になったのではない。その手の消防魂の塊みたいな俺の父親は、消防馬鹿が高じて殉職したのだ。消防官はあくまで職業だ。それ以上でも以下でもない。

そんな俺が消防官になって今に至っている理由は、かつては大好きな年上の幼なじみだったが、のちに大嫌いになった消防官、それもごりごりのオレンジ——特別救助隊員の仁藤からの「だったら、なってみろ」の売り言葉を買っただけだ。

難関を突破してめでたく合格したから完全勝利、これにてお終いと思いきや、またもや仁藤から「試験に合格しただけでは消防士になったとは言えない。現場で役に立ってこそ、初めて消防士になったと言えるんだ。ここで辞めるのなら、お前にはやっぱり無理だったというだけだ」と喧嘩を売られた。で、また買った。当初は、現場に出るまではやる。そして一年くらいやって、十分評価される結果を出したところで辞めようと思っていた。

だが気が変わった。消防官は地方公務員だ。安定した給与に社会的な信頼も厚い優良職種だ。

せっかくなったのに辞めてどうする。ならば、事務だけの日勤になってクビにならない程度に手を抜くだけ抜いて、定年まで給料を貰って、地方公務員の恩恵をすべて得てやると決めたのだ。

そしてかれこれ八年。現場で役に立つという結果はもう十分出したと思う。最初の異動希望からずっと事務職と書いて提出しているのに、未だ異動の兆しはない。どころか一つ前の勤務先の飯倉消防出張所から、よりにもよって火災に特化した特別消火中隊に配属となった。火災時に一般の消防隊よりも先に出場指令が掛かる。つまりは火災現場に飛び込む危険度マシマシの仕事をしている。なんでこうなる？　いやもう、ホントに神様、俺何かしましたか？

なんて嘆いている場合ではない。リフォーム詐欺犯が捕まらない、イコール、火災が起こる、イコール、俺に大ピンチ到来。

ぐずぐずしてはいられない。爺さんに電話を入れて、発破を掛けなくては。スマホのロックを解除しようとしたそのとき、スマホが音を立てて揺れ始めた。電話だ。ディスプレイを見て相手を確認する必要はない。電話相手は裕二と守と母親くらいで、この三人ならばよっぽどの緊急事態でもない限り、俺の勤務時間内に電話は掛けてこない。今、電話を掛けてくる相手は爺さんだけだ。取り出してすぐさま耳に当てる。

「取りつけた」

やはり爺さんだった。詐欺犯の車を見つけてGPSを取りつける。それが約束だ。破ったら爺さんの顔写真込みの情報を警察に通報することになっている。

とはいえ、詐欺犯を捜すのは簡単ではない。面倒臭くなって、適当な車に取りつけて、やりましたと言う可能性だってある。爺さんの罪状は住居侵入と器物破損と窃盗くらい……か？　ならば警視庁に情報が流されたところで全国指名手配まではならないだろう。つまり他府県に移動すれば逃げおおせられる。

「適当につけたんじゃねぇだろうな。そうなら」

壁の向こうに五十嵐がいるのを思い出して、壁から数歩遠ざかる。

「警察に話すぞ」

「白いバンの三十代の男二人組。さっき仕掛けを失敗させたから確実だ」

「は？」

思わず疑問の声が出る。

──仕掛けを失敗させたって、爺さんが詐欺の現場にいて未然に防いだってことか？

「それって」と訊こうとしたところで「お先に失礼します」と五十嵐の声が聞こえる。通話が長引きそうだと察してのことだろう。「おう」とだけ相づちを返して、すぐさま爺さんに「どういうことだ？」と訊ねた。

「奴らは日中に女一人でいる家を狙う。でも防犯意識が高まってインターフォン越しの対応が増えた。それだとインターフォンを切られたら終わりだ。だから庭先に人が出ている時を狙う。冠水被害が出たエリアとその周辺の庭木がある家を見回っていたら、出くわした」

──うっわ、すごいや。刑事みたいだ！　って、俺は五十嵐か。

「八十五歳の婆さんが庭先で男二人相手に困った顔をしていたから、知り合いを装って話し掛けた」

なんで婆さんの歳を知っている？　と、訊きはしない。その家は爺さんにとってもターゲットだからだ。

「床下換気扇をつけるにしても、一人では決められないと困っている婆さんを二人がかりでその場で決めろと迫っていたんだ。だから、『勝手に決めたら息子に怒られちゃうもんな、決めたら連絡するから名刺くれよ』って言って帰らせた」

途中の台詞だけ、お節介好きな気の良い爺さん風だった。でも前後はまったく違う。まったく大した役者だ。

「名刺には、ライトサービスという社名と主任・輪島弘幸《わじまひろゆき》という名前、あとは携帯電話番号だけだ。あとでショートメールで送る」

もはやあったことすら忘れかけていた機能がここで役立つとは。

「約束はここまでだ」

その通りだ。今聞いたことを信じるのなら、爺さんは約束を果たした。ならば俺も約束を守らなくてはならない。すなわち、警察には届けない。だけでなく爺さんの顔写真も携帯電話番号も削除する。ただ問題は、はたして今聞いたことが本当かどうかだ。本当だとしても、俺が奴らを捕まえて詐欺犯だと特定しない限りは解決しない。さて、どうしたものかと思案していると、爺さんの声が聞こえてきた。

「でも、この先がどうなるかは俺も興味がある。奴らを捕まえたら教えてくれ」

そういうと爺さんが通話を切った。

直後にまた着信音と同時にスマホが震えた。爺さんからのショートメールだ。開いて確認すると、さきほど聞いた会社名、氏名、携帯番号が送られていた。続けてラインを開く。裕二と守と俺のグループラインに、「GPS取りつけ完了」と打ち込み、爺さんのショートメールの内容をコピペして送信する。

よし、これで準備は整ったと一安心したそのとき、指に熱さを感じる。煙草がフィルター直前まで短くなっていた。俺の給料からすると今や煙草は高級嗜好品。半分とはいえ、吸うことなくただ燃やしてしまっただけに、勿体ないことをしたと後悔する。灰皿に押しつけて火を消してから、溜まっている水の中へと落とす。吸い殻が水に完全に消えたのと同時にまたスマホが着信音を立てた。

守からのラインだ。

『追跡開始』

相変わらずレスポンスが早いのが、今回ばかりはありがたい。

何がどうなろうが俺は明日の朝八時半までは当番なので動きが取れない。あとは守にお任せだ。

10

朝の二時、ようやく俺の仮眠時間になった。畳敷きの硬い二段ベッドの下段に寝そべり、薄い掛け布団と身体で光が外に漏れないようにガードしてからグループラインを立ち上げる。

爺さんのお陰でリフォーム詐欺犯の車の位置は分かるようになった。奴らのしていることから考えるに、二十四時間不眠不休で活動しているはずはない。だとしたら、夜間に駐車した場所が連中のねぐらだ。守からのメッセージで、午後十時過ぎに車は渋谷《しぶや》区千駄ヶ谷《せんだや》の十五階建てのマンションで動きを止めたと知る。それから今まで動きはない。つまりそこが奴らのアジト——本拠地だ。さらに守からの追加情報で、そのマンションの空き物件の賃貸料が十七万円だと知る。

もとより詐欺犯の分際でけっこう良い場所に住んでんなと腹立たしく思っていたが、家賃十七万円と知って怒りが一気に燃え上がる。被災して困っている人を騙して、俺たち消防官を危険に曝した金でけっこうな暮らしをしているなんて言語道断だ。

だったらそこに乗り込んでやろう。多少、何かしら壊したところで気に病む必要などない。よし、勤務明けに直行だと、息巻く俺の考えを改めさせたのは裕二と守の二人だ。

俺の身を案じる守の長文はまどろっこしくて中身がまったく頭に入ってこなかった。ただ気持ちは分かる。違法薬物製造販売を生業とするヤクザにスパナで後頭部を殴られ、車のトランクに詰め込まれるという、ガチで危機一髪だったのはそう遠い過去ではないからだ。

だが裕二のは違った。

「あいかわらず馬鹿」「どの部屋か分からない」「駐車場は地下。利用者はほぼ住人。待ち伏せは難しい」

どの部屋か分からないというのは、俺の凡ミスだ。けれど駐車場が地下だとは俺は知らなかったのだから、これは仕方ない。だったらと、「現地近くで車で待ち伏せ。あとを追う」と送る。「ただあとを追う?」「効率最悪」と秒で返された。さらに「詐欺犯だという確証は?」「どこまで馬鹿なんだ?」と二つ続けて入る。

——うん、確かに。

連中の車を追い続けても、詐欺を働かなくては意味がない。それに守の車はブリティッシュグリーンの最新型のジャガーXF。もろもろのオフィシャルカスタマイズを加えたお値段一千万円超えの高級車が、四六時中追い回していたら、気づかれる可能性は高い。かと言って、早々に奴らを捕まえたとして、被害者のところに連れて行って確認して貰わない限り、詐欺犯なのかは分からない。

爺さんのお陰でけっこう良いところまで来たのになと、ぼりぼり頭を掻きながら溜め息交じりにディスプレイを眺めていると、またメッセージが入った。

「動くのを待つ」「奴らが狩り場に移動したら追う」「やるなら現行犯」

これまた、うん、確かに、だ。しかし、「やるなら現行犯」って。やるという表現は口に出して言う分にはともかく、こうして文字で読むとなかなかのインパクトだ。とはいえ、これが一番正しい表現だろう。さらにメッセージが連続して届く。

「守の家に来い」「勝手に動くな」「指示に従え」「馬鹿なんだから考えるな」「余計なことすんな」「無駄手間かけさせるな」

職場なので通知音は切っているが、もしもつけたままだったら着信音が鳴り止まない状態だ。

俺が間違っていたのは認める。でも、ここまで言うか？

了承と謝罪を入れないと、延々と罵倒され続けるのは分かっていた。

「分かった。二人に任せる。色々悪かった」と、送り返す。直後にまた裕二から返ってきた。

「馬鹿はいつ治る？」

ぐうの音も出ないとはこのことだろう。返す言葉も思いつかないし、そのままスマートフォンをスリープ状態にする。

最後の裕二の質問は、数年前に俺があいつと裕孝《ゆたか》の前で切った啖呵《たんか》がもとだ。

両親に認めて貰いたい、誉めて貰いたい、愛されたいと思うからこそ、がんじがらめになった結果、老人の自殺幇助に手を染めたというのか、利用された中学生。それが裕孝だ。なぜ俺が関わったかと言えば、自殺の方法が放火だったからだ。

死に方なんていくらでもある。だが老人達は遺産を家族に極力遺したくないという理由から放火を選んだ。放火、すなわち火災。消火活動に行くのはとうぜん俺たち消防官だ。消火活動で自らの身を危険に曝し、さらに現場でマル4——死者——でも出そうものなら、そのダメージはハンパない。もっと早く現着していたら、もっと何か出来ていたのではと、後悔の念に押し潰されそうになる。そんな思いはしたくない。Q：では、どうする？　A：火事が起こらなければいい。とてつもなくシンプルかつ美しい正解だ。

ということで、色々と探った結果、放火指南をしていた中学生に辿り着いた。とっ捕まえて話して裕孝も納得した。これにて一件落着となったわけだが、最後に聞かれたのだ。「何のために生きているの？」と。

その場に同席していた裕二は「生きていること自体が目的だ」と、即答した。

家族のために耐えて努力し続けた裕二の母親は、夫とその家族の心ない言動についに力尽きて自ら死を選んだ。当時、小学二年生だった裕二は、今まさに母親が首を吊ろうとしていた現場に居合わせてしまった。「ごめんね、お母さん、疲れたの」と言われて、それまでとこれからも続くであろう苦労を考えたら止めることは出来なかった。そんな体験をしているからこその答えだ。

では俺は？　となって困ってしまった。取り立てて考えたことがなかったからだ。俺なりに考えて「死んでいないからだ」と答えたが、それは状況だと中学生に一蹴された。さらにガタイの良さとか健康だとか、持って生まれた段階で俺が恵まれているとか、だから消防官になって人様の役に立つ仕事が出来ているとか攻め立てられた。裕二もそこに乗っかった。曰く、「何も考えていず、常に人生行き当たりばったりで、持って生まれた資質と運でどうにか乗り切ってきた」だそうだ。——悔しいが、否定は出来ない。

さらに裕二は続けた。俺は「馬鹿だから自分の周りに色んな問題があることに気づかない。だから幸せでいられる。幸せだからいつまでも馬鹿のまま」だそうだ。裕二に言わせると馬鹿と幸せは鶏と卵のようなものらしい。

正直、言っていることの全部は分からなかった。唯一分かったのは、裕二に馬鹿扱いされていることだけだ。ついに切れた俺は言い放ったのだ。

「世界で初めて馬鹿を治した男になってみせる。それが俺の生きる目的だ」と。

当時中学生だった裕孝も今は大学生。情報なんとかの勉強のために米国の大学に進学した。SNSを通じて楽しいキャンパスライフを送っているのは知っている。

あの中坊が大学生かと思うと、月日が経つ早さに驚かされる。ゴーヤと親戚の子の成長の早さには驚かされると、ベテラン漫才師がネタで言っていたがその通りだ。さすがはコメディアン、上手いことを言う。

話が遠回りになったが、結局、未だに俺の馬鹿は治っていない。自覚はあるだけに何も言い返せないのが我ながら悔しい。

仮眠を終えたあとは、ありがたいことに八時半の大交替まで出場指令は掛からなかった。八時四十七分、私服に着替えて上平井消防出張所の敷地から足を踏み出す。板橋の自宅には帰らずに、守の家に直行だ。ちらりと隣の上平井交番を見る。俺と同じく昨日が当番日だった五十嵐の姿はない。一足先に帰ったのではない。葛飾本署に引き継ぎに戻ったのだ。

警視庁と東京消防庁の交替勤務はどちらも朝の八時半から翌朝の八時半となっている。けれど二十四時間ぴったりではないのが実際のところだ。消防は大きな火災出場でその後処理に時間が掛かったりとか、搬送先がなかなか決まらない救急救命出場などがあったりすれば解放されるのが十時過ぎになったりもする。けれど当番日に面倒な出場がなければ九時前には解放される。

だが警視庁の交番勤務となると話は変わってくる。勤務開始は実は八時半ではない。その一時間十分くらい前に立石二丁目にある葛飾警察署の武道場で朝の鍛錬と称する柔道の稽古がある。

さらに終業時間も八時半ではない。交番勤務を終える時間が八時半で、そのあとにまた葛飾警察署に戻って、書類仕事をして各所に提出してからでないと勤務終了とはならない。書類仕事に慣れていない五十嵐のような新米警察官ともなると、解放されるのは昼近くがざらだし、先輩の機嫌が悪くて書類をなかなか受け取って貰えないと昼を過ぎることもあるのだそうだ。五十嵐からその話を聞いたときには、驚きを通り越してぞっとしたものだ。

なので本来ならば、俺と五十嵐の帰宅時間が一緒になることはない。そもそも五十嵐は四つ木《よぎ》三丁目にある葛飾警察署の寮住まいだ。ＪＲ新小岩駅に向かう俺とは帰路が違う。五十嵐と出会った日は、俺が前日に大規模な火災出場があって遅くなったのと、五十嵐が珍しく書類仕事が早く終わって大田区にある実家に用があって向かうという、偶然が幾重にも重なった結果だった。

詐欺犯を捕まえて警察に引き渡すのなら、五十嵐の手柄にしてやりたい。確実なのは最初から同行させることだ。ただそれは流石《さすが》に無理だ。そこそこ良い奴なのはすでに知っているが、倫理観の緩さ、もとい、どれくらいワイドかは分からないし、何よりも裕二はともかく、守をちゃんと紹介できる自信が俺にはない。

そうなると、詐欺犯を捕まえてから五十嵐に連絡する、となる。これは結構ハードルが高い。当番日明けで休んでいるところに電話を掛けたところで、着信に気づくだろうか？　出なかったとしたら、まあ、これも運だと思うしかない。あとは五十嵐が持っている奴かどうかだ。――なんか、持ってなさそうな気しかしないけど。

楠目邸のレンガ造りの門柱に取り付けられた呼び鈴に手を伸ばすと、インターフォンから「開いているよ」と声が聞こえた。俺が守の家に行くようになってからいつもこうだ。門柱の上に設置されている防犯用のカメラで見ているからなのは分かっている。行くときは連絡を入れるから、到着時間の予想はつくとしても、こうもぴったりとなると、もはや飼い主の帰りを待つ忠犬みたいだ。自分で飼っている犬ならさておき、守は銀髪のおっさんなだけに、なんかヘヴィだ。

鉄製の外門の鍵が開き、中へと入る。いつもなら愛車のカブでそのまま玄関前まで乗りつけるが、今日は徒歩だ。上平井消防出張所の裏庭よりも確実に広い前庭を進んで、家の前に見慣れない車が止まっているのに気づく。ノーマル仕様の白いアルファードだ。

――うん、やはりスタンダードなのが良いと思うよ、俺は。

ナンバープレートは白地に緑の文字。ひらがなは「り」。レンタカーではない。

守の館を訪れるのは俺と裕二の二人だけだ。厳密に言えば宅配業者や、その他、建物にまつわる業者は入っているだろうが、今回はナンバープレートが事業用ではないので当てはまらない。

一体なんだ？　と、首を傾げながら進んで行くと、扉の錠が外された音が聞こえる。いつもながら、ナイスタイミング。

扉を開けると、白い長袖Tシャツにベージュのワークパンツ姿の裕二が立っていた。

「よし、寄り道しないで真っ直ぐ来たな」

腕組みして頷きながら言われた。

――俺は子どもか？　とムカついたが、言い争って勝ったことはないので、「うぃっす」とのみ返して終わらせて、スニーカーを脱いで上がる。廊下を進む俺より小さい裕二を見ながら考えた。

裕二の勤める武本工務店は週休二日。日曜日は固定だが、もう一日はそれぞれの申請で平日が休みになっている。裕二は他の人と休みが重ならない限り、基本的に水曜日を休みにしている。今日は木曜。裕二が昨日休みだったのは、昨晩のグループラインのやりとりで知っている。

裕二は、俺の勤務中に守の家で美味しいものをご馳走してもらうと、その度に食事の写真や動画を送りつけてくる。昨晩も、分厚いステーキの動画がグループラインに貼り付けられていた。最近のスマートフォンのカメラの性能はハンパない。ジュージューと音を立て、鉄板の上で細かい脂を撥ね上げるステーキ映像の破壊力たるや、飯テロどころの騒ぎじゃない。優しい守は俺の分も準備してくれるので、勤務明けに寄れば同じものを必ず食べさせては貰える。だとしても、自由のない勤務中に見せつけられると腹が立つ。何度も止めろと言っているが聞かないので、俺ももう言うのを止めた。

ともかくも昨日が休みなら、今日は出勤日のはずだ。なのになぜ？　と理由を問う前に、「施工と施工の間で、休んでも問題ないから今日と明日の二日間、有給を貰った」と裕二が言った。

工務店には納期がある。武本工務店はこぢんまりしたアットホームな会社で従業員は社長も含めて全部で二十六名。仕事を請け負っている期間は、一人でも欠けると仕事に支障を来す恐れがある。だからよっぽどのことがない限り、突然の有給を申し出はしない。今は運良く閑散期というのか、余裕があるときだった。爺さんがＧＰＳを取り付けるのが数日遅れていたら、施工期間に入って休みは取れなかった。なんだかんだで裕二は持っている。

「なんか、悪いな」

リフォーム詐欺犯を捕まえるためとはいえ、わざわざ有給を取ったことには、俺は勤務明けの休日なだけに、やはり申し訳ないと思って言う。実際のところ、有給を使ってまで詐欺犯をとっ捕まえたい、というどう猛な本能に従っただけなのだろうが。

「向こうは平日しか動かないし」

前を向いたまま裕二が言う。

土曜日曜だと家族が家にいる。そうなると詐欺に引っかかる確率はぐんと下がる。だから奴らは動かない。

「水害エリアでエアコンの室外機が火元のボヤに、一昨日は床下換気扇が火元の火事があった。どちらも詐欺のネタとしては十分だ」

どちらも水害故障で出火する恐れがある。だから新しい物に取り替えようと営業を掛けられたとしても、何も違和感はない。ことにエアコンはこれから冬本番に向けて使うことを考えたら、すぐに安く交換してくれると言われれば引っかかってしまう人もいるだろう。――って言うのか、その二つとも出火原因は詐欺なんじゃねぇのか？　詐欺の被害がまた新しい詐欺のネタになるって、なんだそれ。あー、マジムカつく。

「奴らにとっても、住人の被害の記憶が鮮明なウチが狙い目だ。今日と明日のうちに絶対に動く」

淡々とした口調だが、怒りが含まれているのは長い付き合いで分かる。

「つーか、無駄に有給を二日使わされてたまるか。とっとと動け、馬鹿野郎どもが！」

最後は怒りを露わに吐き捨てた。

詐欺なんて犯罪はあってはならない。けれど今は、今日明日の二日で、詐欺を働いた方が良いと思う。理由は俺のダチの裕二が激怒しているからだ。すでに怒りはマックス状態なのに、これが無駄に有給を二日も消費したとなったら、さらにぶち切れること確実だ。

正直、詐欺犯が多少身体のどこかを痛めようと、俺はなんとも思わない。問題は、裕二がヒートアップしすぎた場合だ。せっかく詐欺犯を捕まえるという表彰状ものの行為をしたのに、過剰暴行で罪に問われては意味がない。となると、誰かが裕二を止めなければならない。その役目を担うのは俺だ。

身体こそ小さいが、裕二の戦闘能力はすさまじい。何が困るって、工務店勤務だから武器になるものは山ほど持っているし、そのどれもが手に馴染んでいる。さらに、自分の道具を使って足がつかないようにするという悪知恵も働く。前回は、俺の後をつけていたヤの字の子分三人を、金槌で壊した縁石を投げつけて倒し、結束バンドで拘束して六本木の路上に放置した。

このエピソードが唯一無二ならともかく、ここまでではないがちょっとランクが下くらいのことを俺の竹馬の友は数え切れないほどしている。だから頭に血が上った裕二を止めるのは、かなり勇気が要ると言うか、怪我は覚悟しないとならない。

悪い人を捕まえようとしているだけなのに、仲間に怪我を負わされるってさすがにどうよ？

それに俺は消防官だ。怪我をして仕事に支障が出て、それこそ休もうものなら、他の係から客人——代替勤務員を呼ばねばならない。

だったら危ないことはするなって？　うん、でもこのまま連中を放置していたら、火事が起こるかもしれないし、そうなるとやはり俺の身は危なくなる。

捕まえなければ火事が起こる。それも何度も。捕まえれば、他にも詐欺犯はいるだろうけれど、少なくとも奴らの分は減る。だったら、やはり捕まえるに限る。なので、俺の明日の身の安全のためにも、詐欺犯たちにはこの二日で詐欺活動に勤しんでいただきたい。

リビングに入ると守が待ち構えていた。テーブルの上にはiＰａｄが三台とスマートフォンが二台置かれている。一体、何台持っているんだ？　と思いつつ「こんちは」と挨拶してから、裕二同様、俺もイスにどっかりと腰を下ろす。

「車はマンションの駐車場に止まったままだよ。今のうちに食事にする？　松阪牛のヒレステーキだけど、どう？」

昨晩の飯テロのステーキだ。朝の十時前にはちょっとヘヴィだが、腹が減っては戦《いくさ》は出来ぬだ。連中が動き出す前に胃の中に収めることにしよう。頷くことで答えにすると、守がいそいそとキッチンに消えた。

「ところで、あのアルファードは？」

気になっていたことを訊ねる。

「このあとの移動用」

借りたのか？　と聞く前に、裕二が人差し指でキッチンを指した。

「誰から」

「マジか」

「まぁ、二人積むことを考えたら、デカイ車じゃないと無理だしな」

人間なんだから積むって言うな。それに現場で取り押さえて警察に引き渡すのでは？　積んでどうする？　どこに連れてく気だ？　等々、思うところはある。確かに、守のジャガーは詐欺犯を追跡するには目立ちすぎるし、もしかしたら二人を乗せて警察署の付近まで運ぶ可能性もあるとなると、大人しく座席に腰掛けて乗って貰える可能性は低いだけにセダンだと不便だ。だからと言って、新しく車を買うか？

俺からしたら経済感覚が完全におかしい。でも価値観は人それぞれ。守が納得してやったことにケチをつけはしない。

美味しいステーキをご馳走になったあとは仮眠を取らせて貰うことにした。

爺さんから聞いた敷島家の目撃談を話すべきなのは分かっていた。でも、言えなかった。裕二と守はもともと八重子さん犯人説を唱えていた。爺さんの目撃談は、二人の説を確定に昇格させるのには十分な内容だ。ただ証明は出来ない。ならば伝えたくない。だから伏せていた。俺だって、一人で抱え込んでいるよりも吐き出したい。けれど今話し出したら寝る時間はなくなる。交替勤務明けでさすがに疲れているし、詐欺犯確保に向けて身体を休めたい。裕二の読みが外れて、夜になっても奴らに動きがなければ、そのときに話せばいい。今はひとまず英気を養うのが先だ。

しょっちゅうお邪魔するようになって、使っていない部屋に俺専用の高級なダブルベッドを守は準備してくれた。使っていない部屋って何？　とか、ツッコミどころは満載だが、自宅のせんべい布団よりも遥かに寝心地の良いベッドに寝転がってすぐに俺は眠りに落ちた。

激しく雨が降る中、私服姿で敷島家の前の道に俺は立っていた。路上に出た水で足首まで浸かっている。ぼんやりとだが、これは夢だと頭の片隅で気づく。

――見たんだよ。娘がバケツに水を汲んで家の中に運び入れているのを。

爺さんの声が聞こえた。敷島家を見るが、玄関のドアは閉じられている。

――見たんだよ。娘がバケツに水を汲んで家の中に運び入れているのを。

また爺さんの声が聞こえる。この夢の結末がロクなものではないのは想像がついた。早く目覚めなくてはと焦る。だが目は覚めない。

――何度も何度も繰り返して、まだ浅い水を洗面器ですくってバケツに溜めていた。

爺さんの声が頭の中でこだまする。気づけば水は胸の上まできていた。水は濁流となり、あっという間に俺の顎まで上がってきた。足はまったく動かない。さらに上がる水位に、顔を上に向けて必死に息を吸い込もうとする。だが上手く息が吸い込めない。

息が苦しい。水位は更に上がり、今にも顔を覆い尽くしそうだ。

これは夢だ！　と、自分に言い聞かせる。目が覚めさえすれば、と身体を動かそうとする。だが胸と両腕を何か重い物で押さえられているようで自由が利かない。ようやく瞼を開いた。目の前は真っ暗だった。想定していなかっただけに混乱する。もしや、まだ俺は目が覚めていないのか？　腕を動かそうとするが、やはり自由が利かない。

——金縛りか？　にしては、なんか温かい……。

気づいたと同時に、全力を振り絞って腹筋で跳ね起きる。必死に空気を吸い、荒い息で「てめぇ、ふざけんなよっ！」と怒鳴りつける。怒鳴られた犯人——裕二は手に持った枕を俺に投げつけてきた。顔に当たる寸前に手でつかみ取る。目の前が暗かった理由はこれだ。状況を整理すると、裕二が俺の胸の上に乗り、顔に枕を押しつけていたことになる。

——おいおい、人を起こすのに枕で窒息させる奴がいるか？　それって殺人の手口だろうが。しかも、捕まらないやり方のヤツ。

息苦しさと竹馬の友にあわや殺されそうになった衝撃で動揺が収まらない。そんな俺をよそに、「ほら、一発で起きただろ？」と悪びれた様子など微塵もなく裕二が言う。

「確かにそうだけれど、さすがにちょっと乱暴すぎない？」

おろおろして言う守に、「こいつは声を掛けようが揺さぶろうが、簡単には起きやしない。時間の無駄を省いただけだ」と、しれっと答えた。

「起きろ。連中が動き出したぞ」

そう裕二は俺に言い放つと、すたすたと部屋から出て行った。言いたいことは山ほどあったが、詐欺犯が動き出したとなったら話はあとだ。すぐさま俺も起き上がる。

「どこ?」

廊下を進みながら訊ねると、守がｉＰａｄを差し出した。ディスプレイには地図が映し出されていた。中央の赤いピンが奴らだろう。拡大されすぎていて、そこがどこなのか分からない。指で縮小すると右端の道路に平和橋通りとあった。ごりごりの管区内だ。裕二の予想、大当たり。

「西新小岩五丁目の駐車場に」

「家の前に車の入れない私道があるデカい家の向かい側」

守に説明される前に答えた。駐車場に面している一方通行の細い道路と並行して、同じくらいの幅の私道があり、その出入り口には車輛が入って来られないように金属製のポールが立てられている。つまり、その家の前には緊急車輛も入れない。緊急車輛が入れない管区内の私道は、頭に入れておかないとならないので覚えている。

「止まってどれくらい?」

「五分程度」

「今何時?」

「午後二時三十分過ぎ」

眠気を飛ばすために顔を掌でごしごしこすりながら矢継ぎ早に問う。守もそれに簡潔に答える。寝だしたのは十一時前。三時間半では十分な睡眠とは言えない。それもこれも詐欺犯のせいだ。怒りは最大の燃料だ。アドレナリンが出て来たらしく、一気に眠気が覚める。

「車に乗ってる」

言いながら裕二が先に玄関へと向かう。ぐずぐずしてはいられない。とはいえ、この先のことを考えてトイレで用を足してから裕二のあとを追う。

玄関を出ると、裕二はすでに運転席に収まっていてエンジンを掛けていた。裕二は車を持っていない。でも仕事で会社の車は運転している。俺はカブは持っているが、車の運転はご無沙汰だ。やる気満々な裕二の運転には不安を覚えるが、ここで言い争っている時間はない。助手席のドアを開けて乗り込もうとするとiＰａｄが置いてあるのに気づく。危ねー、ケツで割るところだった。手に持って席に座るとウィンドウがコンコンと叩かれた。守のノックだ。パワーウィンドウを開ける。

「ＧＰＳはそれに入れておいたから。もちろんウチでも見ているから、何かあったら連絡して。あとこれ、持っていって」

白いビニール袋をウィンドウから守がつっこんできた。受け取って膝に置き、中を覗く。飲み物のペットボトル数本と、平べったい焦げ茶色の箱が入っていた。さすがは守、飲み物とは気が利くなと思いつつ、箱はなんだろうと取り出す。

「それ、チョコレート」

飲み物はともかく、チョコレートって。小学生の遠足じゃあるまいし。

「甘い物だけだと口が飽きちゃうかも。何かしょっぱい物もあった方がいいよね。ちょっと待ってて」

もはや、遠方から年に数回遊びに来る孫をもてなす祖父母の勢いだ。

家の中に戻ろうとする守に「大丈夫。欲しかったらコンビニでなんか買う。車の場所の連絡は随時くれ」と、裕二は言ってアクセルを踏んだ。

あっという間に門の前まで進む。ミラー越しに家の前に取り残された守が所在なげに立っているのが見えた。なんか悪いことをした気分になって、慌てて振り向いて手を振る。気づいた守が振り返す。車が敷地内から出終えるまで、俺は手を振り続けた。背後に守の姿が消えて、ようやく前を向く。銀髪のおっさんに手を振る俺。自分でも何をしているのだろうかとは思う。

「遠足か」

少し前に思ったのとまったく同じ事を言うと、裕二は「チョコ出して」と、続けた。

——いや、喰うんかい！

腹の中でツッコミつつ、運転をしてくれているだけに言われたとおりにする。縁に濃い焦げ茶色のラインの入った平べったい箱を取り出す。けっこうな重さで、三百グラムくらいはありそうだ。蓋を開けると、様々な大きさの長方形の小さなチョコレートが隙間なくぎっしりつまっていた。どう考えても、お出かけのお供に持っていく気軽なおやつではないと思う。

運良く赤信号になった。裕二が左手を伸ばして箱の中の色の薄いキャラメルよりちょっと大きいくらいの一つを摘まみ、口の中に放り込む。ガムでも噛むようにすぐさまもぐもぐと口を動かした。同じ物が二つあり、残った一つを俺も口に入れる。強く歯を立てる間もなく、とろりと溶けたチョコレートの味が口いっぱいに広がる。

——マジで美味い。

食感といい、味といい、これは絶対に家の中で飲み物と一緒に、静かにゆっくり味わうべきものだ。絶品のチョコレートに感動していると、また裕二の手が伸びてきた。既に食べたのと同じ形のもう少し色の濃い一つをひょいと摘まんで、また口の中に放り込む。

その勢いで食べるものではないとは思うが、つられて俺も口の中のチョコレートを早々に飲み込んで、残る一つに手を伸ばす。口に入れると、さきほどよりもビターなチョコレートの味が広がった。信号が青に変わり裕二がアクセルを踏み込んだ。

二つ目のチョコレートを堪能していると、「それ、一箱一万円ちょっとするらしいぜ」と、前を向いたまま裕二が言った。驚いた拍子に、まだ形が残った状態のチョコレートをごくりと飲み込んでしまった。まじまじと手に持った箱を見る。食べてしまった四つも含めておそらく一箱に四十個。つまり一粒二百五十円。十グラムもしない一粒が板チョコ二枚分の値段だと思うと、庶民の俺としてはなんだか納得がいかない。

「くっそ、悪いタイミングに捉まってんな」

一度赤信号に捉まると、そのまま捉まり続けることがあるが、今まさにそれにはまってしまったらしい。赤信号で車を停めると裕二はまた「よこせ」と言った。箱を差し出すと、今度は一気に三つ摘まんで口の中に入れた。

頰を膨らませ、もぐもぐと嚙み砕いている様は、高級チョコレートを食べているとは思えない。

「ルートは？」

「山手《やまて》通りから首都高速中央環状線コース。事故さえなければ三十分弱」

口をくちゃくちゃさせながら裕二は答えると、続けて「連中は?」と訊ねた。

ピンの位置は動いていない。

「動きなし」

「今日だけは、誰か引っかかってくんねぇかな」

詐欺には引っかからないに限る。けれど、連中を詐欺犯だと特定してとっ捕まえるには、詐欺の現行犯の必要がある。だから誰かが引っかかってくれないと困る。

「最悪、——やっちゃう?」

まっすぐ前を向いたまま、裕二が訊ねる。

言葉にされていない部分を補足してみよう。「最悪、詐欺現場に立ち会えず、詐欺犯かどうか分からない状態でも、連中とフィジカルも含むコミュニケーションを取って、詐欺を働いているか話を伺う?」だ。

——有給は二日取ったって言ってませんでしたっけ?

今日で無理だったらの予備日としての明日のはずでは? とは思う。けれど俺だって有給でこそないが、貴重な休日の二日間を詐欺犯のために使いたくはない。なので「ああ」と同意した。

ここから到着までの三十分弱、あとは何もすることはない。窓から見える集合住宅のベランダには洗濯物や布団が干されている。天気は快晴で、エアコンを点けるほど寒くも暑くもなく、快適なドライブ日和だ。

俺たち二人が向かうのは俺の管区。これからするのは詐欺犯の確保。このためだけに守が買った白いアルファードに乗って、これまた守が持たせてくれた高級チョコレートをコンビニで売っている安いチョコよろしくばくばく食べながら向かう。——なんだ、この状況。シュール以外の何ものでもないが、もはやなんだか面白くなってきた。俺も三つまとめてチョコレートを口の中に放り込んだ。

ありがたいことに首都高では事故もなく、道も空《す》いていた。周囲の車も当たり前に時速百キロ超えで走っている。予想よりも早く四つ木の出口に到着した。この先は荒川沿いの都道四五〇号をまっすぐ進むと、中川との合流点に突き当たる。左折して上平井橋を渡れば目的地の駐車場は目と鼻の先だ。

「駐車場って広い？」

「いや、五台だ。ダメだったら五百メートル内にもう一つある」

あの周辺は道路が狭く路上駐車は出来ない。車を止めようものなら道が使えなくなるから、すぐに警察を呼ばれてしまう。詐欺犯がきちんと駐車場を利用しているのも、マナーが良いからではなく、悪目立ちしたくないからだろう。

あっという間に橋を渡り終えてさらに直進する。

「このまま直進、高橋《たかはし》米店で左折」

カーナビは設定してあったが、このあたりのナビならば自信がある。かつては賑わっていたのかもしれないが、もはや営業している店は数店のみの上平井商店街通りを進んで行く。左手に高橋米店が見えてきた、裕二がウィンカーを出して左折する。

「ここから一通。二股の右を進んで行けば目的地だ」

「了解。――しっかし、細ぇな」

住宅地で道幅は狭く、大型車だと自転車の併走すら難しい。さらに住人や、各家の車の出入りもあるから、交通量はけっこうある。だからこの辺りの運転は十分に注意を払う必要がある。ここからは助手席の俺ものんびりしてはいられない。詐欺犯はこの周辺で仕事をしているからだ。分岐点ごとに作業服姿の男二人組がいないか、左右に目をこらす。だが今のところ、それらしき姿はない。最後の十字路が見えてきた。

「この先を右だ」

言ったときには右に赤く大きなPと書かれた看板が見えていた。一番左に白いバンが止まっているのもだ。あれが奴らの車だろう。ありがたいことに、隣に一台分だけ空いていた。――よし、持ってる。幸先の良さに心の中でガッツポーズをする。

裕二は切り返しなしで一発で車を止めた。ナイスドライブ。運転お疲れ様でした。

「サンキュー」とお礼を言うが、返事はなかった。すでに裕二はドアを開けて降りかけていて、俺がシートベルトを外し終えたときには、運転席のドアは音を立てて閉まっていた。

さらに俺が車を降りたときには、バックドアを開けて中に身を滑り込ませていた。セカンドシートを前に寄せ、サードシートは両脇に跳ね上げた最大積載モードにしてあり、空いたスペースには裕二が持ち込んだバッグが置かれている。そのバッグには見覚えがあった。飯倉消防出張所時代、ちょっとした事件に巻き込まれたときに、助太刀に来た裕二が持っていたものだ。裕二はすぐに灰色のつなぎタイプの作業着に着替え始めた。

——なんか、既視感ハンパないんですけど。

前回は作業着だけでなく、ゴム製の大仏のマスクも被った。目撃者や防犯カメラを欺《あざむ》くために、サプライズを仕掛けに行くお笑い芸人という設定だったからだ。ちなみにコンビ名は奈良鎌倉。活動はあれが最初で最後。誰に惜しまれることなく、ひっそりと消えた幻のコンビとなった。

「段取りを言うぞ」

裕二が着替えながら話し始めた。

「まず、連中を見つける。ベストは庭先で詐欺ってる最中だ。見つけたら、お前はここに戻れ。俺は一人で近づいて売り込みを掛ける」

——売り込み？

これを機に仕事を請け負う？　武本工務店を通すとは思えないし、そうなると闇営業ってことになる。しかも一人でって。じゃぁ俺は？　何よりも、怒りに燃えるアドレナリンジャンキーの裕二を、奴らのところに一人でなんて残せはしない。

どうしたものか？　と悩んでいると、「もしかして、床下換気扇ですか？」

いつもよりも少し高いはきはきした声が聞こえて、思わず裕二を見た。裕二が視線を捉える。

「だったら、ウチも売り込ませて下さいよ。比較して良い方でどうですか？」

最後はにこっと笑顔。口角がきゅっと上がったお利口な柴犬顔になった。声といい笑顔といい、仕事熱心な元気の良い工務店の兄ちゃんにしか見えない。

勤務中の都民対応のときは――ことに遠藤隊長の目が光っている場合には、俺も可能な限り明るい声と良い態度を心がける。特に、近隣の幼稚園や保育園の園児達の来訪時、社会科見学はもちろん、日頃の感謝を伝えるためにノーアポでとつぜん来たりもするのだが、そのときには、これでもかとばかりに頑張って笑顔を作る。

赤い長方形のものは消防車だよな？　と分かる程度のクレヨン描きの絵とか、ぜんぶひらがなの「しょうぼうしさん、いつもありがとう」などの手紙は、貰ったが最後、捨てるわけはいかない。狭い所内に保管しなければならない紙が増えるだけだ。正直、俺としては迷惑だ。

それでも貰って悪い気はしないので、頑張って良い消防士のお兄さん芝居に勤しむ。だが俺の努力空《むな》しく、園児の何人かは怯えた顔で救いを求めて先生の陰に隠れる。

対して裕二の芝居は完璧だ。

「連中の資料を見れば、詐欺かどうか分かる。それに、資料を見せずに逃げ出したら完全にクロだ」

声の高さ、突き放すような言い方ともに、いつも通りに戻った。口角も下がって、ぱっと見、無表情にすら見える。

「どっちにしても、奴らは逃げ出す」

言われなくてもその先は分かる。逃げ出した奴らの向かう場所は、車を止めているこの駐車場だ。だから俺は先回りしてここに戻る――待ち伏せるってわけだ。それなら、俺が作業着姿になる必要はない。同じ作業着の奴がいたら警戒される。二人ちりぢりに逃げられたら面倒だ。問題は、取り押さえたあとだ。とうぜん、警察に引き渡すだろうが、俺としてはどうせなら上平井交番の五十嵐に手柄を取らせてやりたい。

「捕まえたら、隣の交番の若い警察官呼んでいいか？」

「餌付《えづ》けしてる奴？」

——餌付けねぇ。でも、言われてみれば確かにそうだ。

「そいつ。ただ、俺と一緒で当番日明けなんで寮で寝ているだろうから、電話に気づけるかはわかんねぇけど。ダメなら普通に一一〇番に通報する」

「いいんじゃね？」

着替え終えた裕二は返事をしてから、ばんっと音を立ててバックドアを閉めた。

「そんじゃ、一狩り行こうか」

まるでモンスターをハントするかのような台詞だ。

でも、気分は完全に同意見だ。「おうよ」とだけ返すと、さっそく歩き始めた。

奴らを見つけたとして、アプローチ役は裕二だ。二手に分かれて捜すにしても、俺が見つけたら、裕二が急いでくるしかない。まずは駐車場の近くの番地から、俺は時計回り、裕二は反時計回りで攻める。

家の前の道路にいないからといって、それで良しとしてはならない。室外機の設置の説明をするのなら、家の土台の通気口の周辺にいる可能性は高い。そして正面に通気口がある家は少ない。

シンプルに見栄えが悪いからだ。なのでほとんどが側面に設《しつら》えられている。エアコンの室外機もまたしかりだ。そうなると家の側面、すなわち庭に入り込んでいることになる。

この周辺の敷地が狭い築年数の経った戸建ての多くが、隣との目隠しに庭木を植えている。目隠しだから植えられているのは常緑樹。しかも植えられて家と同じ年数が経っているし、住人の高齢化で手入れも万全でないところが多いから葉が茂っている。油断すると、緑のカーテンで見逃してしまう恐れがあるから、しっかりと見て回る。

五軒続けて異状なし。さて次だと移動する。この家も古い。ブロック塀に沿って椿《つばき》が植えられている。かさっと枯れ葉が踏みしめられる音が聞こえた。軽い音からして人ではなさそうだが、念のために首を伸ばして覗く。鯖《さば》トラの猫と目が合った。なんだ猫かと思っていると、さらに奥から人の話す小さな声が聞こえてきた。

「一昨日の火事は」

火事という言葉にはっとして耳を澄ます。

「大雨での浸水で壊れた床下換気扇から火が出たんですよ」

「床下の真ん中に取り付けた換気扇から火が出て、真上に燃え広がった。だから火の回りが早くて大きな火事になっちゃったんです」

前の奴とは違う男の声だ。男二人で床下換気扇の話。こいつらだ。スマホを出して、裕二にグーグルマップで現在地を送る。以前なら電話をして言葉で説明しなければならなかったが、今のように相手に気づかれたくない場合には、こんなことも簡単にできるようになった。科学技術の進歩って素晴らしい。

段取りでは俺は駐車場に戻ることになっている。けれど、駐車場は目と鼻の先。それにルートは限られている。路上でも十分にとっ捕まえる自信はある。それに五十嵐に連絡してやらないと。

視線を感じて目をやる。鯖トラの猫が微動だにせずじっと俺を見上げている。逃げないなんて腹の据わった猫だなと思いつつ、五十嵐にライン電話を掛ける。

「故障がないかどうかだけでも、見させて下さい」

「もちろん無料です」

——はい、来たー。

詐欺の手口特有の無料という言葉が出た。

「お母さんのお宅のは、通気口に埋め込み型の物だけなんですよね？　だったら家の中に入らずに簡単に点検できますから」

水害被災エリアの詐欺の手口は、床下換気扇が付いていない家は取り付ける、すでにあるなら点検して壊れているから取り替えるの二通りがある。

「異状なしと分かれば、こちらも安心出来るので」

——うっわ、ムカつく。あなたのことを考えてパターンだ。

耳に当てたスマホからは独特の呼び出し音が繰り返されている。やはり寝ているのだろうか、五十嵐は出ない。

「どうしようかしら」

高齢の女性らしき小さな声が聞こえた。

ダメだ、婆さん。見せたが最後、異状がなくても無理矢理壊して、けっきょく取り替えさせられるだけだ。断れ、追い返せ、居座られたら警察呼ぶって言え。——って、そういえば、今追い返されたら困るんだった。裕二は何をもたもたしているんだ、早く来い！

苛々しながら何とか連中の姿を確認しようと首を伸ばす。だが茂った椿の葉で見えない。

『大山さん、どうかしました？』

ようやく五十嵐が出た。寝起きとは思えないしっかりとした声だ。

「今から出て来られるか？」

ひそひそと言う。

『今はちょっと。これから本署に戻るところなんで』

ってことは、まだ勤務が終わっていない？　三時過ぎだぞ？　一体どうした？　等々の疑問がないまぜになって、思わず「は？」とだけ出る。

『一度、本署に戻ったんですけど、お局様の機嫌が悪くてなかなか書類にＯＫが出なくて』

お局様は、機嫌の良し悪しで書類のＯＫラインを変える地域係長のおっさんだ。気分で下の者にネチネチ権力を振るうところから五十嵐がつけたあだ名だ。

『あげく、お使いを命じられて交番に戻ったところで魔法少女爺さんに捕まっちゃって』

五十嵐がげんなりと言う。

魔法少女爺さんは、東新小岩五丁目の銭湯千代《ちよ》の湯《ゆ》近くに住む老人で、近隣の住人のゴミの出し方が気に入らないとか生活態度の不満をしょっちゅう交番に言いに来る爺さんのことだ。ちなみにあだ名の由来は俺だ。五十嵐から話を聞いたときに、「なんだその、なんでも自分の思う通りになぁれ！　とぅるるる〜、みたいなジジイ」と言ったことからそうなった。

不運が重なった結果、二十四時間勤務どころか三十一時間勤務状態——もちろん残業代ゼロ——なのには、ひたすら同情する。けれど五十嵐、これから良いことが起こるぞ。不運が重なった結果、初手柄にありつくとは、禍《わざわい》転じて福と成すとはこのことだ。なんて思っていると、「ぜひ、やらせて下さい」「見るだけですから、ね？」と、二人がかりで畳みかける声が聞こえてきた。

「今から地図を送る。すぐに来い」と、さらに声を潜めて言う。

『え？　なんですか？　声が小さくて』

五十嵐の聞き返す声を無視して、地図を貼り付けて送る。これだけでは不親切なので、もう一通『リフォーム詐欺犯を見つけたと思う。至急、一人で来い！』と続けて送る。

「そうねぇ、じゃあ、お願いしようかしら」

あーあ、引っかかっちゃった。——じゃねぇよ。裕二はどこでちんたらしているんだ？

「では、さっそく見させていただきますね」

——あら？　これはいただけない。というか、チャンス到来。外して壊す様を動画に残せる。完璧な証拠だ。これで奴らも言い逃れは出来まい。

ただ一つ問題が。録画するとなったら、目の前の家の敷地に入らないとならない。明らかに不法侵入だ。住人が気づいて通報されたら、色々と面倒なことになる。運良く住人が不在だとしても、俺がこの椿の茂った細い隙間に入って奥に進んだら、とうぜん音が出るから奴らに気づかれる恐れがある。

せっかくのチャンスなのに、どうしたものかと考えていると、鯖トラの猫が「にゃっ」と小さく鳴いて奥へと戻り始めた。これだと、閃いた。俺は猫を捜している。よし、これで行ける。猫、グッジョブ！

「トラ〜」

スマホカメラの動画を立ち上げると、猫の見た目からの思いつきでの名を呼びながら、少しでも連中に見つかりづらいように腰を屈めて細い路地に入って行く。

俺の立てるがさがさという葉のすれる音に、ねじを外す電動ドライバーの電気音が混じる。通気口埋め込み型の換気扇は四隅を留めているねじさえ外せば、簡単に外すことが出来る。電動ドライバーの音が止まった。少ししてまた鳴り始める。一本目のねじを外して、二本目に取りかかったのだ。現場まではあと少しだ。

「トラ、もどっといで〜」

まさに猫なで声で言いながら、狭い隙間をひたすら進む。

「なんか、裏で猫を捜しているみたい」

「ですね」

「お母さんのお宅はペットは？」

「以前は犬も猫もいたのよ」

「もう、飼わないんですか？」

愛想良く男が訊ねる。

「この歳だもの。後先考えると、さすがにもう飼えなくて」

「お子さんは？」

「いるけれど、離れて住んでいるから、生き物は毎日面倒を見ないとならないし、何かあったら可哀相だから」

——婆さん、ダメだって。ペットの飼い主としての心がけは満点だけれど、防犯意識はゼロ点だ。

ようやく現場の正面のブロック塀に辿り着いた。出来るだけ静かに立ち上がり、塀の上から目だけ出して見る。薄い緑色のブルゾン姿の男が二人、狭い通路にしゃがんでいて、その後ろに水色のフリースジャケットを着た小柄な眼鏡を掛けた女性が見えた。塀の上にスマホを置いた。ディスプレイに二人が作業する様子がしっかりと収まっている。こうなったらこっちのものだ。

二本目が外れて、三本目に取りかかり始めたところで、「こんにちは！　菅井さん、あのぉ！ちょっとよろしいですか？」と、元気はつらつな声が聞こえてきた。やっと裕二の到着だ。

「はーい。——すみません、ちょっと失礼します」

奥さんが奴らに断りを入れる。庭木に身体が当たるがさがさという音が遠ざかっていく。

「宅配か？」「ちょうど良い、さっさと外して壊しちまえ」

それまでとは違う荒い物言いに続いて、力任せにスイッチを握り込んだのだろう電動ドライバーの立てる音がより大きく響いた。ねじを外し終えると、一人がマイナスドライバーを金属と家の土台の隙間に挿し込んだ。そのままテコの原理を利用して、ぐいぐいと力を入れて揺する。

——そんな乱暴なやり方をしたら、土台が傷つくんじゃないか？

懸念しながら、スマホのディスプレイを見守る。ステンレス製のパネルが地面に落ちてがしゃんと音を立てた。俺の懸念、大当たり。土台にはくっきりとドライバーでえぐれた細い筋がついている。

男の一人が立ち上がった。

——こりゃ、踏むな。

取り付けたあとは触らないという性質上、換気扇部分の構造は強固ではない。換気扇も覆いもプラスチック製がほとんどだ。なので踏まれたらひとたまりもない。ただ、今まで正常に動いていたのに、取り外したら破損してましたでは、さすがに話がおかしくなる。どうするのだろうと見ていると、男は身体を左右に揺さぶりだした。足の裏を地面から離さずに身体だけ左右に振る様は、テレビで見たダンスのツイストみたいだ。すぐに止めると、足の裏を換気扇部分にこすりつけ始める。狙いが読めた。

このエリアも水は出た。そのときに水に浸かってこんな状態になっていました、にしたいのだ。ところで裕二はどうした？　婆さんへの説明に時間が掛かるのは分かるけれど、だとしても、掛かり過ぎなような。と考えていると、がさがさと枝の鳴る音が聞こえた。現れたのは婆さんではなく裕二だ。とつぜんやってきた作業着姿の男に、二人は驚いたのか、何も言葉を発しない。先に裕二が口を開いた。

「こんちは」

にこりと笑顔。口の端がきゅっと上がったお利口な豆柴犬顔に釣られて「こんにちは」と、裕二の近くにいる男が返す。

「俺も飛び込みの営業なんだよね」

へらりと裕二が笑った。

俺から二人の男の顔は見えない。でも、この一言で様子が変わったのは想像に難《かた》くない。

「この家の奥さんに話を聞いたら、今まさに点検して貰っているって聞いてさ。ただ最近この界隈多いんだよね。リフォーム詐欺が」

「なんだと?」

挨拶を返した男が一転して怒号を上げる。

「詐欺呼ばわりするとは失礼な。お前こそ、そうなんじゃないのか?」

奥の男は、まだ冷静さを欠いていないらしく、それっぽいことを言い返す。

「お先に見積もりを奥さんに渡してきた。現物代も作業費も、ふっかけなしの適正値段だ」

男を無視して裕二が言う。

「それ、壊れてんな」

奥の男の足下の泥まみれの床下換気扇を指して裕二が続ける。

「なら、あんたたちもこのあと見積もりを奥さんに渡すってことだ。二つ較べて良い方を選んで貰おうぜ」

裕二の口角は上がったままだ。これが激怒状態だと俺は知っている。

「なんだ、てめぇ！」

マズい状況に追い込まれたとさすがに気づいたようだ。奥の男も今度は怒鳴った。

「つっかさー、それ、あんたらが壊したんだよな。外した段階でこうだったって、言い逃れようとしても無駄だ。うしろ見てみ？」

――なんだ、気づいてたのか。

膝を伸ばしてまっすぐに立つ。塀の上から顔を出し、こちらを振り向く二人に、空いた左手を振ってやる。

ドライバーを手にした裕二に近い男が、足を踏み出した。裕二のピンチだ。スマホをパンツのポケットにしまうと、塀に両手を掛けて懸垂一発、胸まで身体を持ち上げる。さらに掛けた右足で塀を蹴って、一気に左足を塀の上に置く。格好よく塀の上に立ったところで、裕二が家に向かって飛んだ。右足で家の壁を蹴って更に高く飛ぶと、男の腹をめがけて左足を伸ばした。男の腹に左足がめり込む。破壊力の高い攻撃に、男はひとたまりもなく地に崩れる。痛みに悶絶する男の上から下りるなんてことは裕二はしない。平然と乗っかったまま、奥の男をねめつけている。

さすがは俺のダチだ。――つーか、当たり前のように三角蹴りを繰り出して、あげくそのまま上に立っているとか、マジ怖い。なんて感心しながら、塀の上から飛び降りる。

「で、どうする?」

裕二に問われた男が、じりじりと後ずさりして来た。右足を上げて男の背中に強めに蹴り当てる。衝撃でたたらを践んだ男が振り向いた。にっこり笑ってやる。引きつった顔で裕二と俺を交互に見た男は、ゆっくりと地べたに頽《くずお》れた。

11

心地良い眠りを妨げたのは、聞き慣れない音だった。重たい瞼をどうにか開けて、壁掛けのデジタル時計を見る。1414と、数字が綺麗に並んでいた。ということは午後二時十四分。昨晩はリフォーム詐欺犯を捕まえた祝勝会で深酒をして、帰宅したのは日付が変わってからで、倒れ込むようにして眠りについた。

そして今日は週休日。何時まで寝ていようが自由な完全オフの日だ。でも、さすがにそろそろ起きないと夜眠れなくなってしまう。そうなると、翌日の当番日を寝不足で迎えることになる。

聞き慣れない音はまだ鳴り続けていた。発しているのはスマートフォン。どうやら電話の着信音らしい。

——今どき電話って。

スマホをつかもうとしたときに着信音が切れた。

俺の人間関係は少数精鋭。その全員が交替勤務の俺との連絡の取り方はマスターしている。ラインに履歴を残して待つ。これ一択だ。

切れたのを幸いに放り出そうとしたら、前とは違う着信音が一度だけ鳴った。ショートメールだ。

『午後三時半、敷島家の近くに来い』

敷島家という文字に眠気が飛んだ。がばっと起き上がって、左手のスマホを見つめる。この用件ならあの爺さんだ。爺さんといえば、リフォーム詐欺犯を捕らえた報告をまだしていない。

――そんなことより、午後三時半に敷島家の近くに来いって、一体何をする気なんだ？

敷島家は職場から数分の場所にある。自宅から職場まではなんだかんだで一時間。現在時刻は午後二時十四分。時間の余裕はあまりない。手早く身支度をして、出かけることにした。


スマホのディスプレイの時計表示を確かめる。十五時二十四分。

時間前に着いたはいいが、さてどうしたものか？　このあたりは住宅と細い路地しかない。俺が敷島家の近くをうろうろしているのに住人が気づいたら、不審者として通報されかねない。なので周辺をさも散歩しているような感じで、敷島家を中心にぐるぐる歩き続けている。こういうときにスマートフォンは便利なアイテムだ。歩きスマホがよろしくないのは分かっているが、見たり何か操作しているふりをするだけで、歩いている必然性があるように見える。そんな小芝居をしながら時間を潰すが、爺さんは現れない。

途中、着信音が鳴って爺さんからかと飛びついたが、五十嵐からのお礼のラインメッセージだった。『！』が大量に付いた『ありがとうございます』で始まる結構な長文っぽいが、今読まなくてもいいのでスルーする。

昨日は、俺の呼び出しでやってきた五十嵐に初手柄を取らせてやったのはいいが、そのあとがちょっと面倒だった。正直、俺と裕二は、あとは五十嵐に任せて立ち去りたかった。けれどリフォーム詐欺犯は二人、対して警察官は五十嵐一人。そして五十嵐の腰の手錠は一つ。一人には手錠を掛けられるが、もう一人は無理だ。

何より、被害者になりかけた菅井さんが怯えていた。そもそも今回のケースは被害届を出してくれないと事件にはならない。菅井さんのケアは最優先事項だった。

その役は裕二が担った。奴はまず始めに、とつぜん飛び込みで営業を掛けた自分を受け容れてくれた懐の深さにお礼を言った。次に、どの口が言うかですがと前置きをしてから、やはり飛び込みの営業は安易に受け容れてはならないという注意をした。例のお利口さんな豆柴フェイスで、愛嬌たっぷりにだ。

誰だって否定的な話は聞きたくない。ことに自分の過ちを自覚しているところに訓告の言葉など、傷口に塩を塗られるも同然だ。でも先に誉められれば、その流れで話を聞く。自分を肯定してくれた相手からの注意だから、その訓告も頭に残る可能性は高い。これぞ人を育成する技術だ。

裕二に人転がしの才能があるのは以前から知っていたが、ついにここまで来たかと舌を巻く。俺には今まで何度か怪しげな職業の人達からのスカウトがあったが、詐欺師部門なら裕二は確実にドラフト一位だ。

案の定、菅井さんは裕二に絶大なる信頼を置き、応援で駆けつけた葛飾署の交通機動隊が到着したときには、リフォーム詐欺犯が壊した床下換気扇の取り替え工事はもちろん、以前から考えていた家のリフォームの依頼にまで話が進んでいた。

こうなると、裕二は私人逮捕の当事者として警察の聴取を受けるしかない。立場としては俺も同じだが、警察がらみの面倒ごとなんて避けたい。それにリフォーム詐欺犯の車からGPSを回収しなければならない。逮捕後に警察に見つかれば、面倒なことになるかもしれない。守のことだから対策済みだろうが、それでも面倒ごとの芽は摘むに限る。幸い、菅井さんは俺を見ていない。ならばと、床下換気扇を取り外して壊していた動画を裕二に送り、五十嵐に因果を含めて、また壁を登って裏の家から駐車場に戻り、GPSを回収してから一足先に守の家に向かった。

協力者として葛飾警察署に同行した裕二が解放されて守の家に着いたのは、午後七時過ぎだった。到着早々、「てめぇ、トンズラしやがったな！　この貸しはデカいぞ！」と、怒鳴られた。

そんなことをつらつらと思い出していると、着信音と共にスマホが震える。爺さんからのショートメールだ。すぐさまチェックする。タイトルに『録音しろ』のみで本文はない。

――録音？　何を？

まったく意味が分からない。首を傾げていると、またスマホが震えた。爺さんからの電話だ。すぐさま耳に当てる。

「おい、爺」と怒鳴りつけようとしたら、「そういえば、家の査定を頼んでましたよね？」と、爺さんの声が聞こえた。

「家の査定？」

　これは女性の声だ。

「この前のお盆休みに」

「——あ、ええ、しました」

　少し間が空いてから、女性が同意した。

　お盆休みに家の査定。この内容ということは、爺さんが話している相手は八重子さんだ。その状態で俺に電話を繋ぎっぱなしに？　そして電話の直前に送られて来た『録音しろ』。

　——おいおい、何をしようっていうんだ？

　声に出して訊きそうになるのをなんとか止めて、爺さんの指示に従って通話の録音を開始する。

「母に頼まれたんです。介護付マンションに入居することを考えていたんですよ、母は。その資金繰りや、今後のことを考えて、どれくらいになるのか一度査定してと」

　妙な明るさの早口で、八重子さんが言う。

「ああ、そうなんですか。——でも」

　おぼろげな記憶を頼りに話す風に爺さんが返す。どうやら芙巳子さんの知り合いを装っているらしい。

「何か？」

「いや、そんな話、芙巳子さんから聞いていなかったもので」

「え？」

「いや、先月に会ったときに、私が住んでいる介護付のマンションがすごく良いからって勧めたんですよ。そうしたら、興味が無いって。私は最後まで自分の家で暮らすって決めているのって言われて」

すらすらと爺さんが作り話をする。

一瞬、声が途切れた。これにどう言い返すのかと待っていると、少しして八重子さんの声が聞こえる。

「それは、——同じ所はどうかと遠慮したんだと思います」

言い訳として成立する答えだ。

「——そうか。てっきり、芙巳子さんは私のことを嫌いじゃないというのか、もしかしたら少しは好意があると、ずっと思っていたんですが。——恋愛感情とかそういうのではないですよ。あくまで友人としてです。でも、どうやら私の独り相撲だったみたいですね」

哀れな老人の独白にしか聞こえない。見事な演技だ。

「もしかしたら、会って話すことも本当は嫌だったのかも」

さらにうちひしがれた声で反省を口にする。

「いえ、さすがにそれはないですよ。嫌だったら母は会いませんから」

「好き嫌いのはっきりしている方でしたよね。それにちょっと、——外面の良さはありましたよね」

遠慮しつつも苦笑混じりに爺さんが言う。

「ええ。それはすごく」

「正直、八重子さんに会うのが不安だったんですよ。故人のことをこう言うのはなんですが、けっこう悪口を聞いていたもので」

「でしょうね。悪口ってどんなのですか?」

「いえ、それはさすがに」と、爺さんが遠慮する。

「本人はもういないんですし、ぜひ聞かせて下さい」という八重子さんと「私の口からは」と遠慮する爺さんの押し問答が三ラリーほど続いて、ついに爺さんが折れた。

「結婚に失敗したとか、働いていないとか、あとは、お子さんがいないとか」

爺さんが消え入るような声で告げる。ショックを受けているのか、八重子さんの返答はない。

おいおい爺さん、さすがにこれはダメだ。

芙巳子さんはすでに故人だ。本当に言ったかの確認をすることは出来ない。爺さんの事実無根の嘘は、無駄に八重子さんを傷つけている。

「妹さんのことはすごく良く言うのに、あなたのことは悪く言うから、さすがにそれは可哀相だって言ったのですが」

さらに爺さんが嘘を重ねる。これ以上は黙っていられない。大声を出せば八重子さんにも聞こえるだろうと、深く息を吸い込んだそのとき、「あの人らしいわ」と、投げ出すように八重子さんが言った。

「私のことは全否定してましたから」

「いえ、そんなことは」

「いいえ。あの人は自分以外の人は駒でしかない人でしたもの」

「コマ？」

俺とまったく同じ疑問を爺さんが口にした。

「あの人の人生ゲームの駒です。自分はそこそこの家に嫁いで、二人子どもを産む。子供は人に自慢できる大学に入れて、知名度のある会社に就職させる。そのあとは良い伴侶と結婚して子どもを産む。人のうらやむような幸せなお祖母ちゃんになるというのが、あの人の人生の計画でしたから」

幾度も考えていたことなのだろう、ただの一度も詰まることなく八重子さんは話した。

「私のことなんて、意思のある一人の人間と思ったことなんてなかった人でしたもの」

「そんなことは」

「何をしようが駄目出しばかり。大学に合格したときも、もっと勉強していればレベルの高い国立大に行けたはずなのに。大学時代にフランスに語学留学したときのことをまとめたエッセイ本を出したときなんて、『学費を出してくれたお父さんに感謝しなさいよ。フランスに留学していなかったら、あなたくらいの見た目とこの程度の文章じゃ、とてもじゃないけれど本なんて出せなかったんだから』って」

——エグっ。

弔問に向かう同級生二人の話を盗み聞きしたので、芙巳子さんがなかなかの性格だったのは知っていた。ただ、聞いた話だと、芙巳子さんの言動にはそれなりに正当性というのか、正義があった。そりゃぁ、手柄を独り占めにするために裕二の存在を消したりもしたが、その程度はご愛敬の範疇だろうと俺は思っていた。

「大学在学中、タレント業の声も掛かって何度かしましたが、何をしても全部チェックして駄目出しされて。この先、ずっと続くのかと思ったら、怖くて。だから諦めて就職したんです。それからしばらくは問題はありませんでした。商社勤務の娘は母にとって都合の良い自慢の存在でしたから。でも二十五歳を過ぎたら、今度は早く結婚しろって。『歳を重ねて価値が出るワインのような人もいるけれど、あなたはただ腐っていくだけ』って」

上手いこと言う。――じゃねぇよ。

何時までも結果の出ないことにしがみついて時間を無駄にして、ただ歳を重ねている奴とかに言うのならともかく、ただ未婚なだけの実の娘に言うことではない。

「言い方はどうかと思いますが、良い人と早く所帯を持って欲しいと思ってのことでしょう」

ナイスフォローだ、爺さん。

「ええ、分かっています。時代性もありましたしね。あの頃の女性の結婚適齢期は二十四歳で、二十五歳を過ぎたら売れ残りのクリスマスケーキ呼ばわりでしたから」

結婚市場では二十四歳までしか女性には価値はないって、いったいどういう了見だ？　賞味期限切れなんてまったく俺は思わない。二十五歳はもちろん、四十代前半くらいまで、俺ならありがたくいただかせて貰う。

「その頃、社内の先輩からアプローチされて、悪い人ではなかったので結婚しました。でも続かなかった。その人と共に一生暮らしたいと思って結婚したからではなく、母にうるさく言われたくないから、とにかく結婚しなくちゃと焦ってしただけだったから。離婚後、私に対する母の態度は以前よりもっと酷くなりました。ちゃんと働いて自活しているのに、再婚しろとうるさく言ってきて。三十五歳のときには勝手に結婚相談所に登録されました。相談所のホームページに顔写真やプロフィールを勝手に載せられて。さすがに頭にきて、ペットショップが通販している犬猫扱いしているって分かっているの？　って怒鳴りました」

芙巳子さんもなかなかだが、八重子さんの返しもすごい。娘からそう言われたらさすがに反省しただろう。

「そうしたら、『あなたのためを思ってのことなのに酷い』って、被害者ぶって父や妹にべそべそ泣きついて、結局謝罪の言葉はありませんでした」

なぜ謝らない？　本心はどうであれ、謝罪しとくところだろう、そこは。なのに絶対に謝らないって。何それ、謝ったら死ぬの？　なんか聞けば聞くほど、芙巳子さんを嫌いになっていくんですけど。

それでも、芙巳子さんは娘が憎くてしていたのではないだろう。ただ、やり方が間違っている。まず八重子さんと話し合うべきだった。双方の折り合いのつく形でことを運べば良かったのだ。

「妹が結婚して出産してからは、ずっと比較されつづけました。それが本当に嫌で。だから出来るだけ距離を取っていました。けれど、両親ともに高齢で、生活の手助けが必要となって。家族のいる妹は無理だし、それで同居することに。父が存命の時は良かったんです。でも同居して一年過ぎたときに病気で他界してしまって。それから本当に大変でした」

話を聞く限り、芙巳子さんとの二人暮らしは八重子さんには辛かったに違いない。そりゃぁ、夏の家族旅行も一緒に行かないのも当然だ。――って言うか、独自の価値観を押しつけるだけでなく、絶対に非を認めない相手との生活が二十四時間毎日なんて、俺には耐えられない。とっとと飛び出して自活する。ここで疑問が湧いた。なんで八重子さんはそうしない？　――あ、そっか。そもそもの同居の理由は高齢の両親の面倒を見るためだった。だとしても、住む所くらいは別にして通いでも良くないか？

亡くなった父親の介護の程度がどれくらいかは分からないが、少なくとも八重子さんは常に一緒にいなくてはならないほど面倒を見る必要はなかったはずだ。なのに同居し続けた理由って？　――思いだした。八重子さんは働いていない。同居以前も、派遣の契約社員は能力不足で期間満了まで完遂せず、同居一年前はほぼ無職だったと守が言っていた。だとしたら経済的に余裕があったとは考えづらい。別居しなかった最大の理由がこれだとしたら、賢い八重子さんならば、とうぜん気づいていたに違いない。だとしたらますます圧を掛けて、それこそ嫌みも始終言っていただろう。八重子さんはそれにただ耐えるしかない。――地獄だ。

などと考えているうちに、八重子さんの犯行動機の信憑性が増しだした。裕二と守は金が理由説だったが、それよりも積み重なった憎しみが有力だ。いや、あくまで八重子さんが犯人だったらの話だ。まだ仮定。憶測でしかない。

「ところで、芙巳子さんが不動産の査定を頼んだって話ですが」

唐突に爺さんが話を最初に戻した。

「ええ、それが何か？」

「本当に頼んだんですか？」

「――ええ。それが何か？」

「まぁ、今となっては確かめようもないから、そう言うだろうとは思ってたよ」

爺さんの声は、それまでとはがらりと変わっていた。

「え？　あの」

八重子さんの声から動揺が伝わってくる。

「俺は芙巳子さんの知り合いじゃない。会ったことも、話したことも一度もない」

言葉を失ったらしく、声が途絶えた。

「俺は泥棒だ」

爺さんが素性を明かした。

――あの俺、録音してますけど。

と言うより、何がしたいんだ？　俺はただこのまま通話を聞いているだけでいいのか？

どうしたものかと思っていると、爺さんが話し出した。

「この家を狙ってずっと見張っていた。お盆の時に、家族全員で旅行に出掛けたと思って来てみたら、あんたが残っていた。二軒の不動産屋が査定に来たのも見たよ」

「泥棒って。警察呼び――」

八重子さんが当然の反応をして行動に出ようとした物音がする中、「見たんだよ。俺は。あの日、あんたが洗面器でバケツに水を汲んでいるのを」と爺さんが言い放った。

電話のむこうが水を打ったように静まりかえった。

「家の中に入った水を汲み出しているんだと思ったよ、最初は。でも違った。あんたは外の水を汲んでいた。汚い水をわざわざ汲んで何に使うのか興味がわいてね、そのあともこの周辺をうろうろしていた」

俺が聞いたのは、冠水した水を汲んでいるのは見たが、天候が悪化したのでそのまま帰った、だ。爺さんの作り話が始まった。

「しばらくは何も起こらなかった。悪天候の中、無駄なことをしちまったって、帰ろうとしたんだけれど、最後にもう一度見てから帰ろうと来てみたら、もう玄関の外灯が消えていた。なんだもう寝ちまったのかとがっかりしたよ。ところがだ」

爺さんがそこでいったん言葉を切った。

「あんたが外にいた。外灯の点いていない暗がりの中、駐車場にしゃがんで何かしていた」

ざわっと腕が総毛立つ。

「車の様子を見ているにしてはおかしいと思って、とりあえず、動画を撮影した」

爺さんが持っているのはガラケーで、動画って撮影できたんだっけ？　――って、出来たよ。俺だって以前はしていた。そんなことより、撮影していたなんて聞いてない。「俺は見たんだ」

爺さんが言ったのはそれだけだ。

「見てみな。おっと、そのスマホをどうしようが、データは別に取ってあるからな」

——スマホ？　クソジジイ、本当は持ってやがったな！

してやられたと腹立たしく思いつつ、八重子さんの反応を聞き逃さないように耳をそばだてる。見入っているらしく、八重子さんは何も言わない。

「あんたが身を屈めてこそこそと家の中に入っていったあと、何をしていたのか気になって見に行った。そうしたら、いやぁ、驚いたよ。車の下に人が浮いていたんだから。下向きに」

これまでも向こうに気づかれないようにずっと俺は黙っていた。だが今は、わずかでも気取られたくなくて息すら止める。

——八重子さんは、なんと答える？

爺さんの戯言《ざれごと》だと一笑に付すか、激怒してくれ。罵詈雑言《ばりぞうごん》を爺さんに浴びせてくれ。でなければ、無言でいいから警察に通報してくれ、頼む。そう俺は祈っていた。

八重子さんに思い入れは何もない。ただ、あのときの救助活動と、その後に抱えた重くて苦い感情のすべてが、最初からまったく意味などなかったとされたくなかったのだ。

「さすがの俺も、驚いて尻餅をつきそうになったよ。——で、どうしようか考えた。一一九番か一一〇番を呼ぶことも考えたけれど、面倒には巻き込まれたくないしな。悩んでいたら、玄関の外灯が点いて明るくなった。あんた家の中で叫んでたよな？　『お母さん？　どこ？』って」

八重子さんの真似をしているのだろう。不安と焦りの入り混じった裏声で爺さんが言う。

「ドアが開いてあんたが出てきた。『お母さん？　どこなの？』って叫んでから、駐車場に行って、そこからは半狂乱だ。大声で助けを求めて叫んでいた。ほんの少し前に身を屈めてこそこそ早足で家の中に入っていったっていうのに」

くっくっと爺さんの含み笑いが聞こえる。

「騒ぎに気づいた周囲の家から人が出て来て、車の下から母親を引き出した。それから少しして消防隊が到着した。――正直、あんたは馬鹿だって思っていたんだよ」

嘲《あざけ》るような言い方だった。

「サスペンスドラマか何かを見て上手くいくとでも思ったんだろうが、警察は馬鹿じゃない。殺人事件として扱われてあんたが逮捕されて終わりだ。そう俺は思っていた。でも、事故死扱いで普通に葬儀が行われた。あんた、よっぽど上手くやったんだな。――って言うより、どうやったら殺人とバレないかを考えて、相当前から計画を練ってたんだろう」

衝動的にしたのなら、方法は他にいくらでもある。わざわざ冠水した水を汲んで使いはしない。ならば八重子さんは冠水するのをずっと待っていた。天気予報で台風の予報が出るのを心待ちにしていたのだ。そう気づいて、全身がぶわっと総毛立つ。

「まぁ、気持ちは分かるよ。話を聞く限り、あんたにとっては酷い母親だったみたいだし、このまま歳を重ねれば、ますます面倒を見るのは大変になる。我慢の限界だったんだろ？　――さて、話はここからだ」

恐喝に話がシフトするのは確実だ。

「そろそろ引退して落ち着いて暮らしたいと思っててね。いずれ、遺産相続が終わってから、またゆっくり相談させて貰うとして。今日はいくら出せる？」

「お金なんてないわよ」

ぼそっと八重子さんが返した。

その答えがすべてを物語っていた。俺は細く長く息を吐き出す。ずっと握りしめていた手の中のスマホが熱を帯びている。

「少しはあるだろ」

「ないわよ。財布と預金通帳、持ってきて見せましょうか？」

人の立ち上がったらしき物音がした。続けて衣擦れのがさがさした音がして「録音は？」と爺さんの声が聞こえた。

言いたいことは山ほどあるが、「してる」とだけ短く答える。またがさがさと衣擦れの音がする。携帯電話を服のポケットにしまったのだなと思っていたら、ごつっと何か硬い物がぶつかる音が聞こえた。さらに、物のぶつかる音に続けてガチャンっと激しい音がした。瀬戸物かガラスが床に落ちたような音——って、これは争ってるっていうより、爺さんがやられている！

録音をし始めてからずっと、敷島家の周囲をうろうろしていたのが功を奏した。全力ダッシュで玄関の前に着き、ドアを拳でガンガン殴りながら「今すぐドアを開けろ！　全部聞いてた！　録音もしてるぞ！」と、怒鳴る。

中の音が途絶えた。——もしかしてと、悪い予想が頭を占める。心臓がばくばくと大きく脈打つ。

「開けろ！」

再び怒鳴って、今度は足でドアを蹴る。どんっと重い音は鳴ったが、ドアは開かない。鍵や工具なしでは力任せに体当たりするか蹴破るしかないが、さすがに俺でも無理だ。すぐさま他の進入口を探す。頭の中に裕二がｉｐａｄに指で描いた家の間取り図が浮かんだ。一階は風呂場とトイレのみ。どちらも防犯対策した頑丈な柵が付いているだろう。手で外せなくもないが、とんでもなく時間が掛かる。職業柄、経験済みだから間違いない。ならば二階だ。

正面の二階に窓はあった。だが足場になりそうな物がない。そのとき、スマホからまた衣擦れのがさがさした音が聞こえる。苦しそうな唸り声もだ。ぐずぐずしてはいられない。家の左横に回り込んで見上げる。大きな窓があった。柵もないし、隣家との塀からは一メートルもない。ただ塀に乗ったとしても高すぎる。外壁に摑める箇所があれば話は別だが、防犯上、何もないから無理だ。ならば裏だ。

身体を斜めにして細い路地を進む。二階にベランダが張り出しているのが見えた。塀の上からならば、楽勝で飛び移れる。塀の上に両手を掛けて身体を持ち上げ、右足で壁を蹴って一気に塀の上に飛び乗った。ぐらついて落ちかけるのをなんとか堪えて向きを変える。金属製の柵のベランダは摑めるくらい張り出していた。そこをめがけて飛んだ。両手でしっかりと張り出し部分を摑み、懸垂の要領で身体を持ち上げる。右膝を張り出しに引っかけ、体重をしっかりと預けてから右手で柵を摑む。しっかりした手応えを確認して左手も柵に移す。両手に力を込めて一気に身体を引き上げて、そのまま柵を乗り越えてベランダに入った。

大きなガラス戸にはレースのカーテンが掛かっていて、中はよく見えない。だが迷うことなく右足で正面から蹴りを喰らわす。みしっと音を立ててひびが入った。さすがは強化ガラス、一撃では無理だ。繰り返し蹴る。一蹴りごとにびしっびしっとガラスが鳴って、ひびがどんどん大きくなっていく。——あと少しだ。

これでどうだと、渾身の力を込めて蹴る。ガシャンっと音を立ててついにひびの真ん中あたりのガラスが砕け落ちた。息を深く吸い込み、顔と喉をガードして右肩から開いた穴めがけてガラス戸に体当たりする。ガラスの砕け散る激しい音が轟いた。

着地は十点とはいかなかった。テーブルの上に倒れ込んで、したこま身体を打ちつける。痛みに歯を食いしばるよりも先に、爺さんを捜す。爺さんは部屋の右隅の壁際に、八重子は反対側の床の上に座っていた。

「助かったよ」

爺さんが後頭部に手を当てながら言った。

「驚いた隙に、逃げ出せた」

ガラス戸を蹴破って侵入しようとする大男に驚いて、八重子に隙が出来た。そこを見逃さなかったのだ。

「二発目を喰らっていたら危なかったかもな」

爺さんの視線の先を見る。床の上に重そうな置き時計が転がっていた。当たり所が悪かったらイチコロの可能性があったくらい、しっかりとした台つきの置き時計だ。あれで後頭部を殴られたのなら、ダメージは相当だろう。

「よっこいしょ」

爺さんがかけ声とともに立ち上がろうとする。

「動くな」と注意したが、「大丈夫だ」と言って爺さんが立ち上がった。動作に問題はなさそうだし、血も出ていないようだ。だが場所が場所だけに病院で検査して貰った方が良い。わりと最近、レンチで後頭部を殴られた経験があるだけに、これはぜひ推奨したい。

爺さんの安全が確認できたので、八重子へと目を移す。壁に背を預けて呆然と座っている。ニットにスカートと服装はこぎれいだ。だが乱れ髪で死んだような目で俺を見上げていた。その姿を見ているうちに、頭の中にあの夜の光景が甦る。涙が盛り上がって真っ赤に充血した目で必死に心肺蘇生をしている菊ちゃんの姿だ。

——何が、「どうしてもっと早く来なかったのよ！　なんで助けてくれなかったのよ！」だ。

菊ちゃんは葛飾警察署の刑事の事情聴取後、席で動けなくなった。深い自責の念からだ。菊ちゃんだけではない。出場した俺たち第二隊だけでなく、上平井消防出張所第二係全員が、芙巳子さんを救出できなかったことを無念に思っている。だからこそ、二度と同じ過ちを繰り返さないよう、遠藤第一隊長の下、一丸となって気持ちも新たに訓練に明け暮れている。それもこれも、すべて——。

こみ上げた怒りが身体の中で荒れ狂う。俺を見上げていた八重子の視線が下がった。視線の先にあるのは俺の右手だ。いつの間にか握りしめていた拳が震えている。八重子の表情が怯えに変わっていく。俺はさらに力を込めて右手をぎゅっと握った。

「消防官のことなんて、あんた考えたことないよな」

疑問でなく断言する。

「助けを求める人を助けられなかったことを、どれだけ無念に思うか、どれだけ後悔するかなんて、分かんねぇだろ」

消防官は命の現場にいる職業だ。命を助けると同時に、助けられない辛さに直面せざるを得ない職業なのだ。

「あんたは母親を殺した」

冠水を利用して母親を殺した。さすがに突然の思いつきではないだろう。ならば計画を立てたその日から、悪天候で冠水する日を心待ちにしていたに違いない。そして実行した。あげく平然と俺たち消防官を詰った。

「あんた、俺たちに言ったよな。どうしてもっと早く来なかった、なんでもっと早く来なかったって。──どの口が抜かしてんだよ！」

怒鳴り声に八重子が身体をびくっとさせた。表情は変わらず、怯えた目で俺の拳を見つめている。後悔らしき感情はまったく窺えない。ならば、俺の言葉は何一つ届いていない。暴力を振るわれることをただ恐れているだけなのだ。考えるのは自分のことのみ。そう気づいた俺はさじを投げた。

もとより手を上げるつもりはない。今のご時世では男女差別とお叱りを受けるかもしれないが、俺は女性に暴力は振るわない。と言うより、たとえ暴力であろうとも、こいつに指一本触れたくない。

「許せねぇ。俺は絶対に許さねぇ！　ざっけんなっ！」

怒りにまかせてテーブルを蹴る。がたんと音を立てて重い木製のテーブルが十センチくらい動いた。音に驚いたのか八重子は身体をびくつかせはしたが、やはり何も言わない。

俺も言うべきことは言った。これ以上は何もない。

そして部屋は静まりかえった。

残された問題は一つ、このあとはどうする？　まさか本気で恐喝しようとして、俺に片棒を担がせる気だとか？　それはさすがにノーサンキューだ。――と言うより、八重子は絶対に警察に突き出したい。だが警察に通報するには証拠が必要で、それは爺さんの撮影した動画と俺のスマホの録音の二つだけだ。それに会話の中で、爺さんは自分で泥棒だと言っている。あれは自白を引き出すための芝居でしたと言ったところで爺さんには前科がある。今回は泥棒はしていないが、色々と調べられはするだろう。それは爺さんの望むところではないはずだ。

さて、どうしたものかと思っていると、「警察呼びな」と爺さんが言った。

「でも」と言いかけた俺に、「俺のことはいいからさっさと呼べ」と爺さんが言う。今迄聞いたことのない疲れて弱々しい声だった。

爺さんがそう腹をくっているのなら、警察を呼ぶのはやぶさかではない。葛飾警察署を検索しながら、「スマホ、持ってたどころか、動画の撮影までしてたんだな。すっかり騙された」と爺さんに言う。

「いや、持ってないよ」

しれっと返された。だが爺さんの手にはスマホがある。白々しいにもほどがある。それ、なんだよと問う前に、「三日前に買った。契約していないから通話も出来ない」と、爺さんが言った。

「動画を撮影したって」

八重子が観念したのは動画を見たからだ。

「フェイクだよ」

指が止まる。息を吸い込む音が聞こえた。見開いた目で八重子が爺さんを見上げている。

「フェイクって」

「贋物」

「意味は分かる。どうやって」

「趣味で動画を作る人はいくらでもいる。それもプロはだしの物をだ。ネットに自分で作った動画をあげている映像関係の専門学校生に、自主製作映画の資金集めのためのサンプル版で作って欲しいと、この家の写真を撮影して送って頼んだら、ものの二日で作ってくれた。二万円でな」

八重子さんが完全に騙されるほどの出来の映像が、ものの二日で二万円で。その道に進もうとしているとはいえ、素人が当たり前にそれだけのものを作れる時代が到来したと思うとぞっとする。フェイク動画、マジ恐るべし。

だとすると、その動画は証拠にはならない。どころか、爺さんはフェイク動画を作ってまで恐喝しようとしたのだから、ますます分が悪くなるのでは？　さすがにこのまま警察に連絡して良いのだろうか？

「本当に良いのか？」

念のために再度確認する。

「良いんだ。これで良いんだ」

爺さんが俺を見上げて言った。どこかほっとしたような笑顔でだ。

自らが罪に問われる可能性が高いにも拘わらず、フェイク動画を作ってまで爺さんが八重子に罪を認めさせたかった理由は俺には想像もつかない。でも、その笑顔が覚悟を決めたからこそのだということは分かった。ならばと、ディスプレイに出て来たホームページに掲載されている代表番号に電話を掛ける。すぐさま繋がった。今回はさすがに名乗らないとマズいので、身分と氏名を名乗ってから、「刑事課の西川さんをお願いします」と頼んだ。

12

年が改まった一月の水曜日。天気は快晴。せっかくの非番日だというのに、と思ったのは何度目だろうか。俺は今、着慣れないスーツに身を包み、白いテーブルクロスの掛かった大きな円卓に座っている。赤羽台消防出張所時代の元同僚の星野と本田消防署の救急隊員、森栄利子の結婚披露宴に出席しているのだ。

　正直、頃合いをみて都合が悪くて行けないと返事を出す予定だった。だが、二人の仲を取り持ち、式の媒酌人を夫婦で務める生田の兄貴から「絶対に来い」「来なかったら許さん」と、怒濤《どとう》のラインメッセージ攻撃を喰らって断念した。お祝い金と一日を無駄にするのと、生田の兄貴との今後の関係を秤《はかり》に掛けたら、どうしたって生田の兄貴が勝つ。

　この結婚式には俺にとって何一つ楽しいことはないだろうと覚悟はしていた。新郎新婦共に消防官の結婚式なんて、参列者は双方の親族以外、ほとんどが同業だからだ。

　その嫌な予感は、入り口で出迎えるウェルカムボードを掲げる二匹のテディベアで的中した。一体は救急救命隊員服姿で、頭には記章とラインも銀糸で刺繍された小さなグレーの略帽も載っている。もう一体は左腕のセントバーナードの図柄のワッペンまで付いているオレンジ色の特別救助隊員服で、こちらも頭にＴＯＫＹＯ　ＲＥＳＣＵＥと金糸の刺繍入りの小さな紺色のキャップが載っている。もちろん市販品ではない。すなわち誰かのお手製だ。来賓客の多くが感嘆の声を上げながら写真を撮っていた。だが俺は何かしらの執念しか感じられずに、ぞっとする。そしてこの先が思いやられてテンションが急降下した。

　会場に入ったら入ったで、円卓のほとんどが新郎新婦の同期や同僚ばかりだ。そうではなさそうな招待客もいるにはいたが、星野の自衛隊時代の友人の男は端っからどうでもいいし、森の大学時代の友人は、二人とも左手の薬指に指輪をはめていた。結婚願望はないし、楽しく遊べるのなら既婚者でも俺はまったく問題はない。けれど、森の友人だ。類は友を呼ぶ。価値観や考え方が似ているから友人関係は続く。だとしたら、君子危うきに近寄らずだ。

そうなると、この式での俺の楽しみは飯しかない。二人で選びに選んだ式場で料理も自慢だと聞いた。ただ、スーツ姿で鯱《しゃちほこ》張《ば》ってフォークとナイフで食べる面倒臭さと、さらには同じテーブルにいるのが赤羽台時代の藤田隊長と富岡のおっさん、残る三名は森の恵比寿消防出張所時代の同僚となると、話は別だ。

「それでは、新郎新婦のご入場です。皆さん、扉口にご注目下さい。お写真を撮られる方は、お近くにどうぞ」

司会の女性の声に、ドレス姿の女性たちが足早に入り口付近に向かう。森の同期の消防官だ。ドレスでヒール履きでも動きは素早い。あっという間にベストポジションについて、一人は床に立て膝を突いて身構えている。広がったスカートで足下は見えないが、間違いなく正しい放水姿勢だ。

結婚式の行進曲が流れてドアが開く。黒い官服と制帽姿の星野と、白いウェディングドレス姿の森が見える。広報のポスターや職員募集のパンフレットにも駆り出されているだけあって森は美人だ。隣の星野も現役のオレンジだけあって官服姿は実に凛々しい。——とは思うものの、同僚の結婚式で新郎の結婚式仕様のデコ官服を見る度に、本職がコスプレしてどうする？　とツッコミたくなる。

そう思う理由は、星野が着ているのは本物の官服ではないからだ。本物は防火衣や防火靴と同じく支給される制服で、消防の行事や服装点検、建物の検査に行くときなどに着る黒地のダブルのスーツだ。付いているのは金色のボタンが六つと袖には袖章という細い銀色が一巻きのみ。あとは各人の階級章を右胸に付ける。階級が上がれば袖章は金色になり、さらに上がれば金色が太くなり、金色の袖ボタンも増えて豪華になる。だがいくら階級が上がろうと星野が着ているような肩の上の金色の飾りや、そこから垂れ下がったこれまた金色の房飾りや、胸に繋がる紐飾りは付かない。

ではこの官服の正体は？　答えは先輩から代々引き継がれているか、消防振興会所有のイベント用の豪華な制服、つまりはコスプレ衣装だ。

消防官やその配偶者には消防大好きな人は多い。晴れ舞台の結婚式ともなれば、とうぜん制服を着たい。でも実物は地味。だったらオーダーメイドで写真映えする豪華絢爛なのを作っちゃえ！　で、作ったは良いが、式が終われば無用の長物。一度しか着ていないし、捨てるのは流石に勿体ない。そこで結婚する後輩に引き継がれての今日だ。

遥か昔からサステナブルの意識があったなんてスゴイ！　と、讃えるべきなのだろうが、そもそも結婚式に高い金を掛けてコスプレ制服を作って着たいと思う気持ちが俺には理解不能だ。だとしても、確かに今日の星野は格好良い。二人が揃って敬礼をする。これも消防官の結婚式あるあるだ。一礼したら制帽が落ちてしまうので、代わりに二人で敬礼をするのだ。シャッターチャンスとばかりに、フラッシュがぴかぴか光る。

撮影タイムが終了して、二人が新郎新婦のメインテーブルへと進んで行く。両端にはスーツ姿の生田の兄貴と奥さんが腰掛けていた。兄貴の顔はがちがちに緊張している。これは確保しなくてはと、スマホを出して一枚収める。確認しながらにやにやしていると、隣の富岡のおっさんが「立派になったな」と、ぽつりと呟いた。その目がちょっと光っている。早くも感極まって涙ぐんでいる？　おいおい、まだ始まったばかりだぜ。どれだけ涙もろいんだよ。

開演の挨拶、新郎新婦の紹介、主賓の挨拶、乾杯と恙《つつが》なく進み、続いてケーキ入刀となった。ウェディングケーキは白いクリームで飾られたシンプルな二段重ねのものだった。消防官の結婚式では消防車や救急車や制服姿の新郎新婦の飾りをつけた特注ケーキが多く、この二人ならばてっきりそうだろうと思っていたが、これは予想が外れた。ファーストバイトが終わり、司会の女性の「それでは、しばしご歓談を」のアナウンスと同時に壁際に控えていたウェイターとウェイトレスがいっせいに動き出した。これでようやく食事にありつける。やれやれとほっとしていると、隣から声がかかった。

「なんか、どエライことをしたらしいな」

——はい、来たー。

まだオードブルすら出る前なのに富岡のおっさんに絡まれた。

「たまたまっすよ」と、さりげなく受け流す。

敷島八重子逮捕の一報は、ニュースでは取りあげられてはいない。警察としても、事故死としたのが実は殺人だったと取りざたされたくなかったのだろう。もちろん俺も話を吹聴していない。だが葛飾署の西川と吉竹の両刑事がことの顚末を報告しに上平井消防出張所に訪れた。とうぜん所内の知るところになり、そこから話が広まるだろうなと覚悟はしていた。案の定、お使いで本田消防署に行った際には、さして付き合いのない同僚からも声を掛けられ、話を聞かれた。何度も同じ話をするのもうんざりだし、そもそものほとんどが作り話だ。

爺さんと俺の出会いは、台風の日に強風で動けなくなった爺さんを当番日の俺が助けたことになっている。これはあながち間違ってはいないのだが、ここから先は完全なる創作だ。後日、二人は再会した。そこで爺さんが、ぜひお礼をしたいと俺に連絡先を聞いた。俺は爺さんの職業は知らなかった。たまたま休日に、職場の近くにいたときに爺さんから『録音しろ』とショートメールを受け取り、そのあと爺さんのピンチに敷島家に駆けつけ、八重子逮捕に協力したとなっている。これは敷島家で刑事が到着する前に、爺さんが警察ではこう話すと俺に言い含めた内容だ。さらにその履歴以前のやりとりをその場で消去した。

俺にはどうしても爺さんに聞きたいことがあった。なぜこんなことをしたのか？　本当に恐喝が目的なら、警察を呼べとは言わなかったはずだ。だが訊ねても爺さんは曖昧な笑みを浮かべて、「まぁ、いいじゃないか」としか答えない。思い出して、リフォーム詐欺犯を捕まえたことを伝えると、「良かったな」とだけ言って、そのあとは口を噤んでしまった。そして葛飾署の西川と吉竹の両刑事が到着して、それっきりとなった。

後日、その答えを西川がくれた。

「敷島家の近くであなたと再会したときに、あなたがひどく落ち込んでいたのを見て、懸命に仕事をしている消防の人に、こんな思いをさせてはいけない。そう思ったからだと。今までずっと泥棒人生を歩んできて、一度くらい何か良いことをしてみようかと思ってした、伴井修右《ともいしゅう》はそう言っていました」

俺はそのとき初めて爺さんの名を知った。年齢が七十八歳だということもだ。問題の八重子の犯行の証拠だが、爺さんのフェイク動画はもちろん何の役にも立たない。唯一の証拠は俺が録音した音源だが、その中で八重子は母親の芙巳子を殺害したと自白はしてない。爺さんの恐喝に「お金なんてないわよ」と言っただけだ。八重子は逮捕こそされたが、罪を認めない限りは殺人の立証は出来ない。確実なのは爺さんへの暴行だが、これは恐喝に怯えたとかの言い訳も出来るし、加えて八重子に前科はないから罪は軽い。自白らしき言葉はあるにはあるが、それ以外の証拠は皆無だ。芙巳子さんは荼毘に付されているし、凶器の冠水した水はとうの昔に東京湾の一部だろう。このまま八重子が認めなかったら無罪放免になってしまう。

対して爺さんの恐喝は証拠としてばっちりだ。さらに所持品検査で窃盗の被害届が出されている腕時計が出てきた。俺が爺さんの窃盗現場に居合わせたときの物だ。八重子はさておき、爺さんの罪はこれで確定した。量刑にはこれまでの前科も鑑みられるから、そこそこの年数になるという。

――これから警察に出頭すると決めていたのに、見つかったら罪が重くなるだけの盗品を泥棒の大ベテランが持ち歩いていた？

意味が分からんと首を捻っていると、西川がその答えをくれた。

「伴井は重度の肝硬変を患っているそうで、これで落ち着いて治療を受けられるって、ほっとしたように笑ってました」

柔和な顔立ちの西川が複雑な表情を浮かべてそう言った。

「良いんだ、これで良いんだ」と言ったときの爺さんのどこかほっとしたような笑顔の謎が解けた。

——なんだその、最後に一花みたいなの。

腹の中でそう毒づいた。だが鼻の奥がツンとする。

このまま八重子が罪を認めなければ爺さんは捕まり損になる。本人が収監されて治療を受けることを望んでいたとはいえ、俺としては納得出来ない。

俺はどんな顔をして良いのかも、何を答えたら正解なのかも分からなかった。ただ「そうですか」とだけ言ったのは覚えている。

「民間人と連絡先の交換をしたなんて、お前、お礼目当てに他にもしてるんじゃないだろうな？」

回想に浸っていると、また富岡のおっさんの声が降ってきた。

誉めるのかと思いきや、説教かよ！

「路上ですげぇしつこくされたんですよ。周囲からしたら、俺が爺さんになんかしているようにしか見えないし、通報されたら面倒臭いからしただけです」

筋は通る答えだろうと思ったが、「二度とすんなよ」と、お叱りを喰らう。赤羽台時代、富岡のおっさんは、小姑かよ！　と思うくらい、俺の一挙手一投足を常に見張ってちくちくとケチをつけてきた。今は定年退職しているので同僚ではない。それでも雀百まで踊り忘れずというのか、人の性格はそうそう変わりはしないようだ。逆らうのは得策でないのは経験で知っているし、何より晴れの席だ。「ういっす」という返事で、お茶を濁す。

「でも、殺人だったとはな」

まだ続ける？　と、うんざりする。

年末も押し迫った頃、再び葛飾署の西川と吉竹の両刑事が、八重子が罪を認めたという話を知らせに上平井消防出張所にやってきたのだ。

面会に来た妹の蓮華さんが持ってきた遺言書の内容を聞いた八重子は、無言を貫いてきたそれまでと態度を一変させたという。

遺言には、西新小岩五丁目の土地と家屋は長女八重子に残すだけでなく、預金や証券も含めて、次女よりも長女に多く遺産を分割すると書かれていた。

お母さんは私にずっと言っていたの。あなたたちはちゃんと生きていける。でもお姉ちゃんは危なっかしい。同居したのは、あの子の暮らしが上手くいっていないのが分かっていたから。お父さんと私の面倒をずっと見てくれているのだし、それにあなたの家族、ことに孫二人には色々と経済的な援助をしているけれど、あの子には何もしてあげられていない。だからあの子にその分多く残したいのよ。不満かもしれないけれど、こうしたいのって、お母さん私に頭を下げて言ったのよ。私は賛成した。だって、お父さんとお母さんの面倒を見てくれたのはお姉ちゃんだもの。同居する前の夫の海外赴任の時だって全部任せっきりだったし――。

留置場の面会室のアクリル板に遺言書を押し当て、嗚咽しながら語りかける妹を見ていた八重子は、泣き崩れて母への謝罪を繰り返した。そしてついに罪を認めたという。

蓮華さんは、事故だとして既に終わっていることだ、母も姉が罪に問われることは望んでいない、だからこのまま終わりに出来ないかと警察に懇願しているそうだ。

一連の話はとうぜん裕二と守に報告した。聞き終えた裕二の第一声は、「まだどうなるかわかんねぇな」だった。

八重子は芙巳子殺害の罪を認めた。ならばあとは司法の流れに従って、裁判の結果を受けて刑に服すだけだ。そう言い返す前に裕二が続けた。

「そんなにそりの合わない親なら、どれだけ苦労しようが自活して完全に縁を切るなり、切らなくても距離を取ればいいだろうが」

顔の顰め方に最大の嫌悪が現れている。気持ちは良く分かる。裕二は高校卒業後、工務店に勤務して自活を始め、相容れない父親と関係を断って今に至っているからだ。

「年齢とか性別とか体調とかの理由で職に就けない場合があるのは分かっている。けど八重子は六十歳前だろ？　それに健康に問題もなさそうだ。だったら、パートやアルバイトも含めてまったく仕事が見つからないとは思えない」

確かにそうだ。実家で暮らし始める一年前から無職の八重子は、同居後も働いていない。

「仕事探しは？」

「してたよ」

間を空けずに守が答える。

「それまでと同じく語学を活かした秘書業とかアシスタント業をね。この業種はネットが普及して以前よりも募集自体が減っていてね」

工場の機械によるオートメーション化で人手が不要になったのも含めて、科学技術の進化で仕事が減っているのは俺も知っている。でも秘書やアシスタントは対人職務だ。そう簡単に仕事が減るとも思えない。

「会議をするのにわざわざ来日しなくてもネット会議で済む。移動費はもちろん、アシスタン用の人件費がなくなれば大幅にコストダウンになるしね」

俺の眉間に寄ったわずかな皺を見逃さなかった守が説明を足した。——なるほど。

「もともと数が少なくなっていたところに、彼女の年齢やそれまでの実務実績も踏まえると、紹介先がほとんどなくて。あっても、聞いたことのない会社だから信用出来ないとか、こんな安い時給では働けないとか、短期間過ぎるとか」

なんだその選り好み。すでに八重子に対して好感度ゼロどころか、完全に嫌いに気持ちが振り切っているのもあって、すべてが癇に障る。

「場所が遠いとか悪いとか」

「遠いは分かるけど、悪いってどこよ？」

引っかかって訊ねる。

「北千住《きたせんじゅ》」

「良いところじゃねぇか。どこが悪いんだ」

安い飲み屋も多いし、最高じゃないか。それに近年、住みやすい町として北千住の人気が上昇してきたとニュースショーで取りあげられたのを見たばかりだ。

「聞いたことのない会社は嫌なのと一緒だろ。誰が聞いても感心するような場所じゃないと嫌なんだろうよ」

吐き捨てるように裕二が言った。苛立っているようで、指先でテーブルをトントンと叩き始めた。

「ともかく、彼女の方から面接を受けることすら断ることもあって、上手くマッチング出来なかったみたい」

なんだそれ。せっかく紹介して貰えた貴重な働き先なんだから、とりあえず面接くらいはありがたく受けるべきだろう。苛立ちから、ちっと舌打ちする。

「でも彼女の気持ちも分からなくもないんだよね」

守が遠慮がちに話し出した。

「条件の悪いところの仕事を受けたあとに、もっと良い条件の話が来る可能性だってあるし。給料や仕事の内容、期間や環境のすべてで自分の要望にあった職場を選ぶのは当然のことだよ」

「それは生活に困っていない奴の話だ」

ぴしゃりと裕二に言い返されて守が黙った。

「働ければ、お金を貰えるのならば何でも良いってわけじゃなかった。語学を活かした派遣社員の仕事で、しかも誰でも知っているような有名な会社で、人のうらやむような場所じゃないと嫌だった。そりゃ、それで働き口が見つかれば、コンビニやスーパーのアルバイトやパートよりも時給は高いだろうよ。けどな、切羽詰まっていて今すぐに少しでも金を得ようと考えていたら、自分の年齢や経歴でも雇ってくれそうな仕事の募集にいくらでも応募していたはずだ」

裕二の声はどんどん低く、話し方も一本調子になっていった。これはガチでムカついている。

「けど、していない。無収入の八重子の生活費を出していたのは母親だ。さっきも言ったけど、嫌いな母親と一緒にいたくないのなら、実家を出て行けば良かったんだ。――自由ってのは、安くも楽でもねぇんだよ」

完全に同意だ。

母は娘を自分の思う通りにしたい。娘は自分の思うように生きたい。その二つに交わる点はなかった。ならば、袂《たもと》を分かつしかない。血縁や他人も含めて、誰かの口出しに従わずに思うがまま自由に生きて行くのに絶対的に必要なのは経済力だ。もちろん決して楽なことではない。けれど、その代償として得た自由は格別だし最高だ。

「そうしなかったのは、親の金で暮らす気満々だったからだろ。そんな奴、いくらでも自供を翻すだろ」

言い終えた裕二は、ふんっと一つ荒い鼻息を吐いた。

裕二の言葉は俺の胸に重く残った。

八重子は自供した。だが殺人の物証は何もない。ならば、遺言を聞いて母を助けられなかった罪悪感からついそう言ってしまいましたとか言い出せば、罪に問われずに終わる可能性は十分にある。そして無罪放免となったら、遺言通りに妹よりも多く遺産を貰う――。

あ、なんかムカついてきた。いや、でも、さすがにそこまではしないんじゃないのか？　どうなんだ？

どれだけ考えたところで、この先がどうなるかはまだ分からない。ひょっとしたら八重子が自供を翻すかもしれない。でも俺は言うべきことは言った。だから俺の中、いや上平井消防出張所第二係と、あのとき出場した本田消防署の救急隊員たちの中では一つ区切りがついた。

「まぁまぁ、富さん。めでたい二人の門出の日なんだから」

藤田の親父が大皿の上にちょこんと盛られたオードブルに手をつけながら言った。さすがは親父、ナイスフォロー。俺もようやく取りかかる。見た目が綺麗で、味も美味しいのだけれど、一口で全部食べられそうだ。だが、次の皿が出てくるまでの時間を稼ぎたいから出来るだけゆっくり食べる。次のスープは中華風で、その次は魚のお造りが出された。変わってんなと思っていると、「和・洋・中ミックスのコースなんだね」と、元恵比寿の救急隊長の筒井《つつい》さんが言った。四角い顔に小さな目、老眼鏡を掛けてメニューを読む姿は柔和そのものだ。けれど、この外見に騙されてはならない。こいつは救急車ジャック事件で犯人に腹部を刺されて、いっときは危ない状況に陥ったのに、わずか一カ月後には現場に復帰した立派な消防馬鹿だ。

和風の煮物、中華の海鮮料理、中華の蝦《えび》料理、洋風肉料理とコースは進んで行く。その間に新郎新婦双方の友人代表のスピーチや届いた祝電が披露された。どうやらお色直しとキャンドルサービスはしないらしい。

結婚式を人生で何度も挙げる人は多くはない。星野はさておき、森は花嫁としての夢を詰め込んだ式をしたかったと思う。なのにお色直しをしないのなら、実は星野がとんでもなくケチ野郎で、さらには亭主関白だとか？　なんて考えていたら、筒井さんが口を開いた。

「星野君も大変だな」

「何がですか？」

富岡のおっさんが訊ねる。

「せっかくなのだし、綺麗なドレス姿を見たいからお色直しをして欲しいって頼んだのに、わざわざ来て下さった来賓を待たせて自分だけ長く中座するのは嫌だし、料理も食べたい。何よりお金が勿体ないって、森が却下したんですよ」

メインテーブルを見ると、純白のウェディングドレス姿の森が、フォークに刺したフィレ肉のステーキを口に運んでいた。あの感じからして、これまでの料理も全部たいらげたに違いない。結婚式でフルコースを完食する花嫁っているか？　いたとしても、絶対に多くないと思う。

「はぁ〜」

感嘆の声で富岡のおっさんが返す。

俺も「はぁ〜」だ。亭主関白どころか、すでに完全に森の尻に敷かれていた。星野さん、ケチ野郎呼ばわりして本当にゴメン。

続いて二人のプロフィール動画の上映が始まった。二人それぞれ幼少期から学生時代、さらには入庁してからの写真を繋いだ動画だ。二人の出会いの紹介になって、とつぜん画面いっぱいに生田の兄貴が登場した。緊張した面持ちで二人を引き合わせた話を語っている。いつもからは考えられないような真面目な様子に、場内の各地からはやし立てる声が上がる。もちろん同僚達だ。

——この学生ノリみたいな感じ、本当に嫌いだ。

動画が終わると、司会の女性が「それでは、新郎新婦のご同僚の皆様から余興のご披露をいただけるようです」とアナウンスした。

新郎新婦の？　普通バラだろうに。——だとしたら、間違いなくアレだ。

「ではご登場いただきましょう。どうぞ！」

司会の女性が盛り上げようと声を張ると、右手を扉口に向けて高く掲げる。直後に警報音が三度鳴った。

「東京消防より各局、豊島区南大塚《みなみおおつか》三の三十三の六、ホテルベルクラシック東京にて建物火災。火災確認、炎上中。六階ラプソディにて女性一名、星野栄利子さんレスキュー要請。繰り返す」

男性の太い声のアナウンスはマジもんの出場指令かと思うくらい迫力があって、思わず背筋が伸びる。

「同期の鬼島《きじま》に頼んだんだよ」

茶目っ気たっぷりに筒井さんが言う。救急車ジャック事件の時に通信指令センターで指揮を執ったセンター員だ。鬼島の冷静な指示もあって、ガス欠寸前の生田の兄貴の運転する救急車に、第三消防方面本部の救助機動隊——ハイパーレスキューが走行中に給油を行った。そのときに車外に出て担当したのが星野だ。

鬼島さんのシブイ声のアナウンスがもう一度繰り返され、終わると重々しい音楽が流れ始めた。消防官お馴染みの映画『バックドラフト』のテーマ曲だ。扉口からメットとオレンジの制服を着用した特別救助隊員と、グレーの制服姿の救急隊員たちが駆け込んできた。さっと整列すると、前に出た一人が「我々の任務は星野栄利子さんの救出」と活動内容を大声で言い、さらに「なお、栄利子さんは笑顔が素敵で救急隊の制服が似合う美女とのこと」と付け加えた。隊員達は「イエッサー！」と応えるなり、名を呼びながら場内を捜索しはじめる。

星野の叔母らしき高齢女性に近づいた特別救助隊員が「隊長、発見しました！」と声を上げる。

「笑顔の素敵な美女ではあるが、さすがに救急隊員というお歳ではないだろう」

「失礼しましたっ！」

会場から笑い声が上がる。

「隊長、発見しました！」

救急隊員が森側の親族の席に座る小学校に通っているかいないかくらいの幼い女の子の横に立っていた。

「笑顔が素敵な美女は間違いない。でも、さすがに若すぎる！」

隊長役の隊員に、また「失礼しましたっ！」と救急隊員が謝罪する。

会場からまた笑い声が上がる。富岡のおっさんに見咎められたら面倒だから笑顔を作ってはいるが、消防官の結婚式では鉄板の演《だ》し物で、すでに何度も見ているだけに、俺には面白くもなんともない。

というより、新郎か新婦のどちらかが消防官ならともかく、双方消防官で会場内の八割が関係者なのに、これをやるかね？　センスの欠片《かけら》もねーな、と腹の中で毒づく。

余興は佳境に差し掛かっていた。イスの上で、役を担ってぐったりと意識を失っている要救助者の星野栄利子を発見する。心肺停止状態でこのままでは危ない。人工呼吸が必要だとなり、新郎の星野に人工呼吸という名のキスをさせる。最後は新郎が新婦をお姫様抱っこして、会場内は拍手喝采となった。

無事に救助を終えた隊員達が一列に整列した。

「任務は完了。それにしても危ないところだった。我々はどんな火災でも必ず消す。でも、この二人の愛の炎だけは消すことは出来そうにないな。――これにて救出活動終了」

会場内が温かい拍手で満ちた。そんな中、俺は一人凍えていた。何が愛の炎だけは消すことは出来そうにないだ。ホント、勘弁してくれ。

余興が終わって、新郎新婦から両親への感謝の手紙の朗読となり、一転して今度は会場が涙で包まれた。ことに新潟県中越大震災で祖父と両親を亡くした森栄利子の、育ての親である祖母と故人である祖父と両親への手紙には俺ですら目に涙が溜まった。

自衛隊大宮《おおみや》駐屯地在籍中に、幸いなことに無事ではあったが家族が阪神淡路大震災に遭ったのがきっかけで消防官に転職した星野と森栄利子。この二人ならお似合いだと思った生田の兄貴が引き合わせて二人は夫婦となった。消防馬鹿二人の夫婦なんて俺からしたら地獄だが、二人並んで幸せそうにしているのを見ているのは悪い気はしない。生田の兄貴、グッジョブ！

両家を代表しての星野の謝辞が終わり、司会が締めのアナウンスをする。

「では新郎新婦お二人の未来への旅立ちでございます。盛大な祝福でお送りください」

パチパチと手を合わせて拍手する。二次会にはもちろん出ない。あとは元と現同僚に捉まらないようにさくっと帰るだけだ。脱出しようとイスの下に置かれた引出物に手を伸ばしていると、藤田の親父の声が降ってきた。

「思ったよりも良い感じに仕上がりつつあるじゃねぇか」

顔を上げると藤田の親父と視線が合った。ってことは、今のは俺に？　良い感じに仕上がりつつある？　何が？

「異動願はいつも事務職と書いていたけれど、お前は火消しに向いているよ」

富岡のおっさんも、じっと俺を見つめて言う。

何を仰る？　先輩二人を捉まえて失礼だとは思いますが、間違ってます。まったく向いてないです。というより、嫌です。俺は早く事務職になりたいです。

もちろん口に出しては言えないので腹の中で思うだけにする。

「仁藤君が特消隊への推薦状を書いて持って来てね」

——は？

「せっかく向いているのだから、その才能を伸ばして消防官としての仕事をまっとうして貰いたいって」

希望を出してもなかなか配属されない特別消火中隊だ。なのに、ただの一度も希望を出していない俺が配属されたのは、もはや東京消防庁の七不思議の一つになってもおかしくない。その理由を探ろうと守のハッキング能力を駆使して調べて貰った結果、俺の個人情報には添付書類があるが、どうやら手書きらしく、事務担当者がスキャンして保存していないようなのでデータにはない、そう告げられた。

——もしかして、その手書きの書類って。

ぞわぞわと背筋にむずがゆさが走る。

「俺もそう思って署名した。富さんもだ」

腕を組んだ富岡のおっさんが深く頷いてみせる。

——犯人は、おまえら三人か！　というより、言い出しっぺは仁藤か！　あいつ、今度会ったらただじゃおかねぇ！

はらわたが煮えくりかえっていたが、もちろんおくびにも出さない。藤田の親父と富岡のおっさんは、なんだかんだ言ってやはり恩人だし、尊敬している。その二人相手に罵詈雑言を星野と森の結婚式の会場でぶちかますなんてイカレたことは、さすがに出来ない。

かといって、ありがとうございますとも言えない。なんとか絞り出したのは「そうだったんすか」。これが限界。これ以上は無理だ。

「仁藤君は今は？」

「今は本庁の予防部防火管理課の防火管理係長だってさ」

「よくやっているらしいね」

二人とも既に定年退職をしているが、どちらも消防関係に再就職していて、ことに藤田の親父は東京消防庁所有の池袋の防災館に再就職しているから、現役消防官の情報も入りやすいのだろう。なんて納得していると、出された部署名になんか聞き覚えがある。

つい最近その名称に触れたような。――思いだした。床下換気扇からの出火火災の直後、葛飾警察署に本庁の係長が電話を掛けてきた件だ。

だとするとあれは仁藤。らしいというのか、本当にロクなことしねぇな！　などと考えていると、また司会のアナウンスが始まった。

「本日のご披露宴、不慣れな私ではありましたが、皆さまのご協力のお陰で無事にお開きを迎えることができました」

定型文のアナウンスから始まり、「それでは、新郎新婦と親御様のお見送りのお支度が整ったようです。お手回り品のご確認をいただきました皆さまより、どうぞお開き口へとお進みください」と退出を促される。

「さてと、帰るかね」

俺の返事を待たずに藤田の親父と富岡のおっさんが席を立つ。

――これでお終い？

なんかもっとあるのかとばかり思っていた。ことに富岡のおっさんは追加で事件の話をしつこく聞いてきて、ついでにネチネチと説教をするだろうと予想していただけに拍子抜けする。恵比寿消防出張所の三人も既に立ち上がっていた。席に座っていても仕方ないので、俺も扉口へと向かう。

扉口を出ると新郎新婦が二人並んで立っていた。その前を招待客が一人一人挨拶してから去って行く。挨拶せずに帰ったら悪目立ちするだけなので、俺も列に加わる。順番がくるのを粛々と歩を進めながら待つ。

ようやく俺の番になった。「おめでとうございます」とだけ言って一礼する。

「大山君、今日はありがとう」

間近で見る花嫁姿の森は、幸せに満ちあふれていてお世辞ではなく美しい。なんか気恥ずかしくなって「うぃす」と小さく言って軽く会釈する。

「大山」

星野だ。赤羽台時代を最後に、ニュースで活動している姿は一方的に見ていたが、会うのは異動以来だ。お久しぶりです。本日はおめでとうございます、くらいのことは言わないとなと思っていると、「俺は幸せだ」と、とつぜん星野が言った。

どうした、どうした？　なんだその宣言？　びっくりもしたし、疑問で頭が埋め尽くされる。

「お前も幸せになれ！」

声と同時に抱きしめられた。それもとんでもない力を込めて。

――痛えよ。

力の加減馬鹿になってんのかよと、腹の中で毒づきながら、立ち止まっているわけにはいかないので、無理矢理引き剝がして早々に立ち去る。

数歩離れて振り返ると、星野の同僚ゾーンに入ったらしく、かけ声や大きな笑い声が聞こえてくる。

あ〜やだやだ、この消防官、ことにオレンジ特有の体育会のノリ。

とっとと退散しようと足早にエレベーターに向かおうとする。そこには藤田の親父や富岡のおっさんをはじめとする年配の消防関係者が溜まっていた。さすがに一緒にはパスしたい。どこかで時間を潰したいが、喫煙所はこのフロアにはない。残されたのは非常階段だけだ。回れ右で踵を返す。

歩きながら俺は考えていた。いやマジで俺はやりたくて消防官をしてはいない。仁藤に売られた喧嘩を買ってなっただけで、間違っても危険な火災消火活動とか精神的なダメージを喰らう可能性大の人命救助とかをしたいのではない。一日も早く事務職に異動して定年まで居座る。それだけが目的だ。なのに、仁藤と藤田の親父と富岡のおっさんのせいで消火活動のエキスパートの特別消火中隊に入れられたり、貴重な休日を消防官同士の結婚式で潰されたりと、本当に勘弁して貰いたい。

いったいいつになったら俺は事務職に異動できるのだろう。こうなったら、怪我でもしないと駄目なのだろうか？　ただその場合、交替勤務から外れるくらいの怪我でなければならない。さすがにそんな怪我はしたくない。だとすると怪我をした芝居をするしかないが、そんな芝居をずっと続ける自信は欠片もない。

だとすると、当面はこのままだ。——なんかお先真っ暗。

どんよりした気持ちで非常階段のドアノブに手を伸ばす。引き開けて中に入ろうとしたそのとき、新郎新婦のいるあたりからひときわ大きな笑い声があがった。星野と同僚達だ。頭の中に、「俺は幸せだ！」と宣言した星野の顔が甦った。同じく幸せに光り輝いていた森の顔もだ。

——まぁ、これはこれで悪くはないか。

消防馬鹿夫婦なんて、俺からしたらマジで勘弁して欲しい存在だけれど、二人が幸せならばそれはそれでってことで。

最後にもう一度星野と森のいる方を見る。

——どうぞお幸せに。

自然とそう心の中で唱えていた。誰に聞こえているはずもないのに、急激に恥ずかしくなって、慌てて階段を駆け下りる。

階段を下りながら考えるのは一つだった。とにかく、一日も早く事務職に異動できるよう作戦を練らなくてはならない。ならば、このまま守の家に直行だ。裕二と守に相談すれば、何か良い案を出してくれるだろう。アイディアを実行に移したら、あとは事務職への異動辞令が出るのを待つだけだ。それまでは仕方ないから交替勤務を続けるしかない。

何度でも言うが、俺が消防官を辞めない理由はそれだけだ。嘘じゃねぇぞ。

日明恩●たちもり　めぐみ

神奈川県生まれ。日本女子大学卒業。2002年『それでも、警官は微笑う』で第25回メフィスト賞を受賞し、デビュー。著書に『そして、警官は奔る』『鎮火報　Fire's Out』『埋み火　Fire's Out』『ギフト』『ロード＆ゴー』『やがて、警官は微睡る』『啓火心　Fire's Out』『優しい水』『ゆえに、警官は見護る』がある。

濁《にご》り水《みず》　Fire's Out

2021年11月21日　第1刷発行

著　者―― 日明恩《たちもりめぐみ》

発行者―― 箕浦克史

発行所―― 株式会社双葉社

東京都新宿区東五軒町3-28　郵便番号162-8540
電話03(5261)4818〔営業部〕
03(5261)4831〔編集部〕
http://www.futabasha.co.jp/
（双葉社の書籍・コミック・ムックが買えます）

DTP製版―株式会社ビーワークス

印刷所―― 大日本印刷株式会社

製本所―― 株式会社若林製本工場

カバー印刷―― 株式会社大熊整美堂

ISBN978-4-575-24463-2　C0093